suhrkamp taschenbuch 818

J(ames) G(raham) Ballard wurde 1930 in Shanghai geboren, wo er bis zum Alter von sechzehn Jahren lebte. Während des Zweiten Weltkrieges war er in einem japanischen Zivilgefangenenlager interniert. 1946 kehrte die Familie nach England zurück. Ein Medizinstudium hat Ballard nicht abgeschlossen, seit 1956 veröffentlicht er seine Erzählungen. Zu seinen bekanntesten Büchern zählen *The Drowned World, The Four-Dimensional Nightmare, The Terminal Beach* und *Crystal World.*

Kristallwelt beginnt wie ein Abenteuerroman mit der Ankunft eines Schiffes im Hafen von Matarre in Westafrika. Aus dem Landesinneren dringen düstere Gerüchte über seltsame Vorgänge, über der desolaten kleinen Küstenstadt zeigt sich ein unheimliches Licht.

Infolge einer zufälligen Veränderung der physikalischen Eigenschaften des Universums vollziehen sich ebenso einfache wie grundlegende und umfassende Umwandlungen. Ein Kristallisationsprozeß befällt alles Leben, eine schleichende, unaufhaltsame »Krankheit der Zeit«, und verwandelt es in einen wildwuchernden Kristallwald, durch den teilweise selbst in Kristalle verwandelte Menschen verstümmelt umherirren.

Von allen jenen Romanen Ballards, die sich, oberflächlich betrachtet, einen Weltuntergang ausmalen, ist dieser der bildhaft schönste und am konsequentesten durchgeführte. *Kristallwelt* ist ein Buch voll zauberhafter Bilder, die äußere Wunderwelt der Widerschein psychischer Landschaften.

J. G. Ballard
Kristallwelt

Roman

Phantastische
Bibliothek
Band 75

Suhrkamp

Redaktion und Beratung: Franz Rottensteiner
Titel der bei Jonathan Cape, London,
erschienenen Originalausgabe: *The Crystal World*
Aus dem Englischen übersetzt von Margarete Bormann
Umschlagfoto: Michael Weisser

suhrkamp taschenbuch 818
Erste Auflage 1982

Suhrkamp Taschenbuch Verlag
Satz und Druck: Ebner Ulm · Printed in Germany
Umschlag nach Entwürfen von
Willy Fleckhaus und Rolf Staudt

Am Tage flogen phantastische Vögel
durch den erstarrten Wald,
und edelsteinbesetzte Krokodile
glitzerten wie heraldische Salamander
an den Ufern des kristallenen Flusses.
Nachts jagte der leuchtende Mann
unter den Bäumen hin,
die Arme wie goldene Wagenräder,
der Kopf wie eine gespenstische Krone . . .

Äquinoktium

1 Der dunkle Fluß

Vor allem beeindruckte Dr. Sanders die Dunkelheit des Flusses, als er zum ersten Mal über die offene Mündung in der Bucht von Matarre hinausblickte. Nach vielen Verzögerungen näherte sich der kleine Passagierdampfer endlich den Hafendämmen, aber obwohl es schon zehn Uhr war, floß das Wasser noch grau und träge und laugte die düsteren Farben aus der zusammenbrechenden Vegetation entlang den Ufern. Zuweilen, wenn der Himmel sich bedeckte, war das Wasser fast schwarz wie faulende Tinte. Die verstreuten Lagerhäuser und kleinen Hotels von Port Matarre hingegen strahlten über den dunklen Wellen in gespenstischem Glanz, als würden sie nicht von der Sonne, sondern vielmehr von einer Lampe im Innern beleuchtet, und die Pavillons glichen einer verlassenen, auf eine Reihe von Molen an den Rändern des Dschungels hinausgebauten Nekropole.

Dieses alles erfüllende, von plötzlichem Lichtwechsel durchbrochene Morgendunkel hatte Dr. Sanders während der langen Wartezeit an der Reling des Passagierdecks bemerkt. Zwei Stunden lang hatte der Dampfer in der Mitte des Mündungsgebietes stillgelegen und ab und zu verzagt seinen Sirenenton zur Küste hinübergesandt. Wäre nicht das vage Gefühl der Ungewißheit gewesen, das die Dunkelheit über dem Fluß hervorrief, so hätten die wenigen Passagiere vor Ungeduld die Nerven verloren. Außer einem französischen Militärlandungsboot lagen keine größeren Schiffe an den Kais vor Anker. Sanders, der die Küste beobachtete, war fast sicher, daß der Dampfer absichtlich ferngehalten wurde, obwohl der Grund schwer einzusehen war. Der Dampfer war das Linienschiff von Libreville mit seiner wöchentlichen Ladung an Post, Branntwein und Autoersatzteilen und durfte aus keinem geringfügigeren Anlaß als einem Pestausbruch auch nur einen Augenblick länger aufgehalten werden.

Politisch mußte sich dieser abgelegene Winkel der Kamerunrepublik immer noch von einem mißglückten Staatsstreich vor zehn Jahren erholen, als eine Handvoll Aufständischer sich der Smaragd- und Diamantenminen in Mont Royal, fünfzig Meilen weiter oben am Matarrefluß, bemächtigt hatte. Trotz des Landungsbootes – ein französischer Militärposten überwachte die Ausbildung der Ortstruppen – schien das Leben in dem merkwürdigen Hafen an der Flußmündung völlig normal. Eine Gruppe von Kindern sah zu, wie ein Jeep abgeladen wurde. Menschen gingen an den Landungsplätzen entlang und durch die Arkaden der Hauptstraße, und ein paar mit Krügen voll rohem Palmöl beladene Auslegerboote trieben auf dem dunklen Wasser vorbei zum Eingeborenenmarkt im Westen des Hafengeländes.

Dennoch blieb das Unbehagen. Verwirrt durch das schwache Licht, faßte Sanders das Küstengebiet ins Auge und blickte dem Fluß nach, der sich langsam im Uhrzeigersinn nach Südosten wand. Hier und da verriet eine Lücke im Waldbestand den Verlauf eines Weges, sonst aber dehnte sich der Dschungel gleich einem olivgrünen Mantel bis zu den Hügeln im Landesinneren. Normalerweise hätte die Sonne das Dach des Waldes zu fahlem Gelb verblichen, aber Dr. Sanders sah sogar fünf Meilen landeinwärts noch die dunkelgrünen Lauben, die in die dumpfe Luft aufragten wie riesige Zypressen, düster und regungslos und nur von schwachem Lichtschein berührt.

Irgend jemand trommelte ungeduldig auf die Reling und ließ sie in ihrer ganzen Länge erzittern; die schläfrigen Passagiere neben Dr. Sanders scharrten mit den Füßen, murmelten untereinander und blickten zum Steuerhaus hinauf, in dem der Kapitän, den die Verspätung anscheinend nicht beunruhigte, geistesabwesend zur Mole hinüberstarrte.

Sanders wandte sich an Pater Balthus, der ein paar Schritte weiter links von ihm stand. »Haben Sie dieses Licht auch bemerkt? Wird etwa eine Sonnenfinsternis erwartet? Die Sonne scheint sich nicht entschließen zu können.«

Der Priester rauchte ungerührt; seine langen Finger zogen die Zigarette nach jedem Zug ein paar Zentimeter vom Mund zurück. Er schaute wie Sanders vor sich hin, aber nicht auf den

Hafen, sondern auf die bewaldeten Hänge weit im Landesinnern. Im trüben Licht wirkte sein mageres Gelehrtengesicht müde und fleischlos. Während der dreitägigen Fahrt von Libreville hatte er sich, offenbar von persönlichen Angelegenheiten in Anspruch genommen, zurückgehalten, und er begann erst dann mit seinem Tischgenossen zu sprechen, als er von Sanders' Stellung am Leprakrankenhaus von Fort Isabelle hörte. Sanders vermutete, daß er nach einem Urlaubsmonat zu seiner Gemeinde in Mont Royal zurückkehrte, aber diese Erklärung, die der Priester mehrmals in der gleichen automatenhaften Formulierung, anders als sein sonst zögerndes Stammeln, wiederholte, schien irgendwie zu einleuchtend. Dabei war Sanders sich allerdings der Gefahr bewußt, die eigenen ambivalenten Motive für seine Reise nach Port Matarre auch den Menschen seiner Umgebung zu unterschieben.

Dennoch hatte er anfänglich den Verdacht gehabt, daß Pater Balthus vielleicht überhaupt kein Priester sei. Der selbstversunkene Blick und die blassen, neurasthenischen Hände trugen alle Merkmale eines Schwindlers – womöglich war er ein ausgestoßener Novize, der immer noch hoffte, in einer geborgten Soutane Erlösung zu finden. Pater Balthus war jedoch völlig echt, was immer dieses Wort auch bedeuten und wie begrenzt seine Bedeutung sein mochte. Der Erste Offizier, der Steward und mehrere Passagiere erkannten und begrüßten ihn und schienen sich mit seinem verschlossenen Wesen abzufinden.

»Eine Sonnenfinsternis?« Pater Balthus schnippte seinen Zigarettenstummel in das dunkle Wasser. Der Dampfer durchschnitt jetzt sein eigenes Kielwasser, und die Schaumstreifen sanken durch die Tiefen hinunter wie leuchtende Speichelfäden. »Ich glaube nicht, Doktor. Die würde doch sicher höchstens acht Minuten dauern.«

In dem plötzlich über dem Wasser aufflammenden Lichtschein, der die scharfen Linien seiner Wangen und seines Kinns hervortreten ließ, zeigte sich einen Augenblick lang ein härteres Profil. Als er Sanders' kritischen Blick bemerkte, fügte er nachträglich hinzu, wie um den Doktor zu beruhigen: »In Port Matarre ist das

Licht immer so, sehr schwer und halb dunkel. Kennen Sie das Gemälde von Böcklin, ›Die Toteninsel‹, auf dem Zypressen über der Totengruft in der Klippe Wache stehen, während über dem Meer ein Sturm tobt? Es hängt im Kunstmuseum meiner Heimatstadt Basel.« Er unterbrach sich, als die Motoren des Dampfers brummend zum Leben erwachten. »Wir fahren weiter. Endlich.«

»Gott sei Dank. Das hätten Sie mir eher sagen sollen, Balthus.«

Sanders zog sein Zigarettenetui aus der Tasche, aber der Priester hatte bereits, geschickt wie ein Taschenspieler, eine neue Zigarette in der hohlen Hand verborgen. Er deutete mit ihr zur Mole hinüber, wo ein ansehnliches Empfangskomitee von Gendarmen und Zollbeamten den Dampfer erwartete. »Was ist denn das für ein Unsinn?«

Sanders sah zur Küste hinüber. Was auch immer die persönlichen Schwierigkeiten des Priesters sein mochten, eine solche Unnachsichtigkeit reizte Sanders. Halb zu sich selbst gewandt sagte er trocken: »Vielleicht geht es um die Papiere?«

»Nicht um meine, Doktor.« Pater Balthus warf Sanders einen scharfen Blick zu. »Und ich bin sicher, Ihre sind auch in Ordnung.«

Die anderen Passagiere verließen die Reling und gingen nach unten, um ihr Gepäck zu holen. Sanders lächelte Balthus zu, entschuldigte sich und stieg zu seiner Kabine hinab. Er schob den Priester aus seinen Gedanken – in einer halben Stunde würden sie beide auf getrennten Wegen im Wald verschwunden sein, jeder an seinem Ziel –, tastete nach seinem Paß in der Tasche und mahnte sich, ihn nicht in der Kabine liegen zu lassen. Der Wunsch, inkognito zu reisen, mit all den Vorteilen, die damit verbunden sind, konnte sich ja schließlich auf unerwartete Weise bemerkbar machen.

Von der Kajütentreppe hinter dem Schornstein konnte er auf das Achterdeck hinuntersehen, wo die Zwischendeckpassagiere ihre Bündel und billigen Koffer zusammenrafften. In der Mitte des Decks, halb in ein Segeltuch eingehüllt, lag ein Motorboot mit rotgelbem Rumpf; es gehörte zur Ladung, die für Port

Matarre bestimmt war.

Auf der breiten Sitzbank hinter dem Ruderhelm, einen Arm auf der schrägen Windschutzscheibe aus Glas und Chrom, saß ein kleiner, schmächtiger, etwa vierzigjähriger Mann in weißem Tropenanzug, vor dem sich der dunkle Bart abhob, der das Gesicht umrahmte. Das schwarze Haar war in die knochige Stirn gebürstet, und die kleinen Augen wirkten gespannt und wachsam. Dieser Mann, Ventress – sein Name war ungefähr alles, was Sanders über ihn hatte in Erfahrung bringen können –, bewohnte mit dem Doktor zusammen eine Kabine. Während der Fahrt von Libreville hierher war er wie ein ungeduldiges Raubtier auf dem Dampfer hin und her gelaufen, hatte sich mit den Zwischendeckpassagieren und der Mannschaft gestritten, und seine Stimmungen wechselten schlagartig von ironischem Humor bis zu mürrischer Teilnahmslosigkeit – dann saß er allein in der Kabine und starrte durch das Bullauge auf die kleine Scheibe leeren Himmels.

Sanders hatte mehr als einmal versucht, mit ihm zu sprechen, aber meist hatte Ventress ihn nicht beachtet, und er behielt die Gründe für seine Reise nach Port Matarre für sich. Aber inzwischen hatte der Arzt sich daran gewöhnt, von seiner Umgebung gemieden zu werden. Kurz vor der Abfahrt war es zu einer leichten, für seine Mitreisenden mehr als für ihn selbst peinlichen Unstimmigkeit gekommen, als ein Kabinenmitbewohner für Dr. Sanders bestimmt werden sollte. Da sein Ruf ihm vorausgeeilt war (was für die Welt im allgemeinen »berühmt« bedeutet, gilt im privaten Bereich immer noch als »berüchtigt«, dachte Sanders, und zweifellos stimmte auch das Gegenteil), fand sich niemand, der mit dem stellvertretenden Leiter des Leprakrankenhauses von Fort Isabelle die Kabine teilen wollte.

Da war Ventress vorgetreten. Er hatte, den Koffer in der Hand, an Sanders' Tür geklopft, dem Arzt zugenickt und ganz einfach gefragt:

»Ist sie ansteckend?«

Sanders schwieg zunächst, um den Mann im weißen Anzug mit seinem bärtigen, totenschädelähnlichen Gesicht prüfend zu betrachten – irgend etwas an ihm erinnerte Sanders daran, daß es in der Welt auch jene gab, die aus persönlichen Gründen wünschten, sich die Krankheit zuzuziehen –, und antwortete dann: »Ja, die Krankheit ist ansteckend, wie Sie sagten, aber sie überträgt sich nur, wenn man ihr jahrelang ausgesetzt ist und mit ihr in Berührung kommt. Die Inkubationszeit kann zwanzig oder dreißig Jahre dauern.«

»Wie der Tod. Gut.« Mit flüchtig aufleuchtendem Lächeln trat Ventress in die Kabine. Er streckte seine knochige Hand aus und drückte Sanders' Hand mit festem Griff, wobei seine starken Finger nach dem erwidernden Druck des Arztes fühlten. »Unsere furchtsamen Reisegenossen begreifen nicht, Doktor, daß außerhalb Ihrer Kolonie nur eine größere liegt.«

Als er jetzt zu Ventress hinuntersah, der im Motorboot auf dem Achterdeck herumschlenderte, fragte Dr. Sanders sich, was jene geheimnisvolle Art, sich vorzustellen, wohl bedeuten mochte. Das schwankende Licht lag immer noch über der Meeresbucht, aber Ventress' weißer Anzug schien all seinen starken, verborgenen Glanz in sich zu vereinigen, ähnlich wie das Priestergewand des Paters die dunkleren Farbtöne widerspiegelte. Die Passagiere drängten sich um das Motorboot, aber Ventress beachtete anscheinend weder sie noch die näherkommende Mole mit der wartenden Schar der Zollbeamten und Polizisten. Statt dessen blickte er über die leere Steuerbordreling zur Flußmündung und zum fernen Wald hinüber, der sich im Dunst verlor. Seine kleinen Augen waren halb geschlossen, als wollte er bewußt das Bild vor ihm mit irgendeiner inneren Landschaft in seinen Gedanken in Einklang bringen.

Sanders hatte Ventress während der Fahrt an der Küste aufwärts kaum gesehen. Eines Abends jedoch, als er in der dunklen Kabine aus Versehen im falschen Koffer wühlte, fühlte er den Kolben einer Maschinenpistole schweren Kalibers, die in der Tasche an einem Schulterriemen steckte. Diese Waffe löste sogleich einige der Rätsel, die Ventress' kleine, zerbrechliche Gestalt umgaben.

»Doktor!« rief Ventress zu ihm hinauf und winkte leicht mit der Hand, wie um Sanders darauf aufmerksam zu machen, daß er vor sich hin träumte. »Einen Drink, Doktor, bevor die Bar schließt?« Sanders wollte ablehnen, aber Ventress hatte ihm schon halb den Rücken zugewandt und schlug ein anderes Thema an. »Schauen Sie nach der Sonne, Doktor. Dort ist sie. Sie können nicht Hals über Kopf durch diese Wälder laufen.«

»Das werde ich auch nicht versuchen. Gehen Sie an Land?«

»Natürlich. Aber hier hat es keine Eile, Doktor. Dies ist eine zeitlose Landschaft.«

Sanders ging zur Kabine. Die drei Gepäckstücke, Ventress' Koffer aus glänzendem Krokodilleder und seine eigenen schäbigen, abgenutzten, waren schon gepackt und standen neben der Tür. Sanders zog sein Jackett aus, wusch sich die Hände im Becken und trocknete sie leicht in der Hoffnung, daß er, umhüllt von dem scharfen Seifengeruch, vor dem Kontrollbeamten weniger als Paria erscheinen würde.

Dennoch begriff Sanders nur zu gut, daß ihm nach fünfzehn Jahren in Afrika – zehn davon im Krankenhaus Fort Isabelle – jede Chance, die er vielleicht einst gehabt hatte, seine äußere Erscheinung, sein Bild für die Umwelt zu ändern, seit langem genommen war. Der von der Arbeit befleckte, für seine breiten Schultern ein wenig zu enge Baumwollanzug, das gestreifte blaue Hemd und die schwarze Krawatte, der kräftige Kopf mit dem grauen, schütteren Haar und den Spuren des Bartes – all dies waren Kennzeichen für den Arzt der Leprakranken, ebenso unmißverständlich wie Sanders' narbiger, aber energischer Mund und sein kritischer Blick.

Er schlug seinen Paß auf und verglich die vor acht Jahren aufgenommene Fotografie mit seinem Spiegelbild. Auf den ersten Blick waren die beiden Männer kaum als ein und derselbe zu erkennen; der eine mit seinem ehrlichen, ernsten Gesicht, der seiner Arbeit am Krankenhaus allzu offenkundig ein moralisches Engagement zugrunde legte, sah mehr wie der jüngere Bruder des anderen aus, eines entfernten, unbedeutenden, strebsamen und ziemlich verschrobenen Landarztes. Sanders sah auf sein verblichenes Jackett und seine schwieligen Hände. Er wußte, wie sehr dieser Eindruck täuschte und wieviel besser er jetzt, wenn nicht seine gegenwärtigen Motive, so doch wenigstens die seines jüngeren Ich kannte und die wirklichen Gründe, die ihn nach Fort Isabelle geführt hatten. Das Geburtsdatum im Paß erinnerte ihn daran, daß er inzwischen vierzig geworden war, und er versuchte, sich selbst zehn Jahre später zu sehen, aber die verborgenen Elemente, die im Laufe der Jahre in seinem Gesicht zum Ausdruck gekommen waren, schienen ihre Wirkung eingebüßt zu haben. Ventress hatte die Wälder von Matarre eine »zeitlose Landschaft« genannt, und vielleicht bestand ihre Anziehungskraft für Sanders zum Teil darin, daß er hier endlich von der Frage nach seinen Motiven und seiner Identität befreit werden konnte, die mit dem Zeitgefühl und dem Bewußtsein der Vergangenheit unlösbar verknüpft war.

Der Dampfer war jetzt sechs Meter von der Mole entfernt, und Sanders erkannte durch das Bullauge die khakibehosten Beine der Empfangstruppe. Er zog einen abgegriffenen Umschlag aus der Tasche und entnahm ihm einen Brief, in blaßblauer Tinte geschrieben, die fast durch das feine Gewebe hindurchgedrungen war. Umschlag und Brief trugen einen Zensurstempel, und ein Stück, auf dem, wie Sanders vermutete, die Adresse gestanden hatte, war herausgeschnitten.

Als der Dampfer gegen die Mole stieß, überflog Sanders den Brief zum letzten Mal an Bord.

Donnerstag, 5. Januar

Mein lieber Edward,
endlich sind wir hier. Der Wald ist der schönste in ganz Afrika, ein Haus voller Edelsteine. Ich finde kaum Worte, um unser Staunen zu beschreiben, wenn wir morgens über die im Nebel verborgenen Hänge hinausblicken, die dennoch glitzern wie die Hagia Sofia, jeder Zweig eine mit Juwelen geschmückte Halbkuppel. Max sagt, ich gebe mich übertrieben byzantinisch – ich trage mein Haar selbst in der Klinik bis an die Taille und nehme

einen melancholischen Ausdruck an, obwohl tatsächlich zum ersten Mal nach vielen Jahren mein Herz singt! Wir beide wünschen, Du wärest hier. Die Klinik ist klein; sie hat nur etwa zwanzig Patienten. Zum Glück gehen die Leute an diesen Waldhängen mit traumähnlicher Geduld durchs Leben und sehen in unserer Arbeit für sie mehr eine soziale als eine therapeutische Tätigkeit. Sie wandeln mit Lichtkronen auf den Köpfen durch den dunklen Wald.

Max sendet Dir die besten Wünsche, ebenso wie ich. Wir denken oft an Dich.

Das Licht berührt alles mit Diamanten und Saphiren.

Herzlichst
Suzanne

Als die metallbeschlagenen Absätze der Entermannschaft auf dem Deck über ihm ertönten, las Sanders die letzte Zeile des Briefes noch einmal. Hätte die Präfektur in Libreville ihm nicht inoffizielle, aber feste Versicherungen gegeben, so hätte er nicht geglaubt, daß Suzanne Clair und ihr Mann nach Port Matarre gefahren waren, denn ihre Beschreibung des Waldes in der Nähe der Klinik stimmte so gar nicht mit dem dunklen Licht über Fluß und Dschungel überein. Niemand hatte ihm ihren genauen Wohnort mitteilen können, auch nicht, warum die Post aus der Provinz plötzlich der Zensur unterworfen wurde. Als Sanders allzu hartnäckig fragte, bedeutete man ihm, daß die Korrespondenz von Leuten, die man eines Verbrechens verdächtigt, der Zensur unterworfen sei, aber diese Bemerkung klang in bezug auf Suzanne und Max Clair ganz einfach grotesk.

Er dachte an den kleinen intelligenten Mikrobiologen und seine große dunkelhaarige Frau mit der hohen Stirn und den ruhigen Augen und erinnerte sich an ihre plötzliche Abreise von Fort Isabelle vor drei Monaten. Sanders' Affäre mit Suzanne hatte zwei Jahre gedauert und nur auf Grund seiner Unfähigkeit, sie in irgendeiner Weise zu lösen, fortbestanden. Dieses Unvermögen, sich ganz an Suzanne zu binden, bewies, daß sie zum Kernpunkt seiner ganzen Unsicherheit in Fort Isabelle geworden war. Eine Zeitlang hatte er den Verdacht gehegt, daß er nicht allein aus humanitären Gründen am Leprakrankenhaus Dienst tat und ihn vielleicht der Gedanke an die Lepra und das, was sie für ihn darstellte, mehr anzog, als er sich eingestand. Suzannes dunkle Schönheit wurde in seiner Vorstellung eins mit dieser dunklen Seite der Psyche, und ihre Beziehung war demnach ein Versuch, mit sich selbst und seinen unbewußten Beweggründen ins reine zu kommen.

Bei weiterem Nachdenken wurde Sanders klar, daß es noch eine viel unheilvollere Erklärung für ihre Abreise vom Krankenhaus gab. Als Suzannes Brief mit seiner seltsam ekstatischen Vision des Waldes eintraf – die makulös-unästhetische Lepra greift bekanntlich das Nervengewebe an –, hatte er beschlossen, den beiden nachzureisen. Vorher hatte er Erkundigungen über den zensierten Brief eingeholt, um Suzanne nicht von seinem Kommen in Kenntnis zu setzen, dann hatte er einen Monat Urlaub vom Krankenhaus genommen und sich nach Port Matarre eingeschifft.

Nach Suzannes Beschreibung der Waldhänge vermutete er, daß die Klinik irgendwo unweit von Mont Royal liegen müsse; möglicherweise gehörte sie zu einer der Grubensiedlungen der Franzosen mit ihren übereifrigen Sicherheitsleuten. Aber jetzt verriet das geschäftige Treiben auf der Mole draußen – ein halbes Dutzend Soldaten ging um einen geparkten Befehlswagen herum –, daß irgend etwas los war.

Im Augenblick, als er Suzannes Brief zusammenfaltete und das blütenblattähnliche Papier glattstrich, wurde die Kabinentür heftig aufgerissen, und sie streifte seinen Ellbogen. Ventress trat ein, entschuldigte sich und nickte Sanders zu.

»Verzeihen Sie, Doktor. Mein Koffer.« Und er fügte hinzu: »Die Zollbeamten sind da.«

Sanders ärgerte sich, daß Ventress ihn schon wieder dabei überraschte, wie er den Brief las, und stopfte ihn in seine Tasche. Diesmal schien Ventress es nicht zu bemerken. Er hatte eine Hand auf den Griff seines Koffers gelegt und lauschte auf die Geräusche vom Oberdeck. Zweifellos fragte er sich, was er mit seiner Pistole anfangen sollte. Eine gründliche Gepäckkontrolle war das letzte, was sie beide erwartet hatten.

Sanders beschloß, Ventress allein zu lassen, damit er die Waffe unbemerkt durch das Bullauge hinauswerfen konnte, und nahm seine beiden Koffer auf.

»Auf Wiedersehen, Doktor.« Ventress lächelte, und sein Gesicht hinter dem Bart glich noch stärker einem Totenschädel. Er hielt die Tür auf. »Es war sehr interessant und ein Vergnügen für mich, die Kabine mit Ihnen zu teilen.«

Dr. Sanders nickte. »Und vielleicht auch so etwas wie eine Herausforderung, nicht wahr, Monsieur Ventress? Ich hoffe, alle Ihre Siege fallen Ihnen so leicht zu.«

»Touché, Doktor!« Ventress grüßte und winkte Sanders nach, der durch den Gang hinausging. »Aber ich überlasse gern Ihnen das letzte Lachen – der alte Mann mit der Sense, wie?«

Ohne sich umzusehen, stieg Sanders die Kajütentreppe zur Halle hinauf; er wußte, daß Ventress ihm von der Tür der Kabine aus nachsah. Die übrigen Passagiere saßen an der Bar, unter ihnen auch Pater Balthus, während der Erste Offizier, die beiden Zollbeamten und ein Polizeisergeant eine längere Unterredung führten. Sie überprüften die Passagierliste und musterten alle Leute nacheinander, als suchten sie nach einem fehlenden Fahrgast.

Als Sanders seine beiden Koffer auf den Boden stellte, hörte er den Satz: »Journalisten sind nicht zugelassen . . .«, dann winkte einer der Zollbeamten ihn heran.

»Doktor Sanders?« fragte er und gab dem Namen eine ganz besondere Betonung, als hoffte er halb, es sei nur ein Alias. »Von der Universität Libreville . . .?« Er dämpfte seine Stimme. »Von der physikalischen Abteilung . . .? Darf ich Ihre Papiere sehen?«

Sanders holte seinen Paß hervor. Hinter ihm stand Pater Balthus und beobachtete ihn mit scharfem Blick. »Mein Name ist Sanders, von der Leprastation in Fort Isabelle.«

Die Zollbeamten entschuldigten sich für ihren Irrtum, sahen einander an und ließen Sanders frei; sie malten ein Kreidezeichen auf seine Koffer und gaben sich nicht einmal die Mühe, sie zu öffnen. Wenige Augenblicke später ging er die Laufplanke hinunter. Auf der Mole umstanden die einheimischen Soldaten den Befehlswagen. Der Rücksitz blieb leer, vermutlich für den fehlenden Physiker von der Universität Libreville.

Als er seine Koffer einem Träger mit der Aufschrift »Hotel Europa« auf der Schirmmütze übergab, bemerkte Sanders, daß das Gepäck der Leute, die Port Matarre verließen, viel gründlicher kontrolliert wurde. Eine Gruppe von dreißig bis vierzig Zwischendeckpassagieren wurde am äußersten Rande der Mole zusammengetrieben, und Polizisten und Zollbeamte durchsuchten sie der Reihe nach. Die meisten Eingeborenen trugen zusammengerolltes Bettzeug mit sich, und die Polizisten öffneten die Bündel und betasteten sie.

Im Gegensatz zu dieser Geschäftigkeit war die Stadt fast ausgestorben. Die Arkaden zu beiden Seiten der Hauptstraße standen leer, und die Fenster des Europa-Hotels hingen gleichgültig in der Luft, die schmalen Fensterläden wie Sargdeckel. Hier im Stadtzentrum ließen die verblichenen weißen Fassaden das dunkle Licht des Dschungels nur noch stärker wirken. Sanders blickte zum Fluß zurück, der sich wie eine riesige Schlange in den Wald hineinwand, und hatte dabei das Gefühl, als habe der Strom alles Leben bis auf einen spärlichen Rest aufgesogen.

Als er dem Gepäckträger die Treppe hinauf ins Hotel folgte, erschien Pater Balthus' schwarzer Talar weiter unten in den Arkaden. Der Priester schritt mit einer kleinen Reisetasche in der Hand rasch vorbei. Zwischen zwei Säulen drehte er sich um, überquerte die Straße und verschwand im Schatten der Bogengänge gegenüber dem Hotel. Von Zeit zu Zeit tauchte er wieder auf; seine dunkle Gestalt war vom Sonnenlicht angestrahlt, und die weißen Säulen der Arkaden umrahmten ihn wie der Verschluß eines defekten Stroboskops. Dann kam er aus keinem ersichtlichen Grund noch einmal über die Straße, und der Rock seines schwarzen Gewandes ließ den Staub um seine Absätze aufwirbeln. Sein langes Gesicht bewegte sich an Sanders vorbei, ohne sich nach ihm umzuwenden, wie das bleiche, nur halb von der Erinnerung erfaßte Profil eines Menschen, den man in einem Alptraum gesehen hat.

Sanders deutete ihm nach. »Wo will der hin?« fragte er den Träger. »Der Priester dort – er ist mit demselben Dampfer hergekommen wie ich.«

»Ins Seminar. Die Jesuiten sind noch hier.«

»Noch? Was meinen Sie damit?«

Sanders schritt auf die Drehtür zu. Im gleichen Augenblick trat eine dunkelhaarige Französin heraus. Als ihr Gesicht sich in den drehenden Scheiben spiegelte, erblickte Sanders flüchtig das Bild Suzanne Clairs. Die junge Frau war zwar in den frühen Zwanzigern, also mindestens zehn Jahre jünger als Suzanne, aber sie hatte die gleichen ausgeprägten Hüften und den schlendernden Schritt, die gleichen aufmerksamen grauen Augen. Als sie an Sanders vorbeiging, murmelte sie: »Pardon . . .«, erwiderte seinen starren Blick mit einem schwachen Lächeln und ging auf einen Militärlastwagen zu, der im Rückwärtsgang eine Seitenstraße hinunterfuhr. Sanders sah ihr nach. Ihr adrettes weißes Kostüm und ihre großstädtische Eleganz schienen im schmutzigen Licht von Port Matarre etwas deplaciert.

»Was ist hier los?« fragte Sanders. »Hat man ein neues Diamantenfeld entdeckt?«

Diese Erklärung hätte auch die Zensur und die Zollkontrolle verständlich gemacht, aber irgend etwas an dem gespielten Achselzucken des Trägers ließ ihn daran zweifeln. Außerdem hätte der Zensor dann Suzannes Anspielungen auf Diamanten und Saphire als eine offene Aufforderung ausgelegt, sich auch einen Anteil an der Beute zu sichern.

Der Empfangschef am Schreibtisch war ebenso ausweichend. Zu Sanders' Ärger bestand er darauf, ihm den Wochentarif zu zeigen, obwohl der Arzt ihm mehrmals versicherte, daß er am nächsten Tag nach Mont Royal weiterfahren wolle.

»Herr Doktor, Sie müssen verstehen. Es ist kein Schiff da, der Verkehr ruht. Sie kommen billiger weg, wenn ich Ihnen den Wochentarif berechne. Aber wie Sie wünschen.«

»Gut.« Sanders schrieb seinen Namen in die Gästeliste. Vorsichtshalber gab er als Adresse die Universität Libreville an. Er hatte mehrmals an der medizinischen Fakultät Vorlesungen gehalten, und die Post würde ihm von dort nach Fort Isabelle zugestellt werden. Diese Täuschung konnte sich später einmal als nützlich erweisen.

»Und wie ist es mit der Bahn?« fragte er den Angestellten. »Oder mit der Busverbindung? Es muß doch eine Transportmöglichkeit nach Mont Royal geben.«

»Eine Bahn gibt es nicht.« Der Angestellte schnippte mit den Fingern. »Diamanten, Sie wissen, Herr Doktor, die sind nicht schwer zu transportieren. Vielleicht können Sie sich nach dem Bus erkundigen.«

Sanders musterte das magere, olivenhäutige Gesicht des Mannes. Seine wäßrigen Augen schweiften über die Koffer des Arztes und dann hinaus über die Arkaden zum Wald, der sich hinter den Dächern auf der anderen Straßenseite auftürmte. Offenbar wartete er auf irgendeine Erscheinung.

Sanders steckte seinen Schreibstift fort. »Sagen Sie, warum ist es in Port Matarre so dunkel? Es ist nicht bewölkt, und trotzdem kann man die Sonne kaum sehen.«

Der Empfangschef schüttelte den Kopf. Wenn er sprach, schien er mehr mit sich selbst als mit Sanders zu reden. »Es ist nicht dunkel hier, Herr Doktor. Das sind nur die Blätter. Sie ziehen Mineralien aus dem Boden, und darum sieht alles immer so dunkel aus.«

Dieser Gedanke mochte ein Körnchen Wahrheit enthalten. Sanders sah durch die Fenster seines Zimmers, die auf die Arkaden hinausgingen, zum Wald hinüber. Die riesigen Bäume umringten den Hafen, als wollten sie ihn in den Fluß zurückdrängen. Auf der Straße folgten dichte Schatten den wenigen Leuten, die sich unter die Arkaden hinauswagten, auf dem Fuße. Die der Sonne ausgesetzten Blätter waren ebenso dunkel wie die unteren, als verschluckte der Wald alles Sonnenlicht, ähnlich wie der Fluß Leben und Bewegung der Stadt in sich aufsog. Die Schwärze des Dschungeldaches, die Olivtöne der flachen Blätter verliehen dem Wald eine düstere Schwere, die durch die in den

Luftschächten flimmernden Lichtstäubchen noch mehr betont wurde.

Sanders war so in Gedanken versunken, daß er das Klopfen an seiner Tür fast überhörte. Er öffnete und stand Ventress gegenüber. Die Gestalt im weißen Anzug und der kantige Schädel schienen die skeletthaften Farben der verlassenen Stadt zu verkörpern. »Was ist?«

Ventress trat vor. Er hielt einen Umschlag in der Hand. »Das habe ich in der Kabine gefunden, nachdem Sie fortgegangen waren, Doktor. Ich dachte, ich müßte es Ihnen zurückgeben.«

Dr. Sanders nahm den Umschlag und tastete in seiner Tasche nach Suzannes Brief. Offensichtlich hatte er ihn in der Eile hinausfallen lassen. Er schob ihn in den Umschlag und bedeutete Ventress einzutreten. »Danke, ich wußte nicht . . .«

Ventress blickte sich im Zimmer um. Seit er an Land gegangen war, hatte er sich merklich verändert. Die lakonische und wegwerfende Art war jetzt einer spürbaren Unrast gewichen. Seine knochige, wie von lauter einander zuwiderlaufenden Muskeln zusammengehaltene Gestalt strömte eine nervöse Energie aus, die Sanders fast als unbehaglich empfand. Seine Augen wanderten ständig umher und durchforschten die Nischen nach irgendeiner verborgenen Perspektive.

»Darf ich mir dafür nun etwas nehmen, Doktor?« Bevor Sanders antworten konnte, war Ventress auf den größeren Koffer auf dem Brettergestell neben dem Schrank zugegangen. Mit einem kurzen Nicken öffnete er den Verschluß und hob den Deckel. Unter dem zusammengefalteten Morgenrock zog er seine Maschinenpistole hervor und ließ sie in seine Jackentasche gleiten.

»Was, zum Teufel . . .« Sanders ging durch das Zimmer. Er klappte den Deckel seines Koffers wieder zu. »Das ist ja eine Unverschämtheit . . .!«

Ventress lächelte schwach, dann schritt er an Sanders vorbei zur Tür. Der Arzt packte ihn wütend am Arm und schleuderte ihn fast zu Boden. Ventress' Gesicht verschloß sich. Mit einer geschickten Bewegung wich er zur Seite, kam auf die Füße und entwand sich Sanders' Griff.

Als Sanders wieder auf ihn zutrat, schien Ventress zu überlegen, ob er von seiner Pistole Gebrauch machen sollte. Gleich darauf jedoch hob er die Hand, um den Arzt zu beschwichtigen. »Sanders, ich muß mich natürlich entschuldigen. Aber mir blieb kein anderer Weg. Versuchen Sie mich zu verstehen. Ich habe ja nur diese Idioten an Bord reingelegt . . .«

»Unsinn, mich haben Sie reingelegt!«

Ventress schüttelte energisch den Kopf. »Sie irren sich, Sanders. Ich versichere Ihnen, ich habe kein Vorurteil gegen Ihre besondere Berufung . . . weit entfernt. Glauben Sie mir, Doktor, Ihre ganze . . .«

»Na gut!« Sanders riß die Tür auf. »Aber jetzt gehen Sie!«

Ventress blieb jedoch stehen. Anscheinend bemühte er sich, etwas zu sagen, als begreife er, daß er eine persönliche Schwäche in Sanders bloßgelegt hatte, und wollte nun sein möglichstes versuchen, um das wiedergutzumachen. Dann zuckte er, gelangweilt durch die Gereiztheit des Arztes, flüchtig die Achseln und verließ den Raum.

Nachdem er gegangen war, setzte sich Sanders mit dem Rücken zum Fenster in den Sessel. Ventress' List hatte ihn aufgebracht, nicht allein, weil sie auf der Vermutung baute, daß die Zollbeamten sein Gepäck nicht berühren würden, um sich nicht anzustekken. Der Pistolenschmuggel, von dem er nichts geahnt hatte, schien auch in sexueller Beziehung ein Sinnbild aller geheimen Gründe für seine Reise nach Port Matarre, auf der Suche nach Suzanne Clair. Daß Ventress mit seinem Skelettgesicht und seinem weißen Anzug in ihm dieses Bewußtsein der verborgenen Beweggründe geweckt hatte, reizte ihn nur um so mehr.

Er nahm ein frühes Mittagessen im Restaurant des Hotels zu sich. Der einzige Gast außer ihm war die dunkelhaarige Französin, die auf ihren Notizblock neben dem Salatteller schrieb. Ab und zu blickte sie zu Sanders hinüber, dem ihre Ähnlichkeit mit Suzanne Clair wieder deutlich auffiel. Ihr sanftes Gesicht wirkte vielleicht durch das pechschwarze Haar oder das ungewöhnliche Licht von Port Matarre blasser, als er Suzannes in Erinnerung hatte, als wären die beiden Frauen Kusinen, getrennt durch das dunklere Blut von Suzannes Seite. Während er das Mädchen betrachtete, sah er Suzanne gleichsam neben ihr im halbverschleierten Spiegel seiner Vorstellung.

Als sie vom Tisch aufstand, nickte sie Sanders zu, nahm ihren Notizblock, blieb noch eine Weile in der Halle stehen und ging dann auf die Straße hinaus.

Nach dem Essen begann Sanders seine Suche nach einem Transportmittel, das ihn nach Mont Royal bringen konnte. Wie der Empfangschef bereits festgestellt hatte, fuhr keine Bahn zur Grubenstadt. Gewöhnlich hatte zweimal täglich ein Bus verkehrt, aber die Linie war aus irgendeinem Grunde stillgelegt worden. Am Lagerhaus, nahe den Baracken am östlichen Stadtrand, fand Dr. Sanders die Fahrkartenschalter geschlossen. Die Fahrpläne lösten sich von den Anschlagtafeln in der Sonne, und auf den Bänken schliefen ein paar Eingeborene im Schatten. Nach zehn Minuten kam ein Schaffner mit einem Besen. Er lutschte an einem Zuckerrohr und zuckte nur die Achseln, als Sanders ihn fragte, wann der Busverkehr wiederaufgenommen werden würde.

»Vielleicht morgen oder übermorgen. Wer weiß? Die Brücke ist eingebrochen.«

»Wo ist das?«

»Wo? In Myanga, zehn Kilometer vor Mont Royal. Eine steile Schlucht, die Brücke rutschte einfach weg. Ist gefährlich dort.«

Sanders deutete auf das Gelände der Militärbaracken, wo ein halbes Dutzend Lastwagen mit Nachschub beladen wurde. Ganze Ballen voll Stacheldraht waren an der Seite neben Teilen eines Metallzauns aufgestapelt. »Die scheinen aber sehr beschäftigt zu sein. Wie kommen die denn durch?«

»Sie reparieren die Brücke.«

»Mit Stacheldraht?« Sanders schüttelte den Kopf; diese ausweichenden Antworten ermüdeten ihn. »Was ist denn eigentlich los in Mont Royal?«

Der Schaffner sog an seinem Zuckerrohr. »Was da los ist?« wiederholte er schläfrig. »Nichts.«

Sanders ging fort und blieb an den Toren vor den Baracken stehen, bis der Wachtposten ihn fortschickte. Jenseits der Straße ragten die dunklen Massen des Dschungeldaches hoch in die Luft empor wie eine mächtige Woge, die im nächsten Augenblick über die leere Stadt hereinbrechen wollte. Dreißig Meter über seinem Kopf hingen die schweren Äste wie halb zusammengelegte Flügel, und die Stämme lehnten sich gegen ihn vor. Sanders war versucht, über die Straße in den Wald hineinzugehen, aber die Stille dort wirkte drohend und bedrückend. Er wandte sich um und ging zum Hotel zurück.

Eine Stunde später, nach verschiedenen ergebnislosen Erkundigungen, suchte er die Polizeipräfektur in der Nähe des Hafens auf. Das geschäftige Treiben um den Dampfer hatte aufgehört, und die meisten Passagiere befanden sich an Bord. Das Motorboot wurde eben gerade von einem Davit auf die Mole hinausgehoben.

Sanders kam gleich zur Sache und zeigte dem afrikanischen Kommandanten Suzannes Brief. »Vielleicht könnten Sie mir erklären, Herr Hauptmann, warum die Adresse vernichtet werden mußte? Es sind nahe Freunde von mir, und ich möchte vierzehn Tage Ferien mit ihnen verbringen. Nun habe ich erfahren, daß keine Möglichkeit besteht, nach Mont Royal zu kommen, und der ganze Ort ist von einer geheimnisvollen Atmosphäre umgeben.«

Der Hauptmann nickte; er saß an seinem Schreibtisch und grübelte über dem Brief. Von Zeit zu Zeit stach er mit einem stählernen Lineal in das Papier, als untersuchte er die gepreßten Blätter einer seltenen und vielleicht giftigen Blüte. »Ich verstehe, Herr Doktor; das ist schwierig für Sie.«

»Aber warum wird überhaupt eine Zensur verhängt?« drängte Sanders. »Wegen politischer Unruhen? Hat eine Gruppe von Aufständischen die Minen erbeutet? Ich mache mir natürlich Sorgen um Doktor Clair und seine Frau.«

Der Hauptmann schüttelte den Kopf. »Ich versichere Ihnen, Doktor, in Mont Royal gibt es keine politischen Unruhen – es ist kaum jemand dort. Die meisten Arbeiter sind fort.«

»Warum? Ich habe das hier schon bemerkt. Die Stadt ist leer.«

Der Hauptmann stand auf und ging ans Fenster. Er wies auf den dunklen Saum des Dschungels, der über den Dachfirsten des Eingeborenenviertels jenseits der Lagerhäuser aufragte. »Dieser Wald ängstigt die Leute, verstehen Sie? Er ist so dicht und schwarz.« Er ging an den Schreibtisch zurück und hantierte mit dem Lineal. Sanders wartete, daß er endlich beschloß, was er sagen wollte. »Ganz im Vertrauen kann ich Ihnen erklären, daß sich im Wald in der Nähe von Mont Royal eine neue Art von Pflanzenkrankheit ausbreitet . . .«

»Was meinen Sie?« unterbrach ihn Sanders. »Eine Viruskrankheit, wie Tabakmosaik?«

»Ja, das ist's . . .« Der Hauptmann nickte ermunternd, obwohl er kaum zu wissen schien, worüber er sprach. Er behielt jedoch den Waldrand im Auge. »Giftig ist das zwar nicht, aber wir müssen Vorsichtsmaßnahmen ergreifen. Ein paar Fachleute werden sich den Wald ansehen und Proben nach Libreville schicken. Sie verstehen, das braucht seine Zeit . . .« Er gab ihm Suzannes Brief zurück. »Ich werde die Adresse Ihrer Freunde ausfindig machen, Sie kommen dann ein andermal vorbei. In Ordnung?«

»Meinen Sie, daß ich nach Mont Royal fahren kann?« fragte Sanders. »Die Armee hat das Gelände doch nicht abgesperrt?«

»Nein«, sagte der Hauptmann nachdrücklich. »Sie sind völlig frei.« Er bewegte die Hand und teilte kleine Lufträume ab. »Nur einzelne Gebiete . . . Es ist nicht gefährlich, und Ihren Freunden geht es gewiß gut. Wir wollen nur nicht, daß die Leute in Massen dahin laufen und Unruhe stiften.«

An der Tür fragte Sanders: »Wie lange dauert das schon?« Er zeigte auf das Fenster. »Der Wald ist hier sehr dunkel.«

Der Hauptmann kratzte sich die Stirn. Er wirkte auf einmal müde und in sich zurückgezogen. »Ungefähr ein Jahr. Vielleicht länger. Zuerst achtete niemand darauf . . .«

2 Die Orchidee aus Edelsteinen

Auf den Stufen draußen sah Dr. Sanders die junge Französin, die im Hotel zu Mittag gegessen hatte. Sie trug eine geschäftsmäßig aussehende Handtasche und eine dunkle Brille, die jedoch den forschenden Blick ihres intelligenten Gesichts nicht verbergen konnte. Sie beobachtete Sanders, als er an ihr vorbeiging.

»Haben Sie irgendwelche Neuigkeiten?«

Sanders blieb stehen. »Worüber?«

»Über den Notstand?«

»So nennt man das hier? Sie haben mehr Glück als ich. Ich habe dieses Wort noch nicht gehört.«

Die junge Frau betrachtete Sanders von oben bis unten, als sei sie nicht ganz sicher, wer er sein mochte. »Sie können das nennen, wie Sie wollen«, sagte sie sachlich. »Wenn es jetzt noch kein Notstand ist, wird es bald einer sein.« Sie trat auf Sanders zu und senkte die Stimme. »Wollen Sie auch nach Mont Royal, Doktor?«

Sanders drehte sich um und wollte gehen, aber die Frau folgte ihm. »Sind Sie ein Polizeispitzel?« fragte er. »Oder leiten Sie eine Untergrundautobuslinie? Oder vielleicht beides?«

»Keins von beiden. Hören Sie.« Sie hielt ihn an, als sie die Straße überquert und den ersten der Andenkenläden erreicht hatten, die sich bis an die Molen zwischen den Lagerhäusern aneinanderreihten. Sie nahm ihre Sonnenbrille ab und lächelte ihm freimütig zu. »Es tut mir leid, daß ich so neugierig bin – der Hotelangestellte hat mir gesagt, wer Sie sind –, aber ich sitze selbst hier fest, und ich dachte, Sie wüßten vielleicht etwas. Ich bin schon in Port Matarre, seit das letzte Schiff ankam.«

»Das kann ich mir denken.« Dr. Sanders schlenderte weiter und betrachtete die Stände mit ihrem billigen Elfenbeinzierat, den kleinen Figuren, nach ozeanischem Stil gearbeitet, den die Eingeborenen auf vielen Umwegen von europäischen Illustrierten übernommen hatten. »Port Matarre hat mehr als eine flüchtige Ähnlichkeit mit dem Fegefeuer.«

»Sagen Sie, sind Sie in offiziellen Geschäften hier?« Die junge Frau berührte seinen Arm. Sie hatte ihre Brille wieder aufgesetzt, als könnte sie für ihre Befragung dadurch eine günstigere Position gewinnen. »Sie haben im Gästebuch die Adresse der Universität Libreville angegeben.«

»Die medizinische Fakultät«, sagte Dr. Sanders. »Um Ihre Neugier zu befriedigen, falls das möglich ist: Ich bin ganz einfach in Ferien hier. Und Sie?«

Sie antwortete mit ruhigerer Stimme, nachdem sie noch einen vergewissernden Blick auf Sanders geworfen hatte: »Ich bin Journalistin und arbeite freiberuflich für ein Büro, das Material an die französischen illustrierten Wochenzeitschriften verkauft.«

»Journalistin?« Sanders sah sie jetzt aufmerksam an. Während ihrer kurzen Unterhaltung hatte er es vermieden, sie anzublikken, teils, weil ihre Brille ihn störte, die den seltsamen Kontrast von Hell und Dunkel in Port Matarre hervorhob, und teils wegen ihrer Ähnlichkeit mit Suzanne Clair. »Ich wußte nicht . . . es tut mir leid, daß ich so abweisend war, aber ich habe heute nichts erreicht. Können Sie mir etwas über diesen Notstand erzählen – ich akzeptiere Ihre Bezeichnung dafür.«

Die junge Frau deutete auf eine Bar an der nächsten Straßenecke. »Wir gehen am besten dahin, dort ist es ruhiger. Ich habe der Polizei schon die ganze Woche lang in den Ohren gelegen.«

Nachdem sie sich in eine Nische am Fenster gesetzt hatten, stellte sie sich als Louise Peret vor. Obwohl sie ja nun darauf vorbereitet war, Dr. Sanders als Verbündeten anzuerkennen, trug sie noch immer ihre Sonnenbrille, als schützte sie ein inneres Heiligtum. Ihr maskenhaftes Gesicht und ihre kühle Verhaltensweise schienen Sanders ebenso typisch für Port Matarre wie Ventress' seltsame Kleidung, aber er spürte schon in der Art, wie sich ihre Hände über dem Tisch auf ihn zu bewegten, daß sie einen Anknüpfungspunkt suchte.

»Die Beamten warten auf einen Physiker von der Universität«, sagte sie, »einen Doktor Tatlin, glaube ich, obwohl es nicht leicht ist, das von hier aus festzustellen. Zuerst dachte ich, Sie seien

Tatlin.«

»Ein Physiker . . .?« Das ist unbegreiflich. Nach den Worten des Polizeihauptmanns leiden die befallenen Waldgebiete an einer Viruskrankheit. Haben Sie die ganze Woche lang versucht, nach Mont Royal zu fahren?«

»Das eigentlich nicht. Ich bin mit einem Herrn vom Büro hierhergekommen, einem Amerikaner, Anderson heißt er. Nachdem wir an Land gegangen waren, fuhr er mit einem Mietwagen nach Mont Royal, um Aufnahmen zu machen. Ich sollte hier warten, um möglichst schnell eine Reportage herauszubringen.«

»Hat er irgend etwas gesehen?«

»Ich habe vor vier Tagen mit ihm telefoniert, aber die Verbindung war schlecht, ich konnte kaum etwas verstehen. Er sagte nur etwas vom Wald, der voller Edelsteine sei, aber das war natürlich nur ein Scherz . . .« Sie machte eine unbestimmte Geste.

»Eine bildhafte Ausdrucksweise?«

»Sicher. Wenn er ein neues Diamantenfeld gesehen hätte, so hätte er das auch deutlich gesagt. Jedenfalls, am nächsten Tag war die Telefonverbindung abgebrochen, und sie versuchen immer noch, die Leitung zu reparieren – nicht einmal die Polizei kommt durch.«

Sanders bestellte zwei Kognaks. Er nahm von Louise eine Zigarette an und sah durch das Fenster auf die Molen am Flußufer. Die letzte Ladung wurde gelöscht, und die Passagiere standen an der Reling oder saßen teilnahmslos auf ihrem Gepäck und blickten auf das Deck hinunter.

»Es ist schwer zu sagen, wie ernst man das nehmen soll«, sagte Sanders. »Offenbar geht irgend etwas vor; es könnte alles mögliche sein.«

»Aber wozu dann die Polizisten und die Militärlastwagen und die Zollbeamten heute morgen?«

Dr. Sanders zuckte die Achseln. »Bürokratismus – wenn die Telefonverbindung abgebrochen ist, wissen sie wahrscheinlich ebensowenig wie wir. Was ich nicht verstehe, ist, warum Sie und der Amerikaner überhaupt hierhergekommen sind. Mont Royal ist doch bestimmt noch verlassener als Port Matarre.«

»Anderson hatte einen Wink bekommen, daß bei den Gruben irgend etwas los ist – er wollte mir nicht sagen, was. Es war eigentlich seine Story, verstehen Sie, aber wir wußten, daß die Armee Reservetruppen hingeschickt hatte. Sagen Sie, Doktor, wollen Sie immer noch zu Ihren Freunden nach Mont Royal?«

»Wenn es geht. Es muß einen Weg geben. Schließlich sind es nur fünfundsiebzig Kilometer, die könnte ich im Notfall zu Fuß schaffen.«

Louise lachte. »Ich nicht.« In diesem Augenblick schritt eine schwarzgewandete Gestalt am Fenster vorbei auf den Markt zu. »Pater Balthus«, sagte Louise. »Sein Gemeinde ist in der Nähe von Mont Royal. Über ihn habe ich auch Nachforschungen angestellt. Das wäre ein Reisegefährte für Sie.«

»Das bezweifle ich.« Dr. Sanders sah dem Priester nach, der rasch, das lange Gesicht hochgereckt, über die Straße ging. Kopf und Schultern hielt er steif, aber hinter seinem Rücken bewegten sich seine Hände und zappelten, als ob ihnen ein eigenes Leben innewohnte. »Pater Balthus bringt es im Büßertum wohl nicht weit – ich glaube, er hat andere Probleme im Kopf.« Sanders erhob sich und trank seinen Kognak aus. »Aber immerhin ist es eine Idee. Ich werde mit dem guten Pater reden. Wir sehen uns im Hotel wieder. Vielleicht können wir zusammen zu Abend essen?«

»Gern.« Sie winkte ihm zu, als er hinausging, und setzte sich dann wieder mit undurchdringlicher Miene ans Fenster.

Ein paar hundert Meter weiter entdeckte Sanders den Priester. Balthus hatte den Randbezirk des Eingeborenenmarktes erreicht und ging zwischen den ersten Ständen hindurch; er schaute sich um, als suchte er jemanden. Dr. Sanders folgte ihm in einiger Entfernung. Der Markt war fast menschenleer, und Sanders beschloß, den Priester ein paar Minuten lang zu beobachten, bevor er an ihn herantrat. Ab und zu, wenn Pater Balthus sich umdrehte, sah Sanders sein Gesicht und die kritisch erhobene, dünne Nase, wenn er über die Köpfe der Eingeborenenfrauen hinwegblickte.

Dr. Sanders betrachtete die Stände und blieb stehen, um die geschnitzten Figuren und Souvenirs näher zu untersuchen. Die kleine örtliche Industrie hatte die Abfallprodukte der Gruben von Mont Royal geschickt verwertet, und zahlreiche Schnitzereien aus Teakholz und Elfenbein waren mit Bruchstücken von Kalk- und Flußspat verziert, die man aus dem Abfall herausgesucht und kunstvoll zu winzigen Kronen und Halsketten für die Figuren verarbeitet hatte. Viele Stücke bestanden aus Klumpen von unreinem Jade und Bernstein. Die Bildhauer hatten auf jede Vorspiegelung einer christlichen Bilderwelt verzichtet und hokkende Idole mit Hängebäuchen und Grimassen schneidenden Gesichtern angefertigt.

Während Sanders den Pater weiter im Auge behielt, prüfte er eine Statuette, die eine Eingeborenengottheit darstellte und in der zwei Kalziumfluoridkristalle die Augen bildeten. Das Mineral hatte in der Sonne einen phosphoreszierenden Schimmer. Er nickte der Besitzerin des Standes zu und machte ihr ein Kompliment zu diesem Stück. Sie nutzte die Gelegenheit, lächelte breit und zog einen verblichenen Kattunstreifen zurück, der den Hintergrund des Standes verdeckt hatte.

»Nein, ist das schön!« Sanders streckte die Hand aus, um den Ziergegenstand anzufassen, den sie freigelegt hatte, aber die Frau hielt seine Hände zurück. Vor ihm lag, in der Sonne glitzernd, eine große kristallene Orchidee, aus einem quarzähnlichen Metall geschnitzt. Die ganze Struktur der Blüte war wiedergegeben und aus dem Kristall herausgearbeitet, fast als hätte man ein lebendes Exemplar in ein riesiges Gehänge aus geschnitztem Glas hineingezaubert. Die inneren Flächen des Quarzes waren mit erstaunlicher Geschicklichkeit geschliffen, so daß sich die Orchidee vielmals widerspiegelte, ein Bild über dem anderen, als sähe man sie durch Labyrinthe von Prismen. Wenn Sanders seinen Kopf bewegte, sandte die Blüte einen ununterbrochenen Lichtstrom aus.

Sanders griff nach seiner Brieftasche, und die Frau lächelte wieder und zog die Decke noch weiter zurück, um ihm andere Andenken zu zeigen. Neben der Orchidee lag ein Büschel von Blättern, aus durchsichtigem, jadeartigem Stein geschnitzt und an einem Zweig befestigt. Jedes Blatt war meisterhaft nachgeformt, und die Adern bildeten ein blasses Flechtwerk unter dem Kristall. Das Büschel mit den sieben Blättern, die bis auf die Achselknospen und die leichte Krümmung des Zweiges naturgetreu wiedergegeben waren, schienen eher charakteristisch für die Kunst japanischer Juweliere des Mittelalters als für die ungehobelte, massive Skulptur Afrikas.

Neben dem Büschel lag ein noch bizarreres Stück, ein geschnitzter Baumpilz, der einem mächtigen, mit Juwelen besetzten Schwamm glich. In beiden Stücken glänzten wieder zahlreiche Spiegelbilder ihrer selbst, die durch die geschliffenen Flächen der Fassung reflektiert wurden. Sanders beugte sich vor und stellte sich zwischen die Ziergegenstände und die Sonne, aber das Licht funkelte in ihnen, als käme es aus einer Quelle im Innern.

Bevor er seine Brieftasche öffnen konnte, hörte man Rufe in der Ferne. An einem Stand war Unruhe aufgekommen. Die Händler liefen in allen Richtungen durcheinander, und eine Frauenstimme schrie laut auf. In der Mitte dieser Szene stand Pater Balthus; er reckte die Arme über dem Kopf empor und hielt etwas in seinen Händen. Das schwarze Gewand hob sich wie Flügel eines rächenden Vogels.

»Warten Sie auf mich!« rief Sanders der Händlerin über die Schulter hinweg zu, aber sie hatte ihre Auslage schon zugedeckt und das Brett zwischen Haufen von Palmblättern und Körben voll Kokosmehl hinten im Stand geschoben.

Sanders lief zu Pater Balthus. Der Priester stand jetzt mitten in einem Kreis von Zuschauern und hielt in den erhobenen Händen eine große einheimische Schnitzerei, die ein Kruzifix darstellte. Er schwang es wie ein Schwert über seinem Kopf hin und her, als wollte er einem fernen Berggipfel Signale geben. Alle paar Sekunden hielt er inne, nahm das Kreuz herunter und musterte es; sein Gesicht schwitzte.

Das Kreuz, ein gröberes Gegenstück zu der Orchidee, die Sanders gesehen hatte, war aus einem sanftgelben Edelstein ähnlich dem Chrysolith geschnitzt, und die Gestalt Christi war in einen Behälter aus prismatischem Quarz eingebettet. Als der Priester die Figur durch die Luft bewegte und in einem Wutanfall schüttelte, schienen die Kristalle zu schmelzen, und das Licht entströmte ihnen wie einem brennenden Docht.

»Balthus!«

Dr. Sanders drängte sich durch die Menge, die den Priester beobachtete. Die Gesichter waren halb abgewandt, und die Leute schauten nach der Polizei aus, als wären sie sich ihrer Komplizenschaft bewußt, gleichgültig für welche Form der Majestätsbeleidigung Pater Balthus sie jetzt strafte. Der Priester beachtete sie nicht und schüttelte weiter das Kreuz, dann senkte er es und betastete die kristallene Oberfläche.

»Balthus, was in aller Welt . . .?« begann Sanders, aber der Priester schob ihn beiseite. Er wirbelte das Kruzifix wie einen Propeller herum, sah, wie sein Licht verglimmte, und schien einzig darum bemüht, alle Mächte, die es in seinen Augen enthielt, zu vertreiben.

Man hörte den Ruf eines der Standbesitzer, und Dr. Sanders sah einen einheimischen Wachtmeister, der vorsichtig herankam. Sofort zerstreute sich die Menge. Keuchend vor Anstrengung ließ Pater Balthus ein Ende des Kruzifixes auf den Boden herab. Er hielt es noch fest wie ein stumpfes Schwert und betrachtete seine erloschene Oberfläche. Die kristallene Hülle hatte sich in der Luft aufgelöst.

»Obszön, obszön . . .!« murmelte er Dr. Sanders zu, während dieser seinen Arm faßte und ihn zwischen den Ständen vorwärtsschob. Sanders blieb kurz stehen und warf die Schnitzerei auf das blaue Tuch über den Auslagen; der aus poliertem Holz gefertigte Schaft fühlte sich an wie ein Eisstock. Er zog eine Fünffranknote aus seiner Brieftasche und stopfte sie in die Hände des Standbesitzers, dann drängte er Pater Balthus vor sich her. Der Priester starrte zum Himmel empor und auf den fernen Wald hinter dem Markt. Tief in den großen Ästen flimmerten die Blätter mit dem gleichen harten Licht, das von dem Kreuz ausgegangen war.

»Balthus, verstehen Sie denn nicht . . .?« Sie hatten den Landungsplatz erreicht. Sanders packte die Hand des Priesters mit festem Griff. Sie war ebenso kalt wie das Kruzifix. »Das war als Huldigung aufgefaßt und hatte nichts Obszönes. Sie haben schon Tausende von edelsteinbesetzten Kreuzen gesehen.«

Endlich schien der Priester ihn zu erkennen. Er blickte aus seinem schmalen Gesicht scharf auf den Arzt herab und zog seine Hand zurück. »Offenbar begreifen Sie nicht, Doktor! Das Kreuz war nicht mit Edelsteinen besetzt!«

Dr. Sanders sah ihm nach, wie er mit langen Schritten davoneilte; er hielt Kopf und Schultern steif wie in selbstzufriedenem Stolz, und nur die mageren Hände hinter seinem Rücken verkrampften und wanden sich wie nervöse Schlangen.

Später, als er im fast menschenleeren Hotel mit Louise Peret zu Abend aß, sagte Dr. Sanders: »Ich kenne die Beweggründe des braven Paters nicht, aber ich bin sicher, daß sein Bischof sie nicht billigen würde.«

»Sie meinen, er könnte . . . ins andere Lager übergewechselt sein?« fragte Louise.

Sanders lachte: »Das ist wohl zu viel gesagt, aber ich habe den Verdacht, daß er seine Zweifel eher zu bestärken als zu beschwichtigen suchte. Jenes Kreuz auf dem Markt trieb ihn zur Raserei – er wollte es buchstäblich totschütteln.«

»Aber warum? Ich habe diese einheimischen Schnitzarbeiten gesehen; es ist schöner, aber gewöhnlicher Schmuck.«

»Nein, Louise. Das ist es ja gerade. Balthus wußte auch, daß er durchaus nicht gewöhnlich ist. Das hat etwas mit dem Licht zu tun, das er ausstrahlt. Ich hatte keine Gelegenheit, jene Stücke näher zu untersuchen, aber es scheint aus dem Innern zu kommen und nicht von der Sonne her, ein hartes, intensives Licht, so wie Sie es überall über Port Matarre gesehen haben.«

»Ich weiß.« Louises Hand tastete nach der Sonnenbrille, die in Reichweite neben ihrem Teller lag wie ein Talisman. Dann und wann klappte sie sie automatisch auf und zu. »Wenn man hier ankommt, scheint zuerst alles dunkel, aber dann blickt man auf den Wald und sieht Sterne auf den Blättern glühen.« Sie klopfte auf die Brille. »Darum trage ich diese, Doktor.«

»Tatsächlich?« Sanders hob die Brille auf und hielt sie vor sich hin – eine der größten, die er jemals gesehen hatte. Ihre Gläser hatten fast acht Zentimeter Durchmesser. »Wo haben Sie die bekommen? Sie ist sehr groß, Louise, und sie teilt Ihr Gesicht in zwei Hälften.«

Louise zuckte die Achseln. Sie zündete sich mit einer nervösen Geste eine Zigarette an. »Heute ist der einundzwanzigste März, Doktor, die Tagundnachtgleiche.«

»Die Tagundnachtgleiche? Ach ja, natürlich . . . wenn die Sonne den Äquator überquert und Tag und Nacht gleich lang sind . . .« Sanders dachte darüber nach. Die Scheidung von Dunkel und Licht schien in Port Matarre allgegenwärtig, in den Kontrasten zwischen Ventress' weißem Anzug und Balthus' dunkler Soutane, in den weißen Arkaden mit ihren Schattenfüllungen und selbst in seinen Gedanken an Suzanne Clair, die dunkle Zwillingsschwester der jungen Frau, die ihn mit ihrem freimütigen Blick über den Tisch hinweg ansah.

»Wenigstens können Sie sich für eins entscheiden, Doktor, das ist auch etwas wert. Jetzt ist nichts verschwommen oder grau.« Sie lehnte sich vor. »Warum sind Sie nach Port Matarre gekommen? Suchen Sie wirklich Ihre Freunde?«

Sanders wandte sich von diesem offenen Blick ab. »Das ist schwer zu erklären, ich . . .« Er überlegte, ob er ihr vertrauen sollte, dann gab er sich einen Ruck und faßte sich. Er richtete sich auf und berührte ihre Hand. »Hören Sie, morgen müssen wir versuchen, einen Wagen oder ein Schiff zu mieten. Wenn wir uns die Kosten teilen, können wir um so länger in Mont Royal bleiben.«

»Ich würde gern mit Ihnen fahren. Aber glauben Sie, daß es sicher ist?«

»Zunächst ja. Was die Polizei auch denkt, ich bin überzeugt, es ist kein Virusherd.« Er fühlte den Smaragd in dem Goldring auf Louises Finger. »In gewisser Weise bin ich in diesen Dingen

Fachmann.«

Ohne ihre Hand seiner Berühung zu entziehen, sagte Louise ruhig: »Ich weiß, Doktor. Ich habe heute nachmittag mit dem Steward auf dem Dampfer gesprochen.« Sie fügte hinzu: »Der Koch meiner Tante ist jetzt Patient in Ihrer Leprastation.«

Sanders zögerte. »Louise, es ist nicht meine Leprastation. Denken Sie nicht, ich sei an sie gebunden. Wie Sie eben sagten, können wir jetzt vielleicht eine endgültige Entscheidung treffen.«

Sie hatten ihren Kaffee ausgetrunken. Sanders stand auf und nahm Louises Arm. Er glaubte ihre Bewegungen zu verstehen, weil sie Suzanne so sehr glich, ihre Hüften und Schultern berührten die seinen, als ob altvertraute Intimitäten sich bereits wiederholen sollten. Louise mied seinen Blick, aber ihr Körper blieb dicht neben seinem, als sie zwischen den Tischen hindurchgingen.

Sie traten in die leere Halle hinaus. Der Empfangschef saß mit dem Kopf an das Schaltbrett gelehnt und schlief. Das Messinggeländer der Treppe glänzte im dumpfen Licht, und die schlaffen Wedel der Topfpalmen hingen bis auf die ausgetretenen Marmorstufen hinunter. Sanders hielt immer noch Louises Arm und fühlte, wie ihre Finger seine Hand umfaßten. Er sah durch die Eingangstür hinaus; im Schatten der Arkaden bemerkte er Schuhe und Hosen eines Mannes, der an einer Säule lehnte.

»Es ist zu spät, um hinauszugehen«, sagte Louise.

Sanders blickte auf sie hinab und begriff, daß die ganzen hemmenden Kräfte der sexuellen Konventionen und seine eigene Abneigung gegen eine enge Beziehung zu anderen Menschen endgültig aufgehoben war. Außerdem spürte er, daß der vergangene Tag in Port Matarre und die seltsame Atmosphäre der öden Stadt sie beide gewissermaßen in einen Angelpunkt zwischen die hellen und dunklen Schatten der Tagundnachtgleiche stellten. In diesem Augenblick des Gleichgewichts war jede Handlung möglich.

Als sie vor seiner Tür angekommen waren, entzog Louise ihm ihre Hand und trat in den dunklen Raum. Sanders folgte ihr und schloß die Tür. Louise wandte sich ihm zu; das bleiche Licht des Neonschilds unten am Haus erleuchtete eine Seite ihres Gesichts und ihres Mundes. Als ihre Hände sich berührten, fiel ihre Brille herunter. Sanders hielt Louise in seinen Armen und befreite sich für diesen Augenblick von Suzanne Clair und dem dunklen Bild ihres Gesichts, das wie eine blasse Laterne vor seinen Augen schwebte.

Kurz nach Mitternacht, als Sanders quer über dem Kissen in seinem Bett lag, wachte er auf; er fühlte, wie Louise seine Schulter berührte.

»Louise . . .?« Er streckte den Arm aus und legte ihn um ihren Leib. Aber sie schob seine Hand zurück. »Was ist?«

»Das Fenster. Geh ans Fenster und schau nach Südosten.«

»Was?« Sanders starrte in ihr ernstes Gesicht, das ihn durch das Zimmer ins Mondlicht schickte. »Natürlich, Louise.«

Sie wartete am Bettrand, als er über den abgetretenen Teppich ging und die Moskitotüren aufklinkte. Er hob den Kopf und blickte zum sternenbesäten Himmel auf. Vor ihm, unter einem Winkel von fünfundvierzig Grad, entdeckte er den Stier und den Orion. An ihnen vorbei zog ein riesiger Stern, der einen hellen Lichtkranz vor sich her trug und die kleineren Sterne auf seiner Bahn verdunkelte. Sanders erkannte den Echo-Satelliten nicht gleich. Seine Leuchtkraft hatte sich um mindestens das Zehnfache vermehrt und verwandelte die dünne Lichtspitze, die sich so viele Jahre lang treulich in den Nachthimmel gebohrt hatte, in einen glänzenden Himmelskörper, den nur der Mond überstrahlte. Er war nun also in ganz Afrika sichtbar, von der liberischen Küste bis zu den Ufern des Roten Meeres, eine ungeheure Himmelslaterne, in der das gleiche Feuer brannte, das er am Nachmittag in den edelsteinbesetzten Blumen gesehen hatte.

Er dachte träge, vielleicht wird der Ballon platzen und eine Aluminiumwolke bilden wie einen riesigen Spiegel, und er folgte dem Satelliten mit den Augen, bis er im Südosten unterging. Als er verschwand, loderten im dunklen Walddach Millionen von

Lichtpunkten auf. Louises weißer Körper neben Sanders schimmerte in einer Diamantenhülle, und die schwarze Oberfläche des Flusses unten glitzerte wie der Rücken einer schlafenden Schlange.

3 Der Mulatte auf den Seilbrücken

In der Dunkelheit wichen die abgenutzten Säulen der Arkaden bleichen Gespenstern gleich gegen die östlichen Stadtränder zurück, überragt vom Baldachin des stillen Waldes. Sanders blieb vor dem Hoteleingang stehen und ließ die Nachtluft über seinen zerknitterten Anzug streichen. Eine schwache Spur von Louises Duft hing noch an seinem Gesicht und seinen Händen. Er trat auf die Straße hinaus und sah zu seinem Fenster hinauf. Beunruhigt durch das Bild des Satelliten, der wie ein Warnsignal über den nächtlichen Himmel gezogen war, hatte er das enge, hohe Hotelzimmer verlassen und beschlossen, draußen spazierenzugehen. Als er an den Arkaden entlang zum Fluß hinunterschritt, an den zusammengekauerten Gestalten der Eingeborenen vorbei, die hier und dort in einer Rolle Wellpappe schliefen, dachte er an Louise, an ihr rasch aufleuchtendes Lächeln, ihre nervösen Hände und die unvermeidliche Sonnenbrille. Zum ersten Mal war er überzeugt von der absoluten Wirklichkeit von Port Matarre. Seine Erinnerungen an die Leprastation und Suzanne Clair waren bereits verblaßt. In gewisser Weise hatte seine Fahrt nach Mont Royal ihren Sinn verloren. Nun wäre es vernünftiger gewesen, Louise nach Fort Isabelle mitzunehmen und dort sein Leben mit ihr anstatt im Zeichen Suzannes neu anzufangen.

Und doch blieb das Bedürfnis, Suzanne Clair zu finden, deren ferne Gegenwart wie ein unheilvoller Planet über dem Dschungel von Mont Royal hing. Er spürte, daß auch Louise andere Sorgen hatte. Sie hatte ihm von ihrer unruhigen Vergangenheit erzählt, ihrer Kindheit in einer der französischen Siedlungen im Kongo und von irgendeiner Demütigung später, während der Revolte gegen die Zentralregierung nach der Unabhängigkeit, als meuternde Gendarmen sie und andere Journalisten in der aufständischen Provinz Katanga festgenommen hatten. Für Louise ebenso wie für ihn selbst war Port Matarre mit seinem leeren Licht ein neutraler Punkt, eine tote Zone am afrikanischen Äquator, zu dem es sie beide hingezogen hatte. Dennoch würde nichts, was hier geschah, zwischen ihnen oder irgend jemand anders, notwendig entscheidende Bedeutung haben.

Am Ende der Straße gegenüber den Lichtern der Polizeipräfektur wandte sich Sanders dem Fluß zu und ging in Richtung zum Eingeborenenmarkt. Der Dampfer war nach Libreville abgefahren, und die Hauptlandungsplätze lagen verlassen da. Die Rümpfe von vier Landungsbooten waren jeweils zu zweit aneinandergekoppelt. Unter dem Markt lag der Eingeborenenhafen, ein Labyrinth von kleinen Molen und Seilbrücken. In dieser vom Wasser getragenen Barackenstadt von etwa zweihundert Booten und Flößen wohnten nachts die Marktbudenbesitzer. Einige Feuer brannten in den Blechöfen der Steuerräume und erhellten die Schlafkabinen unter den geschwungenen Dächern aus spanischem Rohr. Wenige Männer saßen auf den Seilbrücken über den Booten, und eine kleine Gruppe spielte am Ende des ersten Kais mit Würfeln, sonst jedoch herrschte Stille in dem schwimmenden Barackenlager, und seine Edelsteinlast lag im Nachtdunkel verborgen. Die Bar, die er am Nachmittag zusammen mit Louise besucht hatte, war noch offen. In der engen Gasse gegenüber vom Eingang lungerten zwei junge Afrikaner in blauen Drillichanzügen um ein verlassenes Auto herum; einer saß auf der Motorhaube und lehnte an der Windschutzscheibe. Als Sanders in die Bar hineinging, beobachteten sie ihn mit gespielter Gleichgültigkeit.

Die Bar war fast leer. Am anderen Ende sprachen ein europäischer Plantagenverwalter und sein afrikanischer Vorarbeiter mit zwei Mischlingen, Händlern aus Port Matarre. Sanders trug seinen Whisky in eine Nische am Fenster und sah über den Fluß hinaus; er rechnete aus, wann wohl die nächste Umlaufbahn des Satelliten beginnen würde.

Er dachte gerade an die edelsteinbesetzten Blätter, die er nachmittags auf dem Markt gesehen hatte, als jemand seine Schulter berührte. »Doktor Sanders? So spät noch auf, Doktor?«

Sanders wandte sich um; vor ihm stand Ventress im weißen

Anzug und blickte mit dem gewohnten ironischen Lächeln auf ihn herab. Sanders entsann sich ihres Zusammenstoßes am Tag zuvor und sagte: »Nein, Ventress, früh. Ich bin Ihnen um einen Tag voraus.«

Ventress nickte eifrig, als freute er sich, daß Sanders ihn übervorteilte, wenn auch nur in verbaler Form. Obwohl er stand, schien es Sanders, als sei er zusammengeschrumpft; das Jackett war knapp über der engen Brust zusammengeknöpft.

»Das ist gut, Sanders, sehr gut.« Ventress sah nach den leeren Nischen hinüber. »Darf ich mich einen Augenblick zu Ihnen setzen?«

»Na, also . . .« Sanders gab sich keine Mühe, liebenswürdig zu sein. Der Zwischenfall mit der Maschinenpistole erinnerte ihn daran, daß alles, was Ventress tat, aus Berechnung geschah. Nach den vergangenen Stunden, die er mit Louise verbracht hatte, war Ventress mit seinen manisch wechselnden Stimmungen die letzte Person, die er um sich haben mochte. »Könnten Sie . . .«

»Nein, lieber Sanders, ich möchte Sie nicht in Verlegenheit bringen! Ich bleibe stehen!« Er beachtete Sanders' halb abgewandte Schulter nicht und fuhr fort: »Wie vernünftig von Ihnen, Doktor, die Nächte in Port Matarre sind viel interessanter als die Tage. Stimmt's?«

Sanders sah sich um, denn er war nicht sicher, was Ventress mit dieser Bemerkung meinte. Der Mann, der ihn von der gegenüberliegenden Arkade aus beobachtet hatte, als er mit Louise die Treppe hinaufgegangen war, konnte durchaus Ventress gewesen sein. »In gewisser Weise . . .«

»Ist die Astronomie vielleicht eines Ihrer Hobbys?« fragte Ventress und beugte sich spöttisch lächelnd über den Tisch.

»Ich habe den Satelliten gesehen, wenn Sie darauf hinauswollen«, erwiderte Sanders. »Sagen Sie, wie erklären Sie das – diese plötzliche Vergrößerung?«

Ventress nickte weise. »Eine umfassende Frage, Doktor. Um sie zu beantworten, brauchte ich wohl – buchstäblich, fürchte ich – eine Ewigkeit . . .«

Bevor Sanders weiter fragen konnte, öffnete sich die Tür, und einer der jungen Afrikaner, die er am Wagen gesehen hatte, kam herein. Er wechselte einen raschen Blick mit Ventress und schlich wieder hinaus.

Ventress verbeugte sich kurz vor Sanders und zog seinen Krokodillederkoffer aus der Nische hinter Sanders hervor. Im Hinausgehen blieb er stehen und flüsterte Sanders zu: »Eine Ewigkeit – denken Sie daran, Doktor!«

Dr. Sanders fragte sich, was Ventress wohl hinter diesen Rätseln zu verbergen suchte, und trank seinen Whisky aus. Ventress verschwand mit dem Koffer in der Hand in der Dunkelheit nahe den Molen; die beiden Afrikaner gingen vor ihm her.

Sanders gab ihm fünf Minuten für die Abfahrt, denn er nahm an, daß Ventress entweder in einem gemieteten oder einem gestohlenen Boot nach Mont Royal hinüber wollte. Obwohl er ihm bald dorthin folgen würde, war er froh, daß er zunächst allein in Port Matarre blieb. Ventress' Anwesenheit war gewissermaßen ein unnötiges Zufallselement in dem schon hinlänglich verwirrenden hell-dunklen Muster der Arkaden, das einem Schachspiel glich, in dem beide Spieler argwöhnten, daß eine verborgene Figur auf dem Brett stand.

Während Sanders an dem verlassenen Wagen vorbeiging, bemerkte er, daß in der Mitte des Eingeborenenmarktes Unruhe entstanden war. Viele Feuer hatte man ausgelöscht, andere wurden angefacht, und die Flammen tanzten im aufgewühlten Wasser, während die Boote hin und her schaukelten. Die Seilbrücken, die oben drüber kreuz und quer von einer Mole zur anderen führten, schwankten unter dem Gewicht laufender Männer, die sich am Geländer entlangschwangen und aneinander vorbeiliefen.

Sanders ging auf den Rand des Wassers zu. Da sah er Ventress' kleine weiße Gestalt, die im Zentrum des Aufruhrs hin und her rannte wie eine im einbrechenden Netz gefangene Spinne. Er rief dem Jungen, der seinen Koffer über die Seilbrücke vor ihm trug, etwas zu. Ein hochgewachsener, kurzgeschorener Mulatte im Khakibuschhemd kletterte auf die beiden zu, einen langen verstärkten Schlauch in der narbigen Hand. Hinter Ventress hatten zwei Männer in dunklen Trikots den zweiten Afrikaner auf der Seilbrücke niedergeschlagen. Messer blitzten in ihren Händen auf. Der junge Mann trat mit den Füßen nach den Angreifern und glitt wie ein Fisch, den man eben ausnehmen wollte, durch das Geländer zur Seite. Er landete mit einem langen Riß in seinen Drillichhosen unten in einem Boot. Dort hielt er mit einer Hand das Blut an seinem Bein auf und kroch über das nächste Boot zum Kai; dann lief er zwischen den Kokosmehlballen davon.

Oben auf der Seilbrücke hörte man Ventress wieder rufen, und der Junge hob den Koffer und parierte, als der Mulatte den Schlauch gegen seinen Kopf schwang. Er schleuderte den Koffer vor sich her, glitt unter die Reling, sprang auf die zweite Reihe der Boote, die an der Mole vertäut lagen, und riß beim Herunterkommen das Rohrdach ein. Die Hütte brach in einem Durcheinander von Decken und umgestürzten Benzinkanistern zusammen. Plötzlich schimmerte es hell auf, als der Feuerschein von den anderen Booten auf das Versteck mit den kristallenen Schmuckstücken fiel.

Während Sanders zusah, wie die Boote von ihren Ankerplätzen fortglitten und die glitzernden Edelsteine sich im leicht bewegten Wasser des Hafens spiegelten, hörte er den scharfen Knall eines Schusses, der den Lärm übertönte. Ventress hockte mit der Maschinenpistole in der Hand auf dem Boden. Er schoß noch einmal auf den Mulatten mit dem Gummiknüppel. Als dieser sich auf einem Fallreep zum Landungsplatz zurückzog, sah Ventress über seine Schulter auf die beiden Männer zurück, die jetzt regungslos am Geländer lehnten; ihre dunklen Körper waren fast unsichtbar. Er steckte die Pistole in das Halfter, ließ sich am Rand der Seilbrücke nieder und sprang auf das Deck eines Bootes unter ihm. Er nahm keine Notiz von dem Besitzer des Bootes, einem kleinen, grauhaarigen Afrikaner, der versuchte, seine edelsteinverzierten Blätter einzusammeln, die um ihn her im Innenraum des Bootes verstreut lagen. Ventress kehrte das Dachgestell um, über das eine Decke gebreitet war.

Seine beiden Helfershelfer waren zwischen Booten an den beiden Molen nebenan verschwunden, aber Ventress schien allein daran gelegen, seinen Koffer wiederzufinden. Er ging von einem Boot zum anderen, stieß die Kattunplanen mit dem Fuß zurück und hielt die Besitzer mit der Pistole in Schach. Hinter ihm lag eine von Edelsteinen glitzernde Spur. Die drei Männer auf der Seilbrücke über ihm spiegelten sich im flackernden Lichtschein auf dem Wasser.

Jetzt gab Ventress die Jagd nach seinem Koffer auf und drängte sich zwischen den Standbesitzern hindurch. Er kletterte auf die Mole. Am äußersten Ende lag ein kleines Motorboot, das nur mit einem einzigen Seil an einem Stapel zersägter Holzbalken vertäut war. Ventress lief an den Rand der Mole, warf die Seile hinunter und stieg ins Boot. Eine Weile arbeitete er an den Steuerleitungen, und das Geheul des anlaufenden Motors ertönte über dem Lärm. Eine Sekunde später hörte man eine dröhnende Explosion vom Bugraum des Bootes, und eine Flammengarbe schoß in die dunkle Luft empor. Ventress, der gegen die Ruderpinne geschleudert worden war, sah zu den Flammen hinauf, die durch die Planken vor der zertrümmerten Windschutzscheibe drangen. Als das Boot am Kai entlangtrieb, faßte er sich, und es gelang ihm, auf einen schwimmenden Kasten zu springen, der als Laufplanke diente.

Sanders drängte sich zwischen den wenigen Afrikanern hindurch, die vom Ufer aus zusahen, kletterte auf die Mole und lief zu Ventress hinüber. Dieser war durch die Explosion verletzt. Er sah nicht die schwachen Umrisse einer großen Motorjacht, die draußen auf dem Fluß, etwa zwanzig Meter vom Ende der Mole entfernt, wartete. Am Ruder auf der Brücke, von wo aus er die Verfolgung über die Seilbrücke beobachtet hatte, stand ein großer, breitschultriger Mann im schwarzen Anzug; sein langes Gesicht war zum Teil hinter der weißen Stange des Funkmastes verborgen. Auf dem Deck unter ihm befand sich so etwas wie die Startkanone eines Jachtklubs; ihr gedrungenes Rohr glänzte im Licht. Als das brennende Motorboot am Ende der Mole vorbeitrieb, erloschen die Flammen, und die Jacht und ihr Besitzer versanken wieder in der Dunkelheit.

In der Mitte des Piers sah Sanders den kurzgeschorenen Mulatten, der sich von der Seilbrücke vor ihm hinabschwang. Er hatte den Gummiknüppel fortgeworfen, und in seiner mächtigen Hand glänzte eine dünne Silberklinge. Er kroch von hinten an Ventress heran, der auf dem Rand des Kais saß und dem brennenden Motorboot nachblickte, das ins seichte Wasser hineintrieb.

»Ventress!« Sanders stürzte vor, holte den Mulatten ein und riß ihn durch seinen Ansturm zu Boden. Schnell wie eine Schlange kam der Mulatte wieder zu sich, fuhr herum und stieß Sanders mit seinem geschorenen Kopf vor die Brust. Er beugte sich nieder, um das Messer aufzuheben, und seine Augen schweiften abwechselnd zu Ventress und dem Arzt.

Etwa hundert Meter weiter am Ufer stieg eine Leuchtkugel am Himmel über dem Hafen auf und verbreitete schwachen Glanz. Eine Sirene begann zu heulen; ihr Lärm schallte über den Lagerhäusern empor. Unter dem nächsten Kai hielt ein Polizeilastwagen; seine Scheinwerfer beleuchteten den letzten Kristallschmuck, der jetzt unter den Segeltuchplanen versteckt wurde. Das brennende Motorboot war gegen eine Stütze der Seilbrükken getrieben, und das mit Teer bestrichene Holz hatte Feuer gefangen; die Flammen loderten an dem trockenen Gerüst empor.

Sanders stieß mit einem Fuß nach dem Mulatten, dann riß er an einer der halb losen Holzplanken, die im Kai staken. Der Mulatte spähte zum Polizeiwagen hinüber. Er ergriff das Messer, lief an Sanders vorbei auf dem Kai entlang und tauchte zwischen den Booten am anderen Ende unter.

Sanders kniete neben Ventress nieder und wischte die ausgeglühten Kohlenstücke fort, die sich in das Gewebe seines Anzugs hineingefressen hatten. »Können Sie gehen? Die Polizei ist da.«

Ventress stand auf; sein Blick klärte sich. Das kleine Gesicht hinter dem Bart war völlig verschlossen. Er schien überhaupt nicht zu wissen, was vorgegangen war, und hielt sich an Sanders' Arm fest wie ein alter Mann.

Hinter ihnen, weit draußen auf dem Fluß, ertönte ein gedämpftes Brummen, und unter dem Heck der wartenden Jacht schäumte weißes Wasser auf. Als sie sich entfernte, kam Ventress zu sich. Er hielt immer noch Sanders' Arm, aber jetzt führte er ihn über den Kai.

»Kopf runter, Doktor! Hier können wir nicht warten!« Er wandte sich hin und her, während die brennende Seilbrücke einbrach und ins Wasser stürzte. Als sie das Ufer erreichten und hinter der kleinen Menschengruppe vorbeigingen, die am Hang stand, drehte er sich nach Sanders um. »Vielen Dank, Doktor! Fast wäre es mit meiner Zeit aus gewesen.«

Bevor Sanders antworten konnte, lief Ventress zwischen den Haufen der Benzinkanister am Eingang eines der Lagerhäuser davon. Sanders folgte ihm und sah ihn hinter dem verlassenen Wagen verschwinden.

Am Hafen waren die Feuer niedergebrannt. Die verkohlten Teile der Seilbrücken rauchten und sprühten in der dunklen Luft. Die Polizisten gingen mit Buschmessern an ihnen entlang, schnitten eine nach der anderen ab und warfen sie ins Wasser. Die Budenbesitzer unter ihnen schrien und paddelten ihre Boote in sichere Entfernung.

Sanders kehrte zu seinem Hotel zurück, mied aber die Arkaden. Die Bettler, aus dem Schlaf gestört, richteten sich in ihren Papphüllen auf und redeten mit schmeichelnden Stimmen auf ihn ein, als er vorbeiging; ihre Augen glänzten unter den dunklen Säulen.

Louise war in ihr Zimmer zurückgegangen. Sanders schaltete das Licht aus und setzte sich auf den Stuhl am Fenster. Die letzte Spur von Louises Duft verlor sich in der Luft, während Sanders die Morgendämmerung über den fernen Hügeln von Mont Royal heraufkommen sah; sie erleuchtete die gewundene Bahn des Flusses, als enthüllte sie einen geheimen Pfad.

4 Ein Ertrunkener

Am nächsten Morgen wurde die Leiche eines Ertrunkenen bei Port Matarre aus dem Fluß geborgen. Kurz nach zehn Uhr gingen Dr. Sanders und Louise Peret am Eingeborenenmarkt vorbei zum Hafen hinunter, in der Hoffnung, einen der Bootsleute heuern zu können, der sie flußaufwärts nach Mont Royal bringen sollte. Der Hafen war fast leer; die meisten Boote waren über den Fluß zu den Siedlungen am fernen Ufer gefahren. Überreste der Seilbrücken lagen im Wasser wie Skelette halb ertrunkener Eidechsen, und einige Fischer stocherten zwischen ihnen herum.

Der Markt war ruhig, entweder infolge des Zwischenfalls in der Nacht zuvor oder weil die Besitzer der Andenkenbuden sich nach Pater Balthus' Szene mit dem Edelsteinkreuz nicht zu zeigen wagten. Der Dschungel, der nachts so stark geglänzt hatte, war erloschen und düster geworden, als lüde sich das Laub erst wieder an der Sonne auf. Dieses durchdringende Gefühl des Unbehagens mahnte Sanders, so bald wie möglich mit Louise zusammen nach Mont Royal abzufahren. Während sie weitergingen, hielt er nach dem Mulatten und seinen beiden Helfershelfern Ausschau. Aber nach der Art des Überfalls auf Ventress zu schließen – die bewaffnete Motorjacht und ihr spähender Steuermann hatten bei dem Mordversuch zweifellos eine Rolle gespielt –, befanden sich die verhinderten Mörder inzwischen gewiß in sicherer Entfernung von der Polizei.

Während des kurzen Gangs vom Hotel zum Hafen hatte Sanders fast erwartet, daß Ventress ihm in den Schatten unter den Arkaden etwas zuflüstern würde, aber er fand in der ganzen Stadt keine Spur von ihm. So unwahrscheinlich das sein mochte, sah Sanders in der ungebrochenen Schwere des Lichts über Port Matarre den Beweis dafür, daß der Mann im weißen Anzug schon fort war.

Er zeigte Louise den Wirrwarr der eingebrochenen Seilbrükken und den verkohlten Rumpf des Motorbootes, das im seichten Wasser lag, und beschrieb ihr den Überfall des Mulatten und seiner Leute.

»Vielleicht wollte er Schmuck aus den Booten stehlen«, meinte Louise. »Und darum wehrten sie sich.«

»Nein, es war mehr – dieser Mulatte hatte es wirklich auf Ventress abgesehen. Wäre die Polizei nicht gekommen, so wären wir beide kopfüber im Fluß gelandet.«

Louise faßte seinen Arm, als sei sie in der allgemeinen Ungewißheit von Port Matarre nicht mehr ganz von Sanders' physischer Identität überzeugt. »Aber warum sollte ihn denn irgend jemand angreifen?«

»Ich habe keine Ahnung – hast du nichts über Ventress erfahren?«

»Nein, meist bin ich dir nachgegangen. Ich habe diesen kleinen bärtigen Mann nicht einmal gesehen. Wie du ihn beschreibst, muß er sehr finster sein.«

Sanders lachte. Er legte den Arm um ihre Schulter und sagte: »Meine liebe Louise, du hast einen Blaubartkomplex – wie alle Frauen. Ventress ist in Wirklichkeit ganz und gar nicht finster. Im Gegenteil, er ist ziemlich naiv und verletzbar.«

»Wie Blaubart, vermute ich.«

»Nicht ganz so. Aber wie er immerzu in Rätseln spricht . . . als fürchte er, sich zu verraten. Ich glaube, er weiß etwas von diesem Kristallisationsprozeß.«

»Aber warum wollte er dir das nicht einfach sagen? Wie könnte das auf seine eigene Lage Einfluß haben?«

Sanders schwieg eine Weile und blickte auf die Sonnenbrille, die Louise immer noch in der Hand hielt. »Ist das nicht bei uns allen so, Louise? Hinter uns in Port Matarre sind weiße und schwarze Schatten – warum, weiß Gott allein. Immerhin bin ich einer Sache sicher: Mit diesem Vorgang sind keine physischen Gefahren verbunden, sonst hätte Ventress mich gewarnt. Er hat mir aber zugeredet, nach Mont Royal zu fahren.«

Louise zuckte die Achseln. »Vielleicht paßt es ihm, dich dort zu haben.«

»Vielleicht . . .« Sie hatten die größten Molen des Eingeborenenhafens hinter sich gelassen. Sanders blieb stehen und sprach mit den Mischlingen, denen die am Ufer vertäuten Fischerboote gehörten. Sie schüttelten entweder den Kopf, als er Mont Royal erwähnte, oder sie machten einen so unzuverlässigen Eindruck, daß man ihnen nicht trauen konnte.

Er kehrte zu Louise zurück. »Keinen Zweck. Es sind sowieso nicht die richtigen Boote.«

»Ist das da drüben die Fähre?« Louise zeigte auf eine Stelle hundert Meter weiter am Ufer, wo am Rand des Wassers neben einer Landungsbrücke ein paar Leute standen. Zwei Männer in einem breiten Kahn stakten mit langen Stäben durch das Wasser.

Als Louise und Dr. Sanders näher kamen, sahen sie, daß die Bootsleute den schwimmenden Körper eines toten Mannes hereinholten.

Die Zuschauer wichen zurück, als die Leiche, von den beiden Stangen geschoben, durch das flache Wasser an den Strand gebracht wurde. Schließlich trat jemand vor und zog sie auf den feuchten Schlamm. Eine Weile starrten alle auf sie hinab; das schmutzige Wasser lief aus der durchgeweichten Kleidung und tropfte von den verblichenen Wangen und Augen hinab.

»Oh . . .« Louise wandte sich schaudernd ab und stolperte am Ufer entlang zur Landungsbrücke. Dr. Sanders ließ sie allein und beugte sich vor, um die Leiche zu untersuchen. Es war ein muskulöser, hellhäutiger, etwa dreißigjähriger Europäer, der anscheinend keine äußeren körperlichen Verletzungen erlitten hatte. Ledergürtel und Stiefel, von denen die Farbe abgewaschen war, bewiesen eindeutig, daß der Mann schon vier oder fünf Tage lang im Wasser schwamm, und Sanders war überrascht, als er feststellte, daß die Leichenstarre noch nicht eingetreten war. Gelenke und Gewebe waren noch geschmeidig und die Haut straff und fast warm.

Was ihn ebenso wie die übrigen Zuschauer jedoch besonders fesselte, war der rechte Arm des Mannes. Er schien vom Ellbogen bis zu den Fingerspitzen in eine Schicht durchsichtiger Kristalle gehüllt – genauer gesagt, er hatte Kristalle angesetzt, durch die man die prismatischen Formen der Hand und der Finger in zahlreichen bunten Reflexen erkennen konnte. Dieser mächtige Panzerhandschuh aus Edelsteinen, der an die Prunkrüstung eines Konquistadoren erinnerte, trocknete nun an der Sonne, und die Kristalle sandten ein hartes, helles Licht aus.

Dr. Sanders drehte sich um. Zur Gruppe der Zuschauer war noch jemand getreten. Pater Balthus sah vom Ufer auf sie herab; er hielt das dunkle Gewand unter seinen krummen Schultern zusammen wie die Flügel eines Aasvogels. Sein Blick war auf den edelsteinbesetzten Arm des Toten gerichtet. In einem Mundwinkel des Priesters spielte ein nervöses Zucken, als zelebrierte er in seinem Unterbewußtsein ein teuflisches Requiem für den Toten. Dann wandte er sich widerstrebend auf dem Absatz um und ging am Fluß entlang zur Stadt.

Dr. Sanders stand auf, als einer der Bootsführer herankam, und ging durch den Kreis der Zuschauer zu Louise.

»Ist das Anderson? Der Amerikaner? Du hast ihn erkannt.«

Louise schüttelte den Kopf. »Der Kameramann Matthieu. Sie sind zusammen im Wagen losgefahren.« Sie blickte mit verstörtem Gesicht zu Sanders auf. »Was ist mit seinem Arm?«

Dr. Sanders zog sie von der Gruppe fort, die immer noch auf die Leiche starrte, während der Edelsteinglanz aus den kristallenen Geweben hervorbrach. Fünfzig Meter weiter schritt Pater Balthus am Eingeborenenhafen vorbei, und die Fischer wichen ihm aus. Sanders schaute sich um und versuchte sich zu sammeln. »Es wird Zeit, daß wir etwas herausfinden. Irgendwo müssen wir uns ein Boot beschaffen.«

Louise öffnete ihre Handtasche und suchte nach Bleistift und Stenoblock. »Edward, ich glaube . . . ich muß diese Geschichte herausbringen. Ich würde gern mit dir nach Mont Royal fahren, aber mit einem Toten ist das kein bloßes Ratespiel mehr.«

»Louise!« Dr. Sanders nahm ihre Hand. Er spürte schon, wie ihm das körperliche Band zwischen ihnen entglitt. Louises Blick war von ihm abgewandt und auf die Leiche am Ufer gerichtet, als würde ihr klar, daß es für sie nicht mehr viel Sinn hatte, Sanders nach Mont Royal zu begleiten, und daß der wahre Grund für seinen Wunsch, weiter flußaufwärts zu fahren, nämlich das Verlangen, allem ein Ende zu machen, was Suzanne Clair für ihn bedeutete, ihn allein anging. Dennoch fiel es Sanders schwer, sie gehen zu lassen. So bruchstückhaft ihre Beziehung sein mochte, bot sie ihm doch wenigstens eine Alternative für Suzanne.

»Louise, wenn wir heute morgen nicht abfahren, kommen wir niemals fort von hier. Sobald die Polizei die Leiche findet, wird sie einen Kordon um das ganze Gebiet von Mont Royal, vielleicht auch um Port Matarre aufstellen.« Er zögerte, dann fügte er hinzu: »Dieser Mann war mindestens vier Tage lang im Wasser; wahrscheinlich ist er von Mont Royal den Fluß hinabgetrieben, aber er starb erst vor einer halben Stunde.«

»Was willst du damit sagen?«

»Genau das. Er war noch *warm.* Verstehst du nun, warum ich sage, daß wir jetzt nach Mont Royal reisen müssen? Die Story, die du haben willst, ist dort, und du wirst die erste sein . . .«

Sanders unterbrach sich, denn er bemerkte, daß ihre Unterhaltung belauscht wurde. Sie gingen am Kai entlang, und zu ihrer Rechten, sechs Meter entfernt, glitt ein Motorboot langsam durch das Wasser und hielt sich auf gleicher Höhe mit ihnen. Sanders erkannte das rotgelbe Boot, das auf dem Dampfer nach Port Matarre gebracht worden war. Am Armaturenbrett stand, eine Hand auf das Steuerruder gelegt, ein etwas vernachlässigt aussehender Mann mit lustigem, hübschem Gesicht. Er musterte Dr. Sanders mit freundlicher Neugier, als erwäge er, welche Vor- und Nachteile damit verbunden wären, wenn er sich mit ihm in ein Geschäft einließe.

Dr. Sanders bat Louise stehenzubleiben. Der Steuermann drosselte den Motor, und das Boot trieb auf das Ufer zu. Dr. Sanders ließ Louise am Kai und ging hinunter.

»Ein schönes Boot haben Sie da«, sagte er.

Der andere machte eine mißbilligende Geste, dann lächelte er Sanders leichthin zu. »Freut mich, daß es Ihnen gefällt, Doktor.« Er zeigte auf Louise Peret. »Sie haben einen guten Blick, wie ich sehe.«

»Mademoiselle Peret ist eine Kollegin von mir. Im Augenblick interessiere ich mich jedoch mehr für Boote. Dieses hier kam auf demselben Dampfer wie ich von Libreville.«

»Dann wissen Sie ja, Doktor, daß es ein gutes Schiff ist, wie Sie bereits sagten. Es könnte Sie in vier bis fünf Stunden nach Mont Royal bringen.«

»Ausgezeichnet.« Sanders blickte auf seine Uhr. »Wieviel würden Sie für eine solche Fahrt nehmen, Captain . . .?«

»Aragon.« Er nahm eine angerauchte Zigarre hinter seinem Ohr hervor und deutete damit auf Louise. »Für eine Person oder für Sie beide?«

»Doktor . . .«, rief Louise, die sich immer noch nicht entschieden hatte, »ich bin nicht sicher . . .«

»Für uns beide«, sagte Dr. Sanders und drehte der jungen Frau den Rücken zu. »Wir wollen heute noch fahren, in einer halben Stunde, wenn möglich. Also wieviel?«

Ein paar Minuten lang verhandelten sie über den Preis, bevor sie sich einigten. Aragon ließ den Motor anlaufen und rief: »Ich erwarte Sie an der nächsten Mole, Doktor, in einer Stunde. Dann ist die Flut da und trägt uns die halbe Strecke hinauf.«

Mittags fuhren sie im Schnellboot flußaufwärts, nachdem sie ihre Koffer im Gepäckraum unter dem Motor verstaut hatten. Dr. Sanders saß neben Aragon auf dem Vordersitz, Louise Peret hinten auf einem der Klappsitze; ihr dunkles Haar flog im Luftstrom. Als sie den braunen, flutgeschwollenen Fluß hinaufjagten und der regenbogenfarbene Wasserstaub hinter ihnen aufwirbelte, fühlte Sanders, wie das bedrückende Schweigen, das auf Port Matarre lastete, seit seiner Ankunft zum ersten Male aufgehoben wurde. Der düstere Wald und die menschenleeren Arkaden, auf die sie noch einen letzten Blick warfen, als sie Kurs auf die Hauptfahrrinne nahmen, schienen in den Hintergrund zurückzuweichen, abgetrennt durch das Getöse und die Geschwindigkeit des Bootes. Sie kamen am Landungsplatz der Polizei vorbei. Ein Korporal stand da mit seiner Gruppe und sah sie auf schäumendem Kielwasser vorübergleiten. Der starke Motor hob das Boot hoch über das Wasser, und Aragon lehnte sich vor und suchte die Oberfläche nach treibenden Baumstämmen ab.

Sie bemerkten nur wenige andere Schiffe. Einige Auslegerboote von Eingeborenen trieben am Ufer entlang, halb versteckt unter dem überhängenden Laubwerk. Anderthalb Kilometer hinter Port Matarre kamen sie an den privaten Molen vorbei, die zu den Kakaopflanzungen gehörten. Die leeren Leichter lagen unbeaufsichtigt unter den stillstehenden Kränen. Unkraut wuchs zwischen den Gleisen der Schmalspureisenbahnen und kletterte an den Gerüsten der Lagersilos hinauf. Der Wald ragte überall reglos in der warmen Luft empor, und Schnelligkeit und Kielwasser des Motorbootes wirkten auf Sanders wie ein Zaubertrick, wie der Flimmereffekt einer defekten Kamera.

Als sie eine halbe Stunde später die Gezeitengrenzen des Flusses fünfzehn Kilometer landeinwärts erreichten, setzte Aragon die Geschwindigkeit herab, so daß sie das Wasser genauer betrachten konnten. Tote Bäume und große Borkenstücke schwammen vorbei. Dann und wann kamen sie an Brettern von Landungsstegen vorbei, die die Strömung von ihren Ankerplätzen losgerissen hatte. Der Fluß war schmutzig und voller Unrat; er führte Gerümpel menschenleerer Städte und Dörfer mit sich.

»Ein großartiges Boot, Captain«, sagte Dr. Sanders bewundernd zu Aragon, als dieser die Treibstoffbehälter auswechselte, um das Boot im Gleichgewicht zu halten. Aragon nickte und steuerte das Schiff an den Überresten einer dahintreibenden Hütte vorbei. »Schneller als die Polizeiboote, Doktor.«

»Das glaube ich. Wozu brauchen Sie es? Für den Diamantenschmuggel?«

Aragon warf Sanders einen scharfen Blick zu. Trotz der Zurückhaltung des Arztes hatte Aragon sich offenbar sein eigenes Urteil über ihn gebildet. Er zuckte traurig die Achseln. »Das habe ich mir mal gewünscht, Doktor, aber jetzt ist es zu spät.« – »Warum sagen Sie das?«

Aragon sah zu dem dunklen Wald hinauf, der alles Licht aus der Luft in sich aufsog. »Das werden Sie schon sehen, Doktor. Bald sind wir dort.«

»Wann waren Sie zum letzten Mal in Mont Royal, Captain?« fragte Sanders. Er wandte sich nach Louise um, die sich vorbeugte, um Aragons Antwort verstehen zu können, und ihr Haar an die Wange preßte.

»Vor fünf Wochen. Die Polizei hat mir das alte Boot weggenommen.«

»Wissen Sie, was dort vorgeht? Haben die Leute eine neue Grube gefunden?«

Aragon lachte und lenkte das Boot auf einen großen weißen Vogel zu, der auf einem Baumstamm in Fahrtrichtung saß. Mit einem Schrei schwang er sich über ihren Köpfen in die Höhe, und seine breiten Flügel arbeiteten wie ungeschickte Ruder. »Man könnte so sagen, Doktor. Aber nicht in dem Sinn, wie Sie meinen«, und er fügte, bevor Sanders weiter fragen konnte, hinzu: »Ich habe eigentlich nichts gesehen. Ich war auf dem Fluß, und es war Nacht.«

»Haben Sie heute morgen den toten Mann am Hafen gesehen?«

Aragon schwieg eine Weile. Schließlich sagte er: »El Dorado, der Mann aus Gold und Edelsteinen. Das ist ein Ende, wie es sich viele wünschen würden, Doktor.«

»Mag sein. Er war ein Freund von Mademoiselle Peret.«

»Von Mademoiselle . . .?« Aragon zog die Brauen in die Höhe und beugte sich über das Steuer.

Kurz nach ein Uhr, als sie fast die halbe Strecke nach Mont Royal zurückgelegt hatten, hielten sie an einer verfallenen Mole, die vor einer unbewohnten Plantage in den Fluß hinausragte. Sie setzten sich auf die warmen Balken über dem Wasser und verzehrten ihr Mittagessen, das aus Schinken, Semmeln und einem prächtigen Irish Coffee bestand. Nichts rührte sich über dem Fluß oder an den Ufern, und Sanders gewann den Eindruck, daß die ganze Umgegend verlassen war.

Vielleicht war die Unterhaltung zwischen ihnen aus diesem Grunde ins Stocken geraten. Aragon saß für sich und starrte auf das vorbeifließende Wasser. Die fliehende Stirn und das magere Gesicht mit den spitzen Backenknochen hatten ihm noch an der

Küste von Port Matarre ein verwegenes, piratenhaftes Aussehen verliehen, aber hier, von allen Seiten von dem bedrückenden Dschungel umgeben, schien er seiner selbst weniger sicher und wirkte eher wie ein ängstlich gespannter Waldführer, der den Finger stets am Abzug hält. Warum er Sanders und Louise hinauffahren wollte, blieb ungeklärt; Sanders nahm jedoch an, daß er von ebenso unbestimmten Beweggründen wie er selbst zu diesem Brennpunkt getrieben wurde.

Louise hatte sich ebenfalls in sich selbst zurückgezogen. Während sie nach dem Essen ihre Zigarette rauchte, mied sie Sanders' Blick. Er beschloß, sie eine Weile allein zu lassen, ging an der Mole entlang und suchte sich einen Weg zwischen zerbrochenen Brettern, bis er das Ufer erreichte. Der Wald war wieder in die Plantage eingedrungen, und die riesigen Bäume standen schweigend in Reihen, eine dunkle Klippe hinter der anderen.

In der Ferne sah er das verfallene Haus der Plantage. Um die Dachsparren der Nebengebäude wanden sich Schlingpflanzen, und Farne überwucherten den Garten des Hauses, krochen an den Türen hinauf und sprossen zwischen den Brettern der Veranda. Sanders mied dieses düstere Wrack, schlenderte am Rand des Gartens entlang und folgte den verblichenen Steinplatten des Fußsteiges. Hinter dem mit Ranken und Moos überzogenen Drahtgitter eines Tennisplatzes fand er einen Zierbrunnen mit ausgetrocknetem Becken.

Er setzte sich auf die Brüstung und nahm seine Zigaretten heraus. Ein paar Minuten später sah er zum Haus hinüber und fuhr mit einem Ruck auf. Von einem Fenster im ersten Stockwerk beobachtete ihn eine große, blaßhäutige Frau mit einer weißen Mantille über Kopf und Schultern; am Fensterrahmen um sie herum hingen dichte Büschel dunkler Schlingpflanzen.

Sanders warf seine Zigarette fort und lief durch das Farnkraut. Er erreichte die Veranda, stieß den staubigen Türrahmen mit dem Fuß zurück und stieg die breite Treppe hinauf. Hier und da versanken seine Schuhe in den korkähnlichen, vermoderten Brettern, aber die Marmorstufen waren noch fest. Man hatte alle

Möbel aus dem Hause fortgeschafft. Sanders trat über den Treppenabsatz in das Schlafzimmer, in dem er die Frau gesehen hatte.

»Louise!« Sie drehte sich um, ließ die bauschigen Reste eines alten Spitzenvorhangs zu Boden fallen, schüttelte ihr Haar und lächelte Sanders zu.

»Habe ich dich erschreckt? Das tut mir leid.«

»Louise – das war ein verdammt dummer Einfall . . .« Sanders beherrschte sich mühsam, als sein Erkennungsvermögen wiederkehrte. »Wie, zum Teufel, bist du hier heraufgekommen?«

Louise wanderte gemächlich im Zimmer herum, betrachtete die von abgenommenen Bildern zurückgelassenen Flecken, als besichtigte sie eine gespenstische Galerie. »Zu Fuß natürlich.« Sie wandte ihm ihr Gesicht zu, und ihr Blick wurde scharf. »Was ist denn – habe ich dich an jemand erinnert?«

Sanders ging auf sie zu. »Ja, vielleicht, Louise. Es ist alles schwierig genug, auch ohne solche Scherze.«

»Das war nicht scherzhaft gemeint.« Sie faßte seinen Arm, ihr ironisches Lächeln erlosch. »Edward, es tut mir leid, ich hätte nicht . . .«

»Schon gut.« Sanders drückte ihr Gesicht an seine Schulter und beruhigte sich durch die körperliche Berührung mit ihr. »Gott sei Dank, Louise. All dies wird vorbei sein, sobald wir erst einmal in Mont Royal sind – vorher hatte ich keine Wahl.«

»Natürlich . . .« Sie zog ihn vom Fenster zurück. »Aragon kann uns hier sehen.«

Der Spitzenvorhang, die Mantille, die Sanders vom ausgetrockneten Brunnen im Garten aus gesehen hatte, lag zu ihren Füßen am Boden. Louise, die seine Hände hielt, wollte auf dem Stoff niederknien, aber Sanders schleuderte ihn mit dem Fuß in die Ecke.

Als sie später zum Motorboot zurückkehrten, kam Aragon ihnen bereits auf der Mole entgegen. »Wir sollten weiterfahren, Doktor«, sagte er. »Das Boot ist hier allen Blicken ausgesetzt – manchmal werden Patrouillen am Fluß ausgeschickt.«

»Wie viele Soldaten sind in Mont Royal stationiert?« fragte Sanders.

»Vier- oder fünfhundert. Vielleicht sogar mehr.«

»Ein Bataillon? Das sind viele Leute, Captain.« Er bot Aragon eine Zigarette aus seiner Dose an, während Louise voranging. »Haben Sie etwas von diesem Zwischenfall am Eingeborenenhafen gesehen?«

»Nein. Ich hörte heute morgen davon – die Marktboote fangen immer wieder Feuer.«

»Möglich. Es war aber ein Überfall auf einen Mann, den ich kenne, einen Europäer. Ventress heißt er.« Er blickte zu Aragon auf. »Eine große Motorjacht mit einer Kanone auf dem Deck lag draußen – vielleicht haben Sie die auf dem Fluß gesehen?«

Aragons Gesicht verriet nichts. Er zuckte leicht die Achseln. »Sie könnte einer der Grubengesellschaften gehören. Diesen Ventress kenne ich nicht.« Bevor Sanders fortfahren konnte, fügte er hinzu: »Vergessen Sie nicht, Doktor, in Mont Royal sind viele daran interessiert, daß die Leute nicht mehr in den Wald gehen – oder daß sie aus dem Wald verschwinden.«

»Das leuchtet mir ein. Übrigens, dieser ertrunkene Mann heute morgen am Hafen . . . als Sie ihn sahen, lag er da zufällig auf einem Floß?«

Aragon zog langsam den Rauch seiner Zigarette ein und betrachtete Sanders mit Respekt. »Gut geraten, Doktor.«

»Und wie war es mit seiner Rüstung aus Licht: War er von oben bis unten mit Kristallen bedeckt?«

Aragon verzog das Gesicht zu einem Lächeln und entblößte dabei einen goldenen Augenzahn. Er klopfte mit dem Zeigefinger daran. »Bedeckt – ist das das richtige Wort? Mein Zahn ist durch und durch Gold, Doktor.«

»Aha, ich begreife.« Sanders starrte auf das braune Wasser, das um die glattgespülten Planken der Mole strömte. Louise winkte ihm zu, aber er war zu sehr in Gedanken versunken, um ihr zu erwidern. »Sehen Sie, Captain, ich frage mich, ob dieser Mann – Matthieu hieß er – schon im eigentlichen Sinn tot war, als Sie ihn sahen. Angenommen, er wurde in dem unruhigen offenen Wasser am Hafen vom Floß geworfen, hielt sich aber immer noch mit einer Hand fest–, dann würde das vieles erklären. Es könnte sehr wichtige Folgen haben. Verstehen Sie, was ich meine?«

Aragon rauchte und schaute den Krokodilen zu, die am gegenüberliegenden Ufer im Wasser lagen. Dann warf er die halbgerauchte Zigarette ins Wasser. »Ich glaube, wir sollten jetzt weiterfahren. Die Armee hier handelt nicht immer sehr überlegt.«

»Die hat anderes zu tun. Aber Sie mögen recht haben. Mademoiselle Peret glaubt, daß ein Physiker hierherkommt. Wenn das stimmt, dann müßte er in der Lage sein zu verhindern, daß weitere tragische Unfälle solcher Art vorkommen.«

Kurz bevor sie losfuhren, wandte sich Aragon an Dr. Sanders und sagte: »Ich möchte wohl wissen, Doktor, warum Sie so unbedingt nach Mont Royal wollen.«

Die Bemerkung schien eine Art Entschuldigung für frühere Verdächtigungen zu sein, aber Sanders bemerkte, daß er abwehrend lachte. Er sagte achselzuckend: »Zwei meiner besten Freunde ebenso wie Louises amerikanischer Kollege sind in der befallenen Zone. Natürlich machen wir uns Sorgen um sie. Die Armee wird automatisch das ganze Gebiet abriegeln wollen, um zu sehen, was dann geschieht. Gestern luden sie vor den Baracken von Port Matarre Stacheldraht und Zäune auf. Für jeden, der in dem Kordon eingeschlossen wird, könnte das bedeuten, daß er wie in einem Gletscher festfriert.«

5 Der kristallisierte Wald

Drei Kilometer vor Mont Royal verengte sich der Fluß; er war hier wenig mehr als hundert Meter breit. Aragon setzte die Geschwindigkeit des Bootes auf ein paar Knoten herab, steuerte zwischen kleinen vorbeitreibenden Abfallinseln hindurch und mied die Schlingpflanzen, die von den hohen Dschungelmauern zu beiden Seiten weit über das Wasser hinaushingen. Dr. Sanders lehnte sich vor und betrachtete aufmerksam den Wald; die hohen Bäume standen immer noch dunkel und reglos.

Sie kamen auf eine offene Strecke hinaus; das Gestrüpp am rechten Ufer war zum Teil abgeholzt, so daß eine kleine Lichtung entstanden war. Dr. Sanders wies gerade auf eine Gruppe verfallener Nebengebäude, als im Walddach über ihnen ein Lärm ausbrach, als ob dort eine riesige Maschine in den höchsten Ästen arbeitete. Einen Augenblick später stieg ein Hubschrauber über den Bäumen auf.

Er verschwand aus ihrem Blickfeld, und das Geräusch hallte im Laub wider. Ein paar Vögel stoben in die Dunkelheit des Waldes hinein, und die trägen Krokodile tauchten im Wasser unter, das wie Baumrinde gefärbt war. Als der Hubschrauber ein paar hundert Meter vor ihnen wieder erschien, drosselte Aragon den Motor und steuerte das Boot auf das Ufer zu, aber Sanders schüttelte den Kopf.

»Wir können ebensogut weiterfahren, Captain. Zu Fuß durch den Dschungel schaffen wir es ja doch nicht. Je weiter wir flußaufwärts kommen, desto besser.«

Während sie in der Mitte der Fahrrinne fuhren, kreiste der Hubschrauber weiter über ihnen; manchmal schwang er sich auf zwei- oder dreihundert Meter hinauf, als wollte der Pilot die Windungen des Flusses überblicken, dann wieder flog er fünfzig Meter vor ihnen dicht über dem Wasser dahin, so daß die Räder fast die Oberfläche berührten. Plötzlich summte er davon und vollführte einen weiten Bogen über dem Wald.

Als sie in die nächste Biegung einfuhren, wo der Fluß sich zu einem kleinen Hafen verbreiterte, sahen sie eine Pontonsperre, die von einem Ufer zum anderen reichte. Zur rechten Seite an den Kais standen Lagerhäuser mit den Namen der Grubengesellschaften. Zwei Landungsboote und mehrere Militärbarkassen waren hier vertäut, und eingeborene Soldaten gingen zwischen Ausladevorrichtungen und Treibstoffbehältern hin und her. In der Lichtung weiter hinten hatte man ein umfangreiches Militärlager aufgeschlagen. Die Zeltreihen zogen sich zwischen den Bäumen hin, zum Teil verborgen von grauen Moosgirlanden. Große Stapel von Metallzäunen lagen am Boden, und eine Gruppe Männer bestrich schwarze Schilder mit leuchtender Farbe.

Von der Mitte der Pontonsperre aus rief ihnen ein französischer Sergeant durch einen Lautsprecher zu: »A droite! A droite!« An der Mole lehnten Soldaten wartend auf ihren Gewehren.

Aragon zögerte und wendete das Boot dann in einer langsamen Spirale. »Was nun, Doktor?«

Sanders zuckte die Achseln. »Wir müssen rein. Es hat keinen Sinn durchzubrechen. Wenn ich die Clairs finden und Louise ihre Story bekommen will, müssen wir es mit dem Einverständnis der Armee tun.«

Sie trieben zwischen den beiden Landungsbooten ans Ufer, und Aragon warf den Soldaten die Seile zu. Als sie auf das Holzdeck kletterten, kam der Sergeant mit dem Lautsprecher von der Sperre herunter.

»Sie sind schnell gefahren, Doktor. Der Hubschrauber hat Sie jetzt erst eingeholt.« Er zeigte auf ein kleines Rollfeld zwischen den Lagerhäusern. Die Maschine kam gerade mit lautem Getöse, eine riesige Staubfahne aufwerfend, herein, um zu landen.

»Wußten Sie, daß wir kommen würden? Ich dachte, die Telefonleitung sei kaputt?«

»Das stimmt auch. Aber wir haben eine Funkverbindung, Doktor.« Der Sergeant lächelte freundlich. Seine lässige, gutgelaunte Art, so ganz untypisch für das Militär, wenn es mit Zivilisten zu tun hat, ließ Sanders vermuten, daß die Soldaten wegen der Vorgänge im Wald um sie her nur allzu froh waren, Mitmenschen zu sehen, ob in Uniform oder nicht.

Der Sergeant grüßte Louise und Aragon und blickte dann auf einen Zettel. »Mademoiselle Peret? Monsieur Aragon? Würden Sie bitte hierherkommen? Hauptmann Radek würde Sie gern sprechen, Doktor.«

»Bitte. Sagen Sie, Sergeant, wenn Sie eine Funkverbindung haben, warum weiß die Polizei in Port Matarre dann gar nicht, was los ist?«

»Was *ist* los, Doktor? Auf diese Frage möchten viele Leute in diesem Augenblick Antwort haben. Was die Polizei in Port Matarre angeht, so sagen wir ihr so wenig, wie wir für richtig halten. Uns ist nämlich nichts daran gelegen, Gerüchte in Umlauf zu setzen.«

Sie gingen auf eine langgestreckte Metallhütte zu, die als Hauptquartier für das Bataillon diente. Dr. Sanders sah auf den Fluß zurück. Auf der Sperre über der Fahrrinne schritten zwei junge Soldaten mit großen Schmetterlingsnetzen in den Händen auf und ab und fischten methodisch im Wasser, das durch die von den Pontons herabhängenden Drahtnetze hindurchlief. Ein paar Amphibienfahrzeuge waren am Pier stromaufwärts hinter der Sperre vertäut, und ihre Mannschaften saßen in Bereitschaft. Die beiden Landungsboote lagen tief im Wasser, vollbeladen mit riesigen Lattenkisten und Warenballen, wahllos zusammengesuchtem Haushaltsgerät – Eisschränken, Klimaanlagen und ähnlichem – und Teilen von Büroschränken und Apparaten.

Als sie das äußerste Ende des Landungssteges erreichten, sah Dr. Sanders, daß das Hauptrollfeld aus einem Abschnitt der Landstraße von Port Matarre nach Mont Royal bestand. Einige hundert Meter weiter hatte man die Straße durch Reihen von Zweihundertliterbehältern abgeriegelt, die mit schwarzen und weißen Streifen bemalt waren. Dahinter stieg der Wald zu den blauen Hügeln des Grubengeländes hinan. Weiter unten am Fluß leuchteten die weißen Dachfirste der Stadt in der Sonne über dem Dschungel.

Zwei andere Flugzeuge, Hochdecker der Armee, standen neben dem Rollfeld. Die Rotoren des Hubschraubers hingen über den Köpfen einiger Zivilisten, die mit unsicheren Schritten aus der Kabine hervorkamen. Als Dr. Sanders die Tür der Hütte erreichte, bemerkte er eine schwarzgekleidete Gestalt, die über den staubigen Boden schritt.

»Edward!« Louise packte seinen Arm. »Wer ist das da drüben?«

»Der Priester. Balthus.« Sanders wandte sich an den Sergeanten, der die Tür öffnete. »Was will denn der hier?«

Der Sergeant schwieg eine Weile und beobachtete Sanders. »Seine Gemeinde ist hier. Nahe der Stadt. Da müssen wir ihn doch wohl hereinlassen?«

»Natürlich.« Sanders faßte sich. Seine heftige Reaktion auf die Ankunft des Priesters zeigte ihm, wie sehr er sich bereits mit dem Wald identifiziert hatte. Er deutete auf die Zivilisten, die sich immer noch die Füße vertraten. »Und die anderen?«

»Landwirtschaftsexperten. Sie sind heute morgen mit dem Flugboot in Port Matarre eingetroffen.«

»Das klingt nach einer großen Operation. Haben Sie den Wald gesehen, Sergeant?«

Der Sergeant hob die Hand. »Hauptmann Radek wird Ihnen alles erklären, Doktor.« Er führte Sanders durch den Korridor, öffnete die Tür eines kleinen Wartezimmers und winkte Louise und Aragon heran. »Mademoiselle . . . bitte, machen Sie es sich bequem. Ich werde Ihnen Kaffee bringen lassen.«

»Aber Sergeant, ich muß . . .« Louise wollte protestieren, aber Sanders legte ihr die Hand auf die Schulter.

»Louise, das beste ist, du wartest hier. Ich werde herausfinden, soviel ich kann.«

Aragon winkte Sanders zu. »Wir sehen uns später, Doktor. Ich passe auf Ihre Koffer auf.«

Hauptmann Radek erwartete Sanders in seinem Büro. Als Arzt in der Sanitätstruppe der Armee war er froh, einem Mediziner zu begegnen.

»Setzen Sie sich, Doktor, es freut mich, Sie zu sehen. Zuerst einmal kann ich Ihnen zu Ihrer Beruhigung sagen, daß in einer halben Stunde eine Inspektionsgruppe ins Gelände fährt, und ich habe es so eingerichtet, daß wir uns ihr anschließen.«

»Danke, Hauptmann. Und Mademoiselle Peret? Sie . . .«

»Es tut mir leid, Doktor. Das wird nicht möglich sein.« Radek legte seine Hände mit der Handfläche nach unten auf den metallenen Schreibtisch, als wollte er aus seiner Oberfläche irgendeinen Entschluß hervorholen. Er war ein großer, schmächtiger Mann mit etwas schwachen Augen, und es schien ihm sehr daran gelegen, mit Sanders zu einer persönlichen Verständigung zu kommen, da der Druck der Ereignisse forderte, daß man auf die üblichen Präliminarien der Freundschaft verzichtete.

»Ich fürchte, wir müssen vorläufig einmal alle Journalisten vom Gelände fernhalten. Das habe nicht ich bestimmt, aber Sie haben sicher Verständnis dafür. Vielleicht sollte ich noch dazu sagen, daß es gewisse Dinge gibt, die ich Ihnen nicht anvertrauen kann – unsere Operationen in dieser Gegend, Evakuierungspläne und so weiter –, aber ich werde so aufrichtig sein wie möglich. Professor Tatlin ist heute morgen von Libreville direkt hierhergeflogen; er befindet sich jetzt auf dem Inspektionsgelände, und ich bin überzeugt, er wird sich freuen, Ihre Meinung zu hören.«

»Ich will sie ihm gerne sagen«, antwortete Sanders. »Es ist allerdings nicht mein Fachgebiet.«

Radek machte eine matte Bewegung mit der Hand und ließ sie auf seinen Schreibtisch zurückfallen. Mit ruhiger Stimme, ohne die Gefühle, die Sanders haben mochte, zu berücksichtigen, sagte er: »Wer weiß, Doktor? Mir scheint, daß die Sache hier und Ihr Fachwissen sich sehr ähnlich sind. In gewisser Weise ist das eine nur die dunkle Seite des anderen. Ich denke an die Silberschuppen der Lepra, von denen sich der Name der Krankheit herleitet.« Er richtete sich auf. »Nun sagen Sie mir, haben Sie schon kristallisierte Gegenstände gesehen?«

»Einige Blumen und Blätter.« Sanders beschloß, den Toten

vom Morgen nicht zu erwähnen. So freimütig und sympathisch der junge Armeearzt ihm auch erschien, war es doch Sanders' erstes Anliegen, den Dschungel zu erreichen. Wenn sie ihn auch nur der entferntesten Beziehung zu Matthieus Tod verdächtigten, so könnte er in eine endlose militärische Untersuchung verwickelt werden. »Der Eingeborenenmarkt ist voll davon. Sie verkaufen sie als Andenken.«

Radek nickte. »Das ist schon eine ganze Weile so – ein Jahr lang genau. Zuerst war es Modeschmuck, dann wurden es kleine Schnitzereien und sakrale Gegenstände. Vor kurzem hat sich ein ansehnliches Geschäft daraus entwickelt – die Einheimischen nehmen billige Schnitzereien in die aktive Zone mit, lassen sie über Nacht dort liegen und holen sie am nächsten Morgen ab. Unglücklicherweise hatte manches von dem Zeug die Tendenz, sich aufzulösen.«

»Der rasche Prozeß?« fragte Sanders. »Das habe ich bemerkt. Ein seltsamer Vorgang, diese Lichtentladung, und gewiß verwirrend für einige Leute, die solche Gegenstände tragen.«

Radek lächelte. »Beim Modeschmuck war das nicht so schlimm, aber einige einheimische Grubenleute begannen das gleiche Verfahren auf die kleinen Diamanten anzuwenden, die sie dann hinausschmuggelten. Wie Sie wissen, werden in den Diamantenminen hier keine Edelsteine produziert, und natürlich waren alle überrascht, als diese riesigen Brocken auf den Markt kamen. Die Aktien an der Pariser Börse stiegen in unglaubliche Höhen. Damit fing alles an. Man schickte einen Mann zur Untersuchung her, und der landete im Fluß.«

»Es war also Geld im Spiel?«

»Ja, und das ist es bis heute. Wir sind nicht die einzigen, die versuchen, das geheimzuhalten. Die Gruben waren nie besonders ergiebig . . .« Radek schien versucht, etwas zu enthüllen, aber dann besann er sich anders, weil er Sanders' Zurückhaltung bemerkt hatte. »Nun, ich kann Ihnen sagen, natürlich nur im Vertrauen, daß dies nicht die einzige befallene Zone in der Welt ist. In diesem Augenblick gibt es mindestens zwei weitere solche Gebiete, die eine in den Florida-Everglades und die andere in den Pripet-Sümpfen in der Sowjetunion. Beide werden natürlich sorgfältig untersucht.«

»Dann versteht man also, wie es zu dem Vorgang kommt?« fragte Dr. Sanders.

Radek schüttelte den Kopf. »Keineswegs. Das sowjetische Team steht unter der Leitung Lysenkos. Der verschwendet, wie Sie sich denken können, nur die Zeit der Russen. Er glaubt, die Ursache seien nichterbliche Mutationen, und meint, da das Gewicht der Gewebe offensichtlich zunimmt, könnten auch die Ernteerträge gesteigert werden.« Radek lachte müde. »Ich möchte mal sehen, wie so ein paar zähe Russen Stücke von diesem kristallisierten Glas zu kauen versuchen.«

»Was ist Tatlins Theorie?«

»Er stimmt im allgemeinen mit den amerikanischen Experten überein. Ich habe heute morgen auf dem Gelände mit ihm gesprochen.« Radek öffnete eine Schublade, nahm einen Gegenstand heraus und warf ihn über den Schreibtisch zu Sanders hinüber. Er lag da wie kristallisiertes Leder und sandte ein sanftes Licht aus. »Das ist ein Stück Baumrinde, das ich allen Besuchern zeige.«

Dr. Sanders schob es zurück. »Danke; ich habe gestern nacht den Satelliten gesehen.«

Radek nickte vor sich hin. Er schob die Rinde mit seinem Lineal ins Schubfach zurück und schloß es, offensichtlich froh, das Beweisstück nicht mehr vor Augen zu haben. Er rieb seine Finger gegeneinander. »Der Satellit – ja, ein eindrucksvoller Anblick. Die Venus hat jetzt zwei Lampen. Mehr als zwei sogar. Anscheinend haben sie im Mount-Hubble-Observatorium in den Vereinigten Staaten beobachtet, wie ferne Galaxien ausbrachen!«

Radek unterbrach sich und sammelte mühsam seine Energie. »Tatlin glaubt, daß dieser Hubble-Effekt, wie man das nennt, dem Krebs ganz ähnlich ist – ungefähr mit den gleichen Heilungsaussichten –, eine Wucherung der subatomaren Struktur der Materie. Es ist, als ob eine Reihe verschobener, aber miteinander identischer Bilder desselben Gegenstandes durch prismatische Brechung entstünden, aber hier übernimmt das Zeitelement die Rolle des Lichts.«

Es klopfte an der Tür. Der Sergeant steckte den Kopf herein. »Die Inspektionsgruppe ist zum Aufbruch bereit.«

»Gut.« Radek stand auf und nahm seine Mütze vom Haken. »Wir werden uns das ansehen, Doktor. Ich glaube, es wird Ihnen Eindruck machen.«

Fünf Minuten später fuhren die Besucher, etwa ein Dutzend Leute, in einem der Amphibienfahrzeuge davon. Pater Balthus befand sich nicht unter ihnen, und Sanders nahm an, daß er den Landweg zu seinem Missionsgebiet eingeschlagen hatte. Als er jedoch Radek fragte, warum sie nicht auf der Straße nach Mont Royal führen, sagte der Hauptmann, sie sei gesperrt. Auf Sanders' Bitte hin veranlaßte er, daß man mit der Klinik, in der Suzanne und Max Clair arbeiteten, über das Feldtelefon Verbindung aufnahm. Thorensen, der amerikanisch-schwedische Besitzer einer Grube in der Nähe, sollte sie von Sanders' Ankunft benachrichtigen, und wenn er Glück hatte, konnte ihn Max dann selbst am Pier, an dem sie ankommen sollten, erwarten.

Wo Anderson sich jetzt aufhielt, wußte Radek nicht. Aber bevor sie sich einschifften, erklärte er Louise: »Wir hatten selbst große Schwierigkeiten beim Fotografieren, denn die Kristalle sehen aus wie nasser Schnee. In Paris sind sie immer noch skeptisch. Darum sitzt er vielleicht irgendwo herum und wartet auf ein überzeugendes Bild.«

Sanders suchte sich einen Platz neben dem Fahrer am Bug des Bootes und winkte Louise zu, die von der Landungsbrücke auf der anderen Seite der Pontonsperre zusah. Er hatte ihr versprochen, nach dem Besuch des befallenen Gebietes zusammen mit Max zu ihr zurückzukommen, aber Louise hatte trotzdem zaghaft versucht zu verhindern, daß er überhaupt fortfuhr.

»Edward, warte, bis ich mitkommen kann – es ist zu gefährlich für dich . . .«

»Meine Liebe, ich bin in guten Händen – der Hauptmann wird darauf achten, daß alles in Ordnung ist.«

»Es besteht keine Gefahr, Mademoiselle Peret«, sagte Radek beruhigend. »Ich bringe ihn wieder.«

»Das meinte ich nicht . . .« Sie küßte Sanders flüchtig und ging zurück zu Aragon, der im Motorboot saß und sich mit zwei Soldaten unterhielt. Die Sperre schien zwei verschiedene Abschnitte des Waldes voneinander zu trennen; jenseits von ihr betraten sie eine Welt, in der die gewohnten Gesetze des physikalischen Universums aufgehoben waren. Die Stimmung in der Gruppe war gedämpft, und die Beamten und französischen Experten saßen am Heck zusammengedrängt, als wollten sie einen größtmöglichen Abstand zwischen sich und dem, was vor ihnen lag, schaffen.

Zehn Minuten lang fuhren sie, und die grünen Mauern des Waldes glitten zu beiden Seiten vorbei. Sie begegneten einer Kolonne von Motorbooten, die hinter einem Landungsboot aneinandergekoppelt waren. Alle waren vollgestopft und Decks und Kabinendächer beladen mit Haushaltsgegenständen jeder Art, Kinderwagen und Matratzen, Waschmaschinen und Leinenbündeln, so daß nur mittschiffs wenige Zentimeter frei blieben. Französische und belgische Kinder saßen mit ernsten Gesichtern auf der Fracht und hielten Koffer auf den Knien. Ihre Eltern blickten ausdruckslos auf Sanders und seine Begleiter.

Das letzte Boot glitt, durch das aufgewühlte Wasser gezogen, vorbei. Sanders drehte sich um und sah ihm nach.

»Evakuieren Sie die Stadt?« fragte er Radek.

»Sie war schon halb leer, als wir ankamen. Die befallene Zone verlagert sich ständig; es ist zu gefährlich für die Leute, hierzubleiben.«

Sie kamen in eine Biegung, in der der Fluß sich nach Mont Royal zu verbreiterte. Auf dem Wasser vor ihnen lag ein rosiger Schimmer, als spiegelten sich in ihm ein Sonnenuntergang oder die Flammen einer fernen Feuersbrunst. Der Himmel hingegen blieb wolkenlos in mildem, klarem Blau. Sie fuhren unter einer kleinen Brücke hindurch, nach der sich der Fluß in ein weites Becken von einem Kilometer Durchmesser öffnete.

Mit einem Laut der Überraschung reckten sie die Köpfe und starrten auf den Umriß des Dschungels gegenüber den weißumrandeten Gebäuden der Stadt. Der lange Bogen der über das Wasser hängenden Bäume schien von Myriaden von Prismen zu triefen und zu glitzern, und Stämme und Zweige waren von Streifen gelben und karminroten Lichts überzogen, das auf der Wasserfläche zerrann, als sei die ganze Szene in einem übertriebenen Technikolorverfahren wiedergegeben. Die Küste vor ihnen glitzerte in ihrer ganzen Länge gleich einem verschwommenen Kaleidoskop; die übereinandergreifenden Farbstreifen ließen die Vegetation noch dichter erscheinen, so daß man kaum mehr als einen Meter zwischen der ersten Reihe der Stämme hindurchblicken konnte.

Der Himmel war klar und regungslos, und die Sonne schien unentwegt auf diese magnetische Küste. Dann und wann glitt ein Windhauch über das Wasser, und überall brachen Farbkaskaden hervor, die in der Luft verrieselten. Dann ließ das Funkeln nach, und die Umrisse der einzelnen Bäume tauchten wieder auf, jeder in seinen Harnisch aus Licht gehüllt, das Blattwerk glühend, als sei es mit schmelzenden Juwelen beladen.

Erstaunt wie alle übrigen im Boot betrachtete Sanders dieses Schauspiel, und seine Hände hielten die Reling vor ihm fest umklammert. Das kristallene Licht warf kleine Tupfen auf sein Gesicht und seinen Anzug und verwandelte den verblichenen Stoff in einen glänzenden bunten Palimpsest.

Das Boot glitt in weitem Bogen auf den Kai zu, wo eine Gruppe von Schleppbarkassen mit Geräten beladen wurde, und kam bis auf zwanzig Meter an die Bäume heran. Die schraffierten Linien des vielfarbenen Lichtes auf ihrer Kleidung ließ sie einen Augenblick lang wie eine ganze Bootsladung voller Harlekine erscheinen. Darüber erhob sich ein allgemeines, eher erleichtertes als amüsiertes Gelächter. Dann zeigten mehrere Arme auf die Wasserlinie; die Passagiere sahen, daß der Prozeß nicht die Vegetation allein erfaßt hatte.

Vom Ufer ragten lange Splitter offenbar kristallisierten Wassers zwei oder drei Meter weit vor. Die kantigen, geschliffenen

Flächen sandten ein bläuliches Licht aus, das vom Kielwasser ihres Bootes fortgespült wurde. Die Splitter wuchsen im Wasser wie Kristalle in einer chemischen Lösung und setzten immer mehr Stoff an, so daß am Ufer entlang eine Masse von rhombischen Lanzen starrte, wie Zacken einer Klippe, scharf genug, um den Rumpf ihres Bootes aufzuschlitzen.

In der Barkasse wurden die verschiedensten Vermutungen laut; nur Dr. Sanders und Radek schwiegen. Der Hauptmann blickte zu den überhängenden Bäumen hinauf. Das durchsichtige Flechtwerk, von dem sie überzogen waren, warf das Sonnenlicht in Regenbögen von Grundfarben zurück. Jeder Baum war unverkennbar lebendig, und Blätter und Zweige schienen mit Saft gefüllt. Dr. Sanders dachte an Suzannes Brief. Sie hatte geschrieben: »Der Wald ist ein Haus voller Edelsteine.« Aus irgendeinem Grunde drängte es ihn nicht allzu sehr, eine sogenannte wissenschaftliche Erklärung für das Phänomen zu finden, das er vor sich sah. Die Schönheit des Anblicks hatte die Pforten seiner Erinnerung aufgeschlossen; tausend fast vierzig Jahre lang vergessene Bilder aus der Kindheit stiegen in ihm auf und ließen jene paradiesische Welt wiedererstehen, in der alles von diesem prismatischen Licht erleuchtet gewesen war, eine Welt, die Wordsworth in seinen Kindheitserinnerungen so treffend geschildert hatte. Die magische Küste vor ihnen strahlte wie jener kurze Frühling.

»Dr. Sanders.« Radek berührte ihn am Arm. »Wir müssen jetzt gehen.«

»Natürlich.« Sanders faßte sich. Die ersten Passagiere gingen über die Laufplanke am Heck des Bootes an Land. Während Sanders zwischen den Sitzen hindurch seinen Weg suchte, fuhr er plötzlich zusammen und zeigte überrascht auf einen bärtigen Mann in weißem Anzug, der gerade den Landungssteg überquerte.

»Da! Ventress!« Radek holte Sanders ein und blickte ihm besorgt in die Augen, als lese er in ihnen den Einfluß des Waldes. »Ist Ihnen schlecht?«

»Durchaus nicht. Ich . . . dachte nur, ich hätte jemanden

erkannt.« Er sah, wie Ventress an den Beamten vorbei und dann am Kai entlang fortging; er hielt seinen knochigen Schädel steif über den Schultern. Leichte bunte Tupfen berührten noch seinen Anzug, als hätte das Licht des Waldes den Stoff infiziert und den Kristallisationsprozeß von neuem ausgelöst. Ohne sich umzublicken, schritt er zwischen zwei Lagerhäusern hindurch und verschwand hinter den Kokosmehlsäcken.

Sanders starrte ihm nach; er war nicht ganz sicher, ob er wirklich Ventress gesehen hatte. War die weiße Gestalt etwa eine von der prismatischen Struktur des Waldes ausgelöste Halluzination gewesen? Es schien unmöglich, daß Ventress sich ins Boot hineingeschmuggelt hatte, selbst wenn er sich als einer der Landwirtschaftsexperten ausgegeben hätte. Andererseits hatte Sanders die Aussicht, die befallene Zone zum ersten Mal zu besuchen, derart abgelenkt, daß er seine Mitreisenden nicht einmal angesehen hatte.

»Möchten Sie sich ausruhen, Doktor?« fragte Radek. »Wir können einen Augenblick Rast machen.«

»Wenn Sie wollen . . .« Sie blieben neben einem der metallenen Schiffspoller stehen. Sanders setzte sich; er dachte immer noch an Ventress' spukhafte Gestalt und ihre wirkliche Bedeutung. Wieder spürte Sanders die Verwirrung, die das seltsame Licht von Port Matarre in ihm erzeugt hatte, eine Verwirrung, die Ventress mit seinem Totenschädelgesicht gewissermaßen symbolisierte.

»Hauptmann . . .« Ohne zu überlegen, sagte Sanders: »Radek, ich war nicht ganz aufrichtig mit Ihnen . . .«

»Ja, Doktor?« Radek beobachtete ihn. Er nickte langsam, als wisse er schon, was Sanders sagen wollte.

»Mißverstehen Sie mich nicht.« Sanders deutete auf den Wald, der über dem Wasser leuchtete. »Ich bin froh, daß Sie hier sind, Radek. Vorher dachte ich immer nur an mich selbst. Ich mußte Fort Isabelle verlassen . . .«

»Ich verstehe Sie, Doktor.« Radek faßte seinen Arm. »Wir müssen jetzt den anderen folgen.« Während sie am Pier entlanggingen, sagte Radek mit seiner leisen Stimme: »Außerhalb des

Waldes scheint alles wie polarisiert, nicht wahr? Alles zerfällt in Schwarz und Weiß. Warten Sie, bis Sie an die Bäume herankommen, Doktor – vielleicht werden sich die Gegensätze dort für Sie harmonisieren.«

6 Der Absturz

Die Gesellschaft wurde in mehrere kleinere Gruppen aufgeteilt, und jede erhielt zwei Unteroffiziere als Begleitung. Sie gingen an der kurzen Reihe der Personen- und Lastkraftwagen vorbei, mit denen die letzten europäischen Stadtbewohner ihr Eigentum zum Landungsplatz brachten. Die Familien der französischen und belgischen Bergwerksingenieure warteten geduldig, bis sie an die Reihe kamen und bis die Militärpolizei ihnen das Zeichen zum Aufbruch gab. Die Straßen von Mont Royal lagen verlassen da; die gesamte Eingeborenenbevölkerung schien seit langem im Wald untergetaucht zu sein. Die Häuser standen leer im Sonnenlicht, die Fensterläden waren verriegelt, und Soldaten schritten vor den geschlossenen Banken und Läden auf und ab. Die Seitenstraßen waren von verlassenen Wagen verstopft, ein Zeichen, daß der Fluß der einzige Fluchtweg aus der Stadt war.

Als sie an dem Kontrollposten vorbeikamen, hinter dem, zweihundert Meter weiter zur Linken, der Dschungel glühte, bog ein großer Chrysler mit zerbeultem Schutzblech in die Straße ein und hielt vor ihnen. Ein hochgewachsener blonder Mann in offenem, zweireihigem blauem Anzug stieg aus. Er erkannte Radek und winkte ihn heran.

»Das ist Thorensen«, erklärte Radek. »Einer der Grubenbesitzer. Es sieht so aus, als hätte er Ihre Freunde nicht erreichen können. Aber vielleicht bringt er Nachrichten von ihnen.«

Thorensen stützte eine Hand auf das Wagendach und musterte die Dachfirste der Umgebung. Der Kragen seines weißen Hemdes stand offen, und er kratzte sich gelangweilt im Nacken. Trotz seiner kräftig geschnittenen Züge las man in seinem langen fleischigen Gesicht eine gewisse Schwäche und Ichbezogenheit.

»Radek«, brüllte er. »Ich habe nicht den ganzen Tag Zeit! Ist das Sanders?« Er wies mit einer ruckartigen Kopfbewegung auf den Arzt und nickte ihm zu. »Hören Sie, ich habe die beiden erreicht – sie sind im Missionskrankenhaus in der Nähe des alten

Hotels Bourbon. Er und seine Frau sollten eigentlich hierherkommen. Vor zehn Minuten rief er an und sagte, seine Frau sei fortgegangen, und er müsse sie suchen.«

»Fortgegangen?« wiederholte Sanders. »Was soll das heißen?«

»Wie kann ich das wissen?« Thorensen stieg in den Wagen und quetschte seinen riesigen Körper in den Sitz, als lüde er einen Mehlsack hinein. »Jedenfalls hat er gesagt, er würde um sechs Uhr kommen. Okay, Radek?«

»Danke, Thorensen, wir werden um die Zeit hier sein.«

Thorensen nickte, schaltete den Rückwärtsgang ein, schleuderte den Wagen in einer Staubwolke zurück und raste davon, wobei er fast einen Soldaten überfahren hätte, der gerade über die Straße ging.

»Ein ungeschliffener Diamant«, bemerkte Sanders, »wenn ich diesen Ausdruck hier gebrauchen darf. Glauben Sie, daß er die Clairs wirklich erreicht hat?«

Radek zuckte die Achseln. »Wahrscheinlich. Thorensen ist nicht gerade sehr zuverlässig, aber schuldete mir eine kleine Gefälligkeit für ein Medikament. Ein schwieriger Mann. Immer treibt er irgendein geheimes Spiel. Aber er ist uns nützlich gewesen. Die anderen Grubenbesitzer sind fort, und Thorensen hat immer noch sein großes Boot.«

Sanders sah sich um. Der Überfall auf Ventress im Hafen von Port Matarre kam ihm in den Sinn. »Eine Motorjacht? Mit einer Zierkanone?« – »Eine Zierkanone? Das klingt nicht nach Thorensen.« Radek lachte. »An sein Schiff kann ich mich nicht erinnern – warum fragen Sie danach?«

»Ich dachte, ich hätte es schon einmal gesehen. Was machen wir jetzt?«

»Nichts. Das Hotel Bourbon ist etwa fünf Kilometer von hier entfernt; es ist eine alte Ruine. Wenn wir zu Fuß hingehen, kommen wir vielleicht nicht rechtzeitig zurück.«

»Merkwürdig – daß Suzanne Clair so einfach fortläuft.«

»Vielleicht mußte sie einen Patienten besuchen. Meinen Sie, das hätte etwas mit Ihrer Ankunft zu tun?«

»Ich hoffe nicht . . .« Sanders knöpfte sein Jackett zu. »Wir könnten uns ebensogut den Wald ansehen, bis Max hierherkommt.«

Sie bogen in die nächste Seitenstraße ein und folgten der Besuchergruppe. Dabei näherten sie sich dem Wald, der zu beiden Seiten im Abstand von dreihundert Metern von der Straße begann. Hier war die Vegetation spärlicher; nur wenige Grasbüschel wuchsen auf dem sandigen Boden. Auf der freien Fläche hatte man in einem Lastwagenanhänger ein bewegliches Labor eingerichtet, das von Soldaten bewacht wurde. Sie schnitten Zweige von den Bäumen, die sie wie Bruchstücke bunten Glases auf eine Reihe von Gestellen legten. Die Hauptmasse des Waldes umringte die östliche Peripherie der Stadt und riegelte die Landstraße nach Port Matarre und nach Süden ab.

Sie überquerten den Randstreifen und schritten zwischen den vereisten Farnen umher, die aus dem brüchigen Boden aufragten. Die sandige Oberfläche schien seltsam hart und wie versiegelt, und aus der neu gebildeten Kruste drangen kleine Dornen aus festgegossenem Sand hervor.

Ein paar Meter von dem Anhänger entfernt drehten zwei Ingenieure mehrere der verkrusteten Zweige in einer Zentrifuge, über der ein Schimmer lag: Lichtsplitter glänzten in der Schale auf und vergingen in der Luft. Überall auf dem Inspektionsgelände, so weit der Zaun unter den Bäumen reichte, wandten sich die Soldaten und besichtigenden Beamten um und schauten zu. Als die Zentrifuge stehenblieb, blickten die Ingenieure in die Schale, in der eine Handvoll schlaffer feuchter Blätter, ihrer Hüllen beraubt, am Metallboden klebte. Einer der Männer zeigte Sanders kommentarlos den leeren Flüssigkeitsbehälter darunter.

Zwanzig Meter vor dem Wald setzte ein Hubschrauber zum Start an. Seine schweren Flügel drehten sich wie herabfallende Sensen und sandten einen hellen Schein über die aufgestörten Pflanzen. Mit plötzlichem Ruck hob er mühsam ab und schwenkte seitlich über das Walddach; aber seine wirbelnden Propeller gewannen keinen Halt in der Luft. Soldaten und Besucher blieben stehen und betrachteten den gleißenden Lichtstrom, den die Flügel ausstrahlten wie ein Elmsfeuer. Dann glitt der Hubschrauber mit dem rauhen Gebrüll eines verwundeten Tieres durch die Luft und stürzte mit dem Heck voran auf das Walddach. Man sah noch die beiden Piloten an ihren Armaturenbrettern. Sirenen heulten von den Befehlswagen auf, die am Inspektionsgelände parkten, und alle Menschen stürzten sich gemeinsam zum Wald, als das Flugzeug aus dem Blickfeld verschwand.

Während sie die Straße entlangliefen, spürte Dr. Sanders den Aufprall der Maschine am Boden. Ein Lichtstrahl schoß durch die Bäume. Die Straße führte in Richtung auf die Absturzstelle. Dann und wann tauchten ein paar Häuser undeutlich an den Enden der leeren Auffahrten empor. »Die Flügel waren in der Nähe der Bäume kristallisiert«, rief Radek, als sie über den Zaun stiegen. »Man sah, wie die Kristalle schmolzen. Hoffen wir nur, daß den Piloten nichts passiert ist!«

Ein Sergeant stellte sich ihnen in den Weg und winkte Sanders und die anderen Zivilisten zurück, die sich um den Zaun drängten. Radek schrie ihm etwas zu, worauf er Sanders vorbeiließ und sechs seiner Leute abkommandierte. Die Soldaten liefen vor Radek und Sanders her und blieben alle zwanzig Meter stehen, um durch die Bäume hindurchzublicken.

Bald befanden sie sich mitten in der verzauberten Welt des Waldes. Von den kristallenen Bäumen um sie her hingen glasähnliche Moosflechten herab. Die Luft war merklich kühler, als sei alles vereist, aber durch das Walddach über ihnen floß ein unaufhörlich sich veränderndes Licht.

Der Kristallisationsprozeß war hier weiter fortgeschritten. Die Zäune am Straßenrand waren so schwer verkrustet, daß sie eine einzige Palisade bildeten, und zu beiden Seiten der Pfähle hing eine weiße, mindestens fünfzehn Zentimeter dicke Reifschicht. Die wenigen Häuser zwischen den Bäumen glitzerten wie Hochzeitskuchen; ihre weißen Dächer und Schornsteine hatten sich in exotische Minarette und barocke Kuppeln verwandelt. Auf einer mit grünen Glasdornen bedeckten Fläche funkelte das Dreirad eines Kindes wie ein von Fabergé kunstvoll verarbeiteter Edelstein. Die Räder glichen mit Sternen besetzten Jaspiskronen.

Die Soldaten gingen immer noch vor Dr. Sanders her, aber Radek war zurückgeblieben; er humpelte, blieb stehen und befühlte die Sohlen seiner Stiefel. Jetzt verstand Sanders, warum die Straße nach Port Matarre gesperrt worden war. Ihre Oberfläche bestand aus einem einzigen Nadelteppich; sechs bis sieben Zentimeter hohe Dornen aus Glas oder Quarz reflektierten das bunte Licht von den Blättern darüber. Die Dornen bohrten sich in Sanders' Schuhe und zwangen ihn, am Rand entlang schnell vorwärtszugehen.

»Sanders! Kommen Sie zurück, Doktor!« Der brüchige Widerhall von Radeks Stimme erreichte Sanders wie ein dumpfer Schrei in einer unterirdischen Grotte, aber er stolperte auf der Straße weiter und folgte den verschlungenen Mustern, die sich über seinem Kopf dehnten und ausbreiteten wie edelsteinbesetzte Mandalas.

Hinter ihm brummte ein Motor, und Thorensens Chrysler jagte über die Straße; die schweren Räder gruben sich durch die kristallene Oberfläche. Zwanzig Meter weiter hielt er schwankend, und Thorensen sprang heraus. Er rief Sanders etwas zu und winkte ihn vom Weg zurück, der inzwischen zu einem Tunnel gelben und karminroten Lichts unter den Walddächern geworden war.

»Zurück! Es kommt noch eine Welle!« Er blickte sich aufgeregt um, als suche er jemand, dann lief er den Soldaten nach.

Dr. Sanders ruhte sich neben dem Chrysler aus. Im Wald war eine deutliche Veränderung eingetreten, als bräche die Dämmerung herein. Überall waren die glasierten Hüllen um Bäume und andere Pflanzen trüber und dichter geworden. Der Kristallboden unter ihnen war versiegelt und grau, und die Nadeln verwandelten sich in Basaltdornen. Die gleißende Rüstung aus buntem Licht war verschwunden, und ein matter, bernsteinfarbener Schimmer glitt über die Bäume hin und warf Schatten auf die Juwelenornamentik des Bodens. Gleichzeitig war es bedeutend kühler geworden.

Dr. Sanders verließ den Wagen und versuchte die Straße zurückzugehen. Radek schrie ihm unterdessen immer noch lautlos zu, aber die kalte Luft blockierte seinen Weg wie eine kühle Wand. Sanders schlug den Kragen seines Tropenanzugs hoch und zog sich wieder zum Wagen zurück. Er fragte sich, ob er vielleicht drinnen Schutz suchen sollte. Die Kälte nahm zu; sie ließ sein Gesicht erstarren und seine Hände brüchig, gleichsam fleischlos werden. Irgendwo hörte er Thorensens dumpfen Ruf, und er erblickte einen Soldaten, der zwischen den eisgrauen Bäumen hindurchlief.

Rechts vom Weg umhüllte Dunkelheit den Wald und verbarg die Umrisse der Bäume; plötzlich dehnte sie sich aus und wogte über die Fahrbahn hinweg. Dr. Sanders' Augen schmerzten, und er strich die Eiskristalle fort, die sich über seinen Augäpfeln gebildet hatten. Als er wieder klarer sehen konnte, bemerkte er, daß überall um ihn her eine schwere Reifschicht entstand, die den Kristallisationsprozeß beschleunigte. Die Dornen auf dem Fahrweg wuchsen über dreißig Zentimeter hoch auf wie Stacheln eines riesigen Stachelschweins, und die Moosflechten zwischen den Bäumen waren dicker und durchsichtiger geworden, so daß die Stämme gleichsam zu bunten Fäden zusammenschrumpften. Die ineinander verschränkten Blätter bildeten ein einziges Mosaik. Die Wagenfenster waren ebenfalls mit einer Eisdecke überzogen. Dr. Sanders streckte die Hand nach dem Türgriff aus, aber die heftige Kälte schnitt ihm in die Finger.

»Sie da drüben! Kommen Sie her! Hierher!«

Die Stimme verhallte in einer Wegbiegung hinter ihm. Sanders sah in der immer dichter werdenden Dunkelheit die stämmige Gestalt Thorensens, der ihm von der Säulenhalle eines herrschaftlichen Hauses in der Nähe zuwinkte. Der Rasen zwischen ihnen gehörte offenbar zu einer weniger finsteren Zone, denn das Gras bewahrte noch seinen hellen, flüssigen Glanz, als läge diese Enklave wie eine Insel unberührt im Zentrum eines Zyklons.

Dr. Sanders lief die Einfahrt hinauf zum Haus. Hier war die Luft mindestens fünf Grad wärmer. Als er den Torbogen erreicht hatte, blickte er sich suchend nach Thorensen um, aber der Grubenbesitzer war wieder in den Wald hineingelaufen. Unschlüssig, ob er ihm folgen sollte, beobachtete Sanders, wie die dunkle Wand über dem Rasen heranrückte und das glitzernde Laub in ihrem Mantel versank. Der Chrysler am Ende der Einfahrt war jetzt von einer dicken Schicht gefrorenen Glases bedeckt, und auf der Windschutzscheibe erblühten tausend kristallene Lilien.

Sanders lief rasch um das Haus, da die Zone der Sicherheit durch den Wald fortzog, und überquerte einen alten Gemüsegarten, in dem die hüfthohen Pflanzen aus grünem Glas um ihn aufragten wie erlesene Skulpturen. Er wartete, wenn die Zone einen Augenblick verweilte, und versuchte, wenn sie abdrehte, in der Mitte ihres Herdes zu bleiben.

Eine Stunde lang stolperte er so durch den Wald; er hatte völlig die Orientierung verloren, und die Wände, die sich um ihn schlossen, trieben ihn hin und her. Er war in eine endlose unterirdische Höhle geraten, in der edelsteinbesetzte Felsen aus der gespenstischen Finsternis gleich Meerespflanzen auftauchten, und der Sprühregen der Gräser bildete weiße Fontänen. Mehrmals irrte er über die Straße. Die Stacheln reichten ihm fast bis an die Hüften, und er mußte über die brüchigen Stiele klettern.

Als er einmal am Stamm einer gegabelten Eiche lehnte, schwang sich ein riesiger bunter Vogel von einem Ast über ihm hinab und flog mit einem wilden Schrei davon; von seinen rotgelben Flügeln fielen Kaskaden leuchtender Strahlenkronen.

Endlich ließ der Sturm nach, und bleiches Licht sickerte durch das bunte Glasdach. Der Wald war wieder voller Regenbögen, und um ihn glühte ein tiefes, irisierendes Licht. Er ging auf einer schmalen Fahrbahn; sie schlängelte sich auf ein großes Haus im Kolonialstil zu, das wie ein barocker Pavillon auf einer Anhöhe mitten im Wald stand. Es glich, durch das Eis verwandelt, einem unversehrten Bruchstück von Versailles oder Fontainebleau; Pfeiler und Friese stürzten von dem breiten Dach herab wie gemeißelte Springbrunnen.

Der Weg verengte sich. Er wand sich um den Hang, der zum Haus hinaufführte, aber seine harte Kruste, stumpf wie halb geschmolzener Quarz, bot eine glattere Oberfläche als die kristallenen Zähne des Rasens. Fünfzig Meter weiter stieß Sanders auf ein glitzerndes Ruderboot, das fest in der Fahrrinne steckte; eine Kette aus Lapislazuli vertäute es am Randstreifen. Jetzt erst begriff er, daß er auf einem kleinen Nebenarm des Flusses entlangging und daß unter der Kruste immer noch ein dünner Wasserstrom lief. Diese schwache Bewegung verhinderte gewissermaßen, daß das Wasser ebenfalls zu dornenähnlichen Formen erstarrte wie der übrige Waldboden.

Als er neben dem Boot stehenblieb und die Kristalle an den Seiten betastete, kroch ein mächtiges vierbeiniges Ungeheuer, das halb in die Oberfläche eingebettet war, auf ihn zu, wobei die locker gewordenen Flechten, die an Maul und Schultern hingen, wie ein durchsichtiger Harnisch erzitterten. Seine Kiefer schnappten geräuschlos nach Luft, während es sich mühsam auf den krummen Beinen aufrichtete. Es konnte nur wenige Zentimeter aus der Mulde herausklettern, die seine Formen angenommen hatte und sich jetzt mit Wasser füllte. Eingeschlossen in den Lichtschimmer, den sein Körper ausströmte, ähnelte das Krokodil einem sagenhaften Wappentier. Seine blinden Augen hatten sich in riesige kristallene Rubine verwandelt. Als es noch einmal gegen Sanders vorstieß, trat ihm dieser gegen das Maul und löste die nassen Edelsteine, die es verstopften.

Dann ließ er das Tier in seine gefrorene Stellung zurücksinken, stieg ans Ufer und humpelte über den Rasen ins Haus, dessen verzauberte Türme über den Bäumen aufragten. Obgleich er außer Atem und am Rande der Erschöpfung war, erfüllte ihn eine seltsame, hoffnungsvolle und sehnsüchtige Ahnung, als sei er ein flüchtender Adam, der ein vergessenes Tor des verbotenen Paradieses entdeckt hatte.

Hoch oben an einem Fenster stand der Mann im weißen Anzug und beobachtete ihn; das Gewehr in seinen Händen zielte auf Sanders' Brust.

Der Leuchtende

7 Spiegel und Mörder

Zwei Monate später, als Sanders die Ereignisse dieser Zeit in einem Brief an Dr. Paul Derain, Direktor des Leprakrankenhauses von Fort Isabelle, schilderte, schrieb er:

»... Am meisten überraschte es mich jedoch, wie sehr ich auf die Verwandlung des Waldes vorbereitet war – auf die kristallenen Bäume, die wie Heiligenbilder in jenen lichten Gewölben hingen; auf die edelsteinbesetzten Flügelfenster der Blätter über mir, zu einem Gitter aus Prismen geschmolzen, durch die die Sonne in tausend Regenbögen schien; auf die in grotesken Stellungen festgefrorenen Vögel und Krokodile, die aus Jade und Quarz geschnitzten Wappentieren glichen. Das eigentliche Erstaunliche war, daß ich diese Dinge als Teil der natürlichen Ordnung der Dinge, der inneren Struktur des Universums akzeptierte. Gewiß, am Anfang war ich ebenso bestürzt wie jeder, der zum ersten Mal den Matarre-Fluß nach Mont Royal hinauffuhr, aber nach dem ersten übermächtigen Eindruck vom Wald, einer vorwiegend visuellen Überraschung, lernte ich ihn bald verstehen und wußte, daß seine Gefahren ein geringer Preis für die Erleuchtung meines Lebens waren. In der Tat schien dagegen die übrige Welt trübe und leblos, ein verblichener Widerschein dieses glänzenden Bildes, eine graue Zone des Halbdunkels, wie eine Vorhölle.

Dies alles, lieber Paul, vor allem das Ausbleiben der Verwunderung, bestätigte meine Ansicht, daß der leuchtende Wald in gewisser Weise eine frühere Periode unseres Lebens widerspiegelt, eine archaische Erinnerung, mit der wir geboren werden, eine Erinnerung an ein Paradies unserer Vorfahren, in dem die Einheit von Zeit und Raum jedes Blatt und jede Blume kennzeichnete. Inzwischen ist allen Menschen klargeworden, daß Leben und Tod in diesem Wald eine andere Bedeutung haben als in unserer gewöhnlichen, glanzlosen Welt. Hier verbindet sich für uns Bewegung stets mit Leben und Zeitablauf, aber aus meiner Erfahrung im Wald von Mont Royal weiß ich, daß jede

Bewegung unweigerlich zum Tode führt und daß die Zeit ihre Dienerin ist.

Es ist vielleicht unser einziges Verdienst als Krone dieser Schöpfung, daß wir die Scheidung von Zeit und Raum eingeführt haben. Wir allein haben den beiden Begriffen einen jeweils verschiedenen Wert beigemessen und ein ganz bestimmtes eigenes Maß gegeben, das uns jetzt beherrscht und einengt wie die Länge und Breite eines Sarges. Diese Scheidung wieder aufzuheben ist das höchste Ziel der Naturwissenschaft – so wie wir beide, Paul, es in unserer Arbeit am Virus mit seiner halb belebten kristallinen Existenz erkannten, die teils in unserem Zeitstrom ist und teils außerhalb, als durchschnitte sie ihn . . . Oft denke ich, daß wir in unseren Mikroskopen, wenn wir die Gewebe dieser armen Leprakranken im Krankenhaus untersuchten, ein winziges Abbild jener Zeit sahen, die ich dann später an den Waldhängen von Mont Royal kennenlernen sollte.

Aber all diese verspäteten Bemühungen sind nun überflüssig geworden. Während ich Dir jetzt in der Stille und Leere des Europa-Hotels von Port Matarre schreibe, liegt vor mir eine Reportage aus einer zwei Wochen alten Ausgabe des *Paris-Soir* (Louise Peret, die junge Französin, die hier bei mir ist und versucht, auf die eigensinnigen Launen Deines ehemaligen Assistenten einzugehen, hatte die Zeitung eine Woche lang vor mir versteckt), in der es heißt, daß die ganze Halbinsel Florida in den Vereinigten Staaten abgeriegelt wurde und daß bis heute drei Millionen Einwohner des Staates in andere Teile des Landes umgesiedelt wurden.

Aber abgesehen von den Berichten über mutmaßliche Verluste an Grundeigentumswerten und Hoteleinkünften (›O Miami‹, sage ich unwillkürlich, ›du Stadt mit den tausend Kathedralen der Regenbogensonne!‹), hat die Nachricht von dieser außerordentlichen menschlichen Wanderung kaum ein Echo hervorgerufen. So groß ist der angeborene Optimismus der Menschheit, unsere Überzeugung, daß wir jede Sintflut, jeden Umsturz überleben können, daß die meisten von uns die gegenwärtigen Vorgänge in Florida mit einem Achselzucken abtun, in der festen Zuversicht, daß sich schon noch ein Mittel finden wird, um die Krise abzuwenden.

Und doch scheint es jetzt offenkundig, daß die wirkliche Krise längst vorbei ist. Ganz unauffällig auf der Rückseite derselben Ausgabe des *Paris-Soir* wird von einer neuen »Doppelgalaxis« berichtet, die Beobachter am Hubble-Institute auf dem Mount Palomar gesichtet haben. Diese Nachricht ist in kaum zwölf Zeilen zusammengefaßt und ohne Kommentar, obwohl notwendig daraus folgt, daß irgendwo auf der Erdoberfläche ein neuer Brennpunkt entstanden ist, in den Dschungeln Kambodschas mit ihren vielen Tempeln oder in den unheimlichen Bernsteinwäldern des chilenischen Hochlandes. Es ist kaum ein Jahr her, seit die Astronomen vom Mount Palomar die erste Doppelgalaxis im Sternbild der Andromeda feststellten, jenes große, an den Polen abgeflachte Diadem, wahrscheinlich den schönsten Gegenstand im physikalischen Universum, die Galaxis-Insel M 31. Zweifellos sind diese scheinbar zufälligen Verwandlungen in der ganzen Welt ein Abglanz ferner kosmischer Vorgänge gewaltiger Dimensionen, wie man sie zuerst in den Andromeda-Spiralnebeln erkannte.

Wir wissen jetzt, daß die Zeit (»die Zeit mit dem Midasfinger«, wie Ventress sich ausdrückte) diese Verwandlungen verursacht. Die vor kurzem gemachte Entdeckung der Anti-Materie im Universum schließt unvermeidlich den Begriff der Anti-Zeit als der vierten Seite dieses negativ geladenen Raum-Zeit-Kontinuums ein. Wo Partikel und Anti-Partikel zusammenstoßen, zerstören sie nicht nur ihre eigene physikalische Identität, sondern ihre einander entgegengesetzten Zeitwerte heben einander auf und ziehen ein weiteres Quantum vom gesamten Zeitvorrat des Universums ab. Zufällige Entladungen dieser Art, die durch die Bildung von Anti-Galaxien im Raum ausgelöst werden, haben zur Entleerung des Zeitvorrats geführt, der den Stoffen unseres Sonnensystems zur Verfügung steht.

Ebenso wie eine gesättigte Lösung sich auskristallisiert, führt die Sättigung der Materie in unserem Kontinuum dazu, daß sie in einer parallelen Raum-Matrix erscheint. Solange die Zeit ›ausläuft‹, hält der Prozeß der Sättigung an, die ursprünglichen Atome und Moleküle bringen räumliche Nachbildungen ihrer selbst hervor, Substanz ohne Masse, um ihren Rückhalt in der Existenz zu verstärken. Der Prozeß kann sich theoretisch endlos fortsetzen, und es ist möglich, daß am Ende ein einziges Atom unzählige Nachbildungen seiner selbst erzeugt und so das ganze Universum erfüllt, in dem gleichzeitig die ganze Zeit abgelaufen ist – eine letzte makrokosmische Null, von der Platon und Demokrit selbst in ihren kühnsten Träumen nichts ahnten.

Nebenbei: Louise, die den Brief über meine Schulter hinweg gelesen hat, meint, er könnte Dich irreführen, weil er die Gefahren bagatellisiere, die wir alle in dem kristallenen Wald erfuhren. Natürlich stimmt es, daß sie damals durchaus real waren, wie die vielen tragischen Todesfälle dort bezeugen, und daß ich am ersten Tag, als ich im Wald gefangen war, abgesehen von dem, was Ventress mir in seiner zweideutigen und unzusammenhängenden Weise anvertraute, nichts von diesen Dingen verstand. Aber selbst in jener Sekunde, als ich von dem edelsteinbesetzten Krokodil fortging und den Rasenhang zu dem Mann im weißen Anzug hinanstieg, der mich vom Fenster aus beobachtete, das Gewehr auf meine Brust gerichtet . . .«

Dr. Sanders lehnte sich auf einem der glasbestickten tiefen Sofas im Schlafzimmer oben im Hause zurück und ruhte sich von seiner Jagd durch den Wald aus. Als er vorher die Treppe hinaufgeklettert war, war er auf einer der kristallisierenden Stufen ausgeglitten und hatte sich einen Augenblick lang vor Schmerz gekrümmt. Oben auf der Treppe stand Ventress und sah zu, wie Sanders mühsam auf die Füße kam und die glasierten Bretter unter seinen Händen zersplitterten. Ventress' kleines Gesicht, dessen gespannte Haut jetzt von aderartig bläulichen Farben befleckt schien, war ausdruckslos. Seine Augen blickten starr hinunter und verrieten keine Regung, während Sanders am Treppengeländer Halt suchte. Als dieser endlich den Treppenabsatz erreichte, deutete Ventress mit einer kurzen Geste auf die Tür. Dann nahm er seinen Platz am Fenster wieder ein und schob den Gewehrlauf durch die zerbrochenen Scheiben.

Sanders strich den Reif von seinem Anzug und zog die Kristallsplitter heraus, die sich wie Nadeln in seine Hände gebohrt hatten. Die Luft im Hause war kalt und still, aber als der Sturm nachließ und über dem Wald abzog, schien auch der Verglasungsprozeß langsamer zu werden. Der Reif hatte jeden Gegenstand in dem hohen Raum verwandelt. Mehrere Fenster aus Spiegelglas waren anscheinend zerbrochen und dann über dem Teppich zusammengeschmolzen, und die figurenreichen persischen Muster schwammen unter der Oberfläche wie der Boden eines duftenden Teiches aus *Tausendundeiner Nacht.* Alle Möbel waren mit den gleichen glasierten Hüllen bedeckt und Armlehnen und Beine der hohe Stühle an den Wänden mit erlesenen Schnörkeln und Spirallinien verziert. Die Louisquinze-Imitationen ähnelten riesigen Stücken opalisierenden Zuckerwerks, und ihre vielfachen Spiegelbilder glühten wie ungeheure Schimären an den Wänden aus geschliffenem Glas.

Durch die Tür sah Sanders in einen kleinen Ankleideraum. Er nahm an, daß er sich im Hauptschlafzimmer einer offiziellen Residenz befand, die für den Besuch eines hohen Regierungsbeamten oder für den Präsidenten der Grubengesellschaften unterhalten wurde. Obwohl der Raum sorgfältig eingerichtet war – direkt nach den Katalogen eines Warenhauses in Paris oder London –, enthielt er keine persönlichen Gegenstände. Aus irgendwelchen Gründen hatte Ventress das breite Doppelbett – ein Baldachinbett, schloß Sanders aus den vier Flecken an der Decke – entfernt und die anderen Möbel zur Seite gerückt. Er stand immer noch am offenen Fenster und spähte nach dem Fluß hinüber, wo das edelsteinbesetzte Boot und das Krokodil nebeneinander einbalsamiert lagen. Der dünne Bart verlieh ihm ein fiebriges, gequältes Aussehen. Er beugte sich über das Gewehr und drängte sich dicht an das Fenster, ungeachtet der Stücke, die er dabei aus dem Kristallüberzug des Brokatvorhangs riß.

Dr. Sanders wollte aufstehen; Ventress wies ihn zurück.

»Ruhen Sie sich aus, Doktor. Wir bleiben noch eine Weile hier.« Seine Stimme war härter geworden, und der ironischhumorvolle Unterton fehlte. Er wandte den Blick von seinem Gewehrlauf. »Wann haben Sie Thorensen zum letzten Mal gesehen?«

»Den Grubenbesitzer?« Sanders zeigte durch das Fenster. »Nachdem wir in den Wald gelaufen waren, um nach dem Hubschrauber zu sehen. Suchen Sie ihn?«

»Sozusagen. Was tat er damals?«

Dr. Sanders schlug den Kragen seines Jacketts hoch und strich die Reifdornen fort, die den Stoff bedeckten. »Er lief im Kreis herum, wie wir alle, er war völlig verloren.«

»Der und verloren?« Ventress schnaubte höhnisch. »Der Mann ist gewitzt wie ein Schwein. Er kennt jede Mulde und jede Spalte in diesem Wald wie seine Westentasche.«

Als Sanders nun doch aufstand und zum Fenster ging, schob Ventress ihn wieder ungeduldig zurück. »Bleiben Sie vom Fenster weg, Doktor.« Und er fügte mit einem Funken seiner alten Ironie hinzu: »Ich will Sie nicht gerade jetzt als Köder benutzen.«

Sanders überhörte die Warnung und schaute auf den leeren Rasen hinunter. Wie Fußstapfen auf taubedecktem Rasen führten die dunklen Abdrücke seiner Schuhe über die ornamentartige Oberfläche und verschmolzen mit dem blaßgrünen Hang, als der Kristallisationsprozeß sich fortsetzte. Obwohl die Hauptwelle seiner Wirksamkeit vorüber war, verwandelte sich der verglaste Wald immer mehr. Die tiefe Stille in den funkelnden Bäumen bestätigte, daß das befallene Gebiet sich um ein Vielfaches ausgedehnt hatte. Eisige Ruhe breitete sich aus, soweit der Blick reichte, als hätten sich Ventress und er in den Grotten eines riesigen Gletschers verirrt. Ihre Nähe zur Sonne wurde dadurch deutlich, daß ,überall der gleiche Lichtkranz erschien. Der Wald war ein endloses Labyrinth gläserner Höhlen, abgeschlossen von der übrigen Welt und von unterirdischen Lampen beleuchtet.

Ventress entspannte sich einen Augenblick. Er stellte einen Fuß auf die Fensterbank und sah Dr. Sanders prüfend an. »Eine lange Reise, Doktor, aber sie lohnt die Mühe, wie?«

Sanders zuckte die Achseln. »Noch bin ich nicht am Ziel – ich muß meine Freunde suchen. Aber Sie haben recht, es ist eine außerordentliche Erfahrung. Der Wald hat beinahe etwas Verjüngendes. Haben Sie . . .«

»Natürlich, Doktor.« Ventress wandte sich wieder zum Fenster und gebot Sanders mit einer Hand Schweigen. Der Reif schimmerte gleich einem blassen, farbigen Palimpsest auf den Schulterpartien seines weißen Anzuges. Er betrachtete die kristallenen Pflanzen am Bachufer. Nach einer Pause sagte er: »Mein lieber Sanders, Sie sind nicht der einzige, der das spürt, das kann ich Ihnen versichern.«

»Sind Sie schon früher hier gewesen?« fragte Sanders.

»Meinen Sie so etwas wie *déjà vu*?« Ventress wandte sich um, seine engen Züge waren hinter dem Bart verborgen.

Dr. Sanders zögerte. »Ich meinte es wörtlich«, sagte er.

Ventress überging diese Antwort. »Wir sind alle schon mal hier gewesen, Doktor, das wird bald jeder merken – wenn er *Zeit* hat.« Er sprach das Wort mit einer ganz besonderen, eigenartigen Betonung aus und zog es in die Länge wie Glockenläuten. Er lauschte, als das letzte Echo von den kristallenen Wänden zurückgeworfen wurde wie ein verhallendes Requiem. »Aber ich fühle, daß sie uns allen ausgeht, Doktor – meinen Sie nicht auch?«

Dr. Sanders versuchte seine Hände ein wenig warmzureiben. Seine Finger waren fast erstarrt, und er schaute nach dem leeren Kamin und fragte sich, ob diese verzierte Nische, die zu beiden Seiten von einem großen vergoldeten Delphin bewacht wurde, wohl auch mit einem Kaminrohr ausgestattet war. Trotz der kalten Luft fror ihn kaum. Er fühlte sich vielmehr neu belebt.

»Daß die Zeit uns ausgeht?« wiederholte er. »Darüber habe ich noch nicht nachgedacht. Wie erklären Sie das?«

»Ist es denn nicht ganz klar, Doktor? Und gibt uns nicht Ihr eigenes Fachgebiet, die dunkle Seite der Sonne, die wir hier um uns sehen, einen Schlüssel zu diesen Bereichen? Die Lepra ist doch gewiß wie der Krebs vor allem eine Krankheit der Zeit, verursacht dadurch, daß man sich in diesem Medium allzu sehr ausgebreitet hat.«

Dr. Sanders nickte; er bemerkte, wie Ventress' Totenschädelgesicht sich belebte, als er jenes Element erwähnte, das er, zumindest nach außen hin, anscheinend verachtete. »Das ist eine Theorie«, sagte er zustimmend, als Ventress geendet hatte. »Aber . . .«

»Wissenschaftlich nicht genügend erwiesen?« Ventress warf den Kopf zurück und deklamierte mit lauter Stimme: »Denken Sie an die Viren mit ihrer kristallähnlichen Struktur, Doktor. Sie sind weder lebendig noch unbelebt und immun gegen die Zeit!« Er fuhr mit der Hand an der Fensterbank lang, scharrte einen Haufen gläserner Körner zusammen und streute sie auf den Boden wie zerbrochene Murmeln. »Sie und ich werden bald so sein wie das hier, Sanders, und ebenso die übrige Welt. Weder lebendig noch tot!«

Nach dieser Tirade wandte Ventress sich ab und betrachtete wieder aufmerksam den Wald. Ein Muskel zuckte in seiner linken Wange wie ferne Blitze, die das Ende des Sturms ankündigen.

»Warum suchen Sie Thorensen?« fragte Dr. Sanders. »Haben Sie es auf seine Diamantenmine abgesehen?«

»Seien Sie kein Idiot!« fluchte Ventress über die Schulter hinweg. »Das ist das Letzte – Edelsteine sind in diesem Wald keine Seltenheit, Doktor.« Mit verächtlicher Gebärde kratzte er weiter Kristalle vom Stoff seines Anzugs. »Wenn Sie wollen, pflücke ich Ihnen Hope-Diamanten für eine ganze Kette zusammen.«

»Was tun Sie in diesem Hause?« fragte Dr. Sanders gleichmütig.

»Thorensen wohnt hier.«

»Wie?« Sanders betrachtete noch einmal ungläubig die verzierten Möbel und die vergoldeten Spiegel und dachte dabei an den stämmigen Mann im blauen Anzug am Steuer des zerbeulten Chryslers. »Ich habe ihn zwar nur kurz gesehen, aber das paßt so gar nicht zu seinem Wesen.«

»Genau. Ich habe noch nie einen so schlechten Geschmack

gesehen.« Ventress nickte vor sich hin. »Und glauben Sie mir, als Architekt sah ich genug davon. Das ganze Haus ist ein jämmerlicher Witz.« Er zeigte auf einen der Diwane mit Intarsien und spiralförmigem Polster, das sich in die schimmernde Parodie einer Rokokokartusche verwandelt hatte; die Schraubenlinie wand sich wie die zu lang gewachsenen Hörner einer Ziege. »Vielleicht ›Louis-dix-neuf‹?«

Ventress hatte, abgelenkt durch seine Spötteleien über Thorensen, dem Fenster den Rücken zugewandt. Sanders, der an ihm vorbeisah, bemerkte, wie das im Bach eingefangene Krokodil sich auf seinen schwachen Beinen aufrichtete, als schnappte es nach einem Vorbeigehenden. Er unterbrach Ventress und deutete hinunter, aber eine andere Stimme kam ihm zuvor.

»Ventress!«

Der Ruf, eine wütende Herausforderung, kam von den kristallenen Sträuchern am linken Rasensaum. Eine Sekunde später rollte ein Schuß durch die kalte Luft. Während Ventress herumfuhr und Sanders mit einer Hand wegschob, schlug die Kugel krachend in die Decke über ihnen ein und riß ein großes gitterartiges Stück heraus, das vor ihren Füßen zu unzähligen flachen Nadeln zersplitterte. Ventress fuhr zurück und feuerte dann blindlings einen Schuß auf das Gebüsch. Der Schall brach sich in den erstarrten Bäumen und schüttelte ihre leuchtenden Farben durcheinander.

»Hinlegen!« Ventress kroch hastig zum nächsten Fenster und schob den Gewehrlauf durch die reifüberzogenen Scheiben. Er hatte nach einem Augenblick der Panik seine Geistesgegenwart wiedergefunden und schien diese Gelegenheit einer Konfrontation bereitwillig ergreifen zu wollen. Er spähte in den Garten hinunter und stand auf, als das Knacken von Zweigen in der Ferne darauf schließen ließ, daß der Belagerer sich zurückzog.

Er kam zu Sanders hinüber, der mit dem Rücken an der Wand neben dem Fenster stand.

»Gut. Er ist fort.«

Sanders zögerte, bevor er sich bewegte. Er blickte auf die Bäume neben dem Rasen und achtete darauf, daß er sich nur flüchtig zeigte. Der Reif hatte ein weißes, von Eichen umrahmtes Aussichtstürmchen am gegenüberliegenden Ende der Grasfläche in eine kristallene Krone verwandelt. Die Klappfenster blinkten wie eingelegte Edelsteine, als bewegte sich etwas dahinter. Ventress jedoch stand frei vor dem Fenster und überschaute die Szene unten.

»War das Thorensen?« fragte Sanders.

»Natürlich.« Der kurze Waffengang hatte Ventress offensichtlich entspannt. Er wanderte, das Gewehr lose im Arm, durch das Zimmer und blieb ab und zu stehen, um den Einschlag der Kugel in der Decke zu untersuchen. Aus irgendwelchen Gründen nahm er an, daß Sanders in diesem Duell auf seiner Seite stand, vielleicht weil dieser ihn bei dem Überfall am Hafen von Port Matarre gerettet hatte. Aber Sanders hatte nur in einem Reflex gehandelt, und Ventress wußte das zweifellos. Er war ein Mensch, der sich anderen niemals verpflichtet fühlte, was auch immer sie für ihn getan haben mochten, und Sanders vermutete, daß er auf der Reise im Dampfer von Libreville eine gewisse Verwandtschaft in ihm gespürt hatte und seine ganze Sympathie oder Feindschaft auf eine solche zufällige Begegnung gründete.

Im Aussichtsturm bewegte sich jetzt nichts mehr. Sanders kam aus seinem Versteck hinter dem Fenster hervor.

»Haben Thorensens Leute auch den Überfall in Port Matarre auf Sie verübt?«

Ventress zuckte die Achseln. »Sie könnten recht haben, Doktor. Aber keine Angst, ich passe schon auf Sie auf.«

»Da haben Sie allerhand zu tun, die Räuberbande meinte es nämlich ernst. Wie mir der Hauptmann vom Militärstützpunkt sagte, wollen die Diamantengesellschaften nicht, daß ihnen etwas in die Quere kommt.«

Ventress schüttelte den Kopf; Sanders' Begriffsstutzigkeit reizte ihn. »Doktor! Sie suchen hartnäckig nach den trivialsten Gründen – offensichtlich haben Sie keine Ahnung von Ihren eigenen wahren Motiven. Zum letzten Mal: Thorensens verdammte Diamanten interessieren mich nicht – ihn übrigens ebensowenig! Die Sache zwischen uns . . .« Er unterbrach sich und starrte aus dem Fenster ins Leere; zum ersten Mal schien sein Gesicht müde. Dann fuhr er zerstreut, mehr zu sich selbst gewandt, fort: »Glauben Sie mir, ich achte Thorensen ... so grob er sein mag, er begreift, daß wir dasselbe Ziel haben, es ist nur eine Frage der Methode.« Er drehte sich auf dem Absatz um. »Es ist besser, wir gehen jetzt«, verkündete er. »Es hat keinen Sinn, noch länger hierzubleiben. Wo wollen Sie hin?«

»Nach Mont Royal, wenn möglich.«

»Das geht wohl nicht.« Er zeigte durch das Fenster. »Das Sturmzentrum liegt direkt zwischen uns und der Stadt. Ihre einzige Hoffnung ist, den Fluß zu erreichen und auf diesem Wege zum Militärstützpunkt zurückzukommen. Wen suchen Sie eigentlich?«

»Einen ehemaligen Kollegen und seine Frau. Kennen Sie das Hotel Bourbon? Es steht ein wenig abseits der Stadt. Das Missionskrankenhaus liegt in der Nähe des Hotels.«

»Bourbon?« Ventress verzog das Gesicht. »Das klingt nach einem anderen Jahrhundert – Sie geraten schon wieder aus der Zeit, Sanders.« Er ging zur Tür. »Es ist eine alte Ruine, Gott weiß wo. Sie werden bei mir bleiben müssen, bis wir den Waldrand erreichen, dann können Sie sich allein durchschlagen.«

Sie prüften vorsichtig jede Stufe und stiegen langsam die kristallisierende Treppe hinunter. Auf halbem Wege blieb Ventress, der die Führung übernommen hatte, stehen und winkte Sanders nach vorn.

»Meine Pistole.« Er klopfte auf seinen Schulterriemen. »Ich komme gleich nach. Schauen Sie, ob Sie von der Tür aus etwas sehen.«

Während er umkehrte, schritt Sanders durch die leere Halle. Er hielt zwischen den edelsteinbesetzten Pfeilern inne, denn ihm war trotz der von Ventress gegebenen Anweisungen nicht sehr daran gelegen, sich in dem breiten Eingang mit seiner Säulenreihe der Gefahr auszusetzen. Von der Mitte der Halle aus schienen der Garten und die Bäume weiter hinten ruhig; er wandte sich um und wartete zwischen den Pfeilern vor der Nische zu seiner Linken. In den verglasten Wänden und Möbeln funkelten unzählige Spiegelbilder seiner selbst.

Unwillkürlich hob Sanders die Hände, um die Lichtregenbögen zu fangen, die um seinen Anzug und sein Gesicht spielten. Eine ganze Legion von Eldorados, die alle seine Züge trugen, traten in den Spiegeln zurück – er selbst als »Mann aus Licht«. Er betrachtete sich im Profil und bemerkte, daß die Farbstreifen die scharfen Linien seines Mundes und seiner Augen milderten und den Rückstand der Zeit darin verwischten, der die Gewebe verhärtete wie die Schuppen der Lepra. Einen Augenblick lang wirkte er zwanzig Jahre jünger, denn die rosige Farbschicht auf seinen Wangen veränderte ihn effektvoller, als die Palette eines Rubens oder Tizian es gekonnt hätte.

Als er sich seinem Spiegelbild gegenüber zuwandte, entdeckte er zu seiner Überraschung, daß er unter diesen prismatischen, durch die Sonne gebrochenen Abbildern einen dunkleren Zwillingsbruder gefunden hatte. Profil und Züge waren leicht umschattet und die Haut fast ebenholzfarben; sie reflektierte die gefleckten blauen und violetten Töne vom anderen Ende des Spektrums. Die düstere Gestalt stand regungslos und drohend in der lichten Umgebung und hielt den Kopf von ihm abgewandt, als wisse sie von ihrem eigenen negativen Aspekt. In der herabhängenden Hand blitzte eine Lanze silbernen Lichts wie ein Stern in einem Kelch.

Plötzlich sprang Sanders hinter den Pfeiler zur Linken, und der in der Nische verborgene Neger schnellte auf ihn los. Das Messer flog an Sanders' Gesicht vorbei, sein weißes Licht tauchte unter in den Reflexen, die wie trunkene Sonnen um die beiden Männer tanzten, und die Farben troffen wie Blut von ihren Armen und Beinen. Sanders trat mit dem Fuß nach der Hand des Negers und erkannte dabei einen der Angreifer, die er auf der Seilbrücke von Port Matarre gesehen hatte. Der Neger kauerte sich nieder, das spitze, knochige Gesicht fast zwischen den Knien, und parierte mit dem Messer. Sanders zog sich zur Treppe zurück. Da erblickte er den riesigen Mulatten im Buschhemd, der hinter einem Bücherschrank im Salon stand und ihn beobachtete, eine

Maschinenpistole in der narbigen Hand. Der Reif draußen warf einen leuchtenden Schimmer auf sein dunkles Gesicht.

Bevor Sanders zu Ventress hinaufrufen konnte, dröhnte über ihm ein Schuß. Er duckte sich und sah, wie der Neger mit dem Messer in der Hand zu Boden geschleudert wurde und seine Füße vor Schmerz zuckten. Das durchlöcherte Gitterwerk an der Wand hinter ihm zersplitterte über einem Diwan. Der Neger raffte sich auf und stürzte wie ein verwundetes Tier durch den Eingang hinaus. Ein zweiter Schuß folgte ihm von der Treppe her, und Ventress kam von seinem Aussichtspunkt hinter dem Treppengeländer hervor. Das gespannte Gesicht hinter dem Kolben seines Gewehrs verborgen, winkte er Sanders vom Eingang fort in den Salon.

Der Mulatte kam hinter dem Bücherregal hervor, lief durch den Raum, blieb unter dem Leuchter stehen und gab Feuer. Die Wucht der Explosion schüttelte das Licht aus den geschliffenen Glasgehängen über seinem geschorenen Kopf. Er schrie etwas zu einem großen, hellhäutigen Mann im Lederwams hinüber, der an der hinteren Wand stand, den Rücken zur Treppe gewandt, und einen Safe über dem Zierkamin öffnete.

Der Mulatte deckte ihn und feuerte durch die Tür. Der Mann am Safe zog eben gerade eine kleine Kassette aus dem oberen Fach, als Ventress die Mahagony-Garderobe quer in den Bogengang warf. Die Kassette fiel zu Boden, und Rubine und Saphire rollten Thorensen vor die Füße. Er ließ Ventress, der versuchte, dem Mulatten eine Kugel aufzubrennen, unbeachtet, beugte sich nieder und schaufelte ein paar Steine in seinen breiten Händen zusammen. Dann drehten er und der Mulatte sich um, liefen zu den Salontüren und drückten mit ihren Schultern die leichten Rahmen zur Seite.

Ventress sprang über seine Barrikade, trat in den Salon und kletterte über die dick gepolsterten Sofas und Sessel. Im gleichen Augenblick, als seine beiden Gegner hinter den Bäumen verschwanden, erreichte er die Tür, lud sein Gewehr und feuerte einen letzten Schuß über den Rasen.

Dann drehte er den Gewehrlauf in Sanders' Richtung, während

dieser über die Garderobe stieg und hereinkam.

»Nun, Doktor, ist die Luft rein?« Ventress atmete rasch, seine schmalen Schultern bewegten sich mit übertrieben nervöser Energie. »Was ist los? Er hat Sie doch nicht erwischt?« Sanders ging auf ihn zu. Er schob den Gewehrlauf zur Seite, den Ventress immer noch auf ihn richtete, und starrte in das knochige Gesicht mit den überreizten Augen.

»Ventress! Sie wußten, daß sie alle hier irgendwo steckten – Sie haben mich als Köder benutzt!«

Er brach ab. Ventress hörte gar nicht auf ihn und spähte nach rechts und links durch die Salontüren. Sanders wandte sich ab. Eine ungeheure Mattigkeit überfiel ihn. Er bemerkte die am Boden funkelnden Juwelen. »Sie sagten doch, Thorensen interessiere sich nicht für Edelsteine?«

Ventress drehte sich um und blickte auf den Boden unter dem Safe. Er ließ das Gewehr sinken, beugte sich vor und berührte die Steine, als sei er bestürzt, sie dort zu finden. Zerstreut steckte er erst ein paar davon ein, dann sammelte er den Rest auf und stopfte sie in seine Hosentaschen.

Er ging zur Tür zurück. »Sie haben natürlich recht, Sanders«, sagte er fast tonlos. »Aber ich habe an Ihre Sicherheit gedacht, glauben Sie mir.« Dann fuhr er ihn an: »Wir müssen hier raus!«

Als sie über den Rasen gingen, kam Ventress langsam hinter Sanders her. Dieser blieb stehen; das Haus ragte hellglänzend zwischen den Bäumen auf. Ventress starrte auf die Edelsteine in seiner Hand. Die Saphire glitten ihm durch die Finger, fielen auf die Grasornamente und beleuchteten seine Fußstapfen, während er in die dunklen Gewölbe des Waldes eintrat.

8 Das Gartenhaus

Eine Stunde lang folgten sie dem versteinerten Bach. Ventress ging voran. Er hielt vorsichtig das Gewehr vor sich her, und seine Bewegungen waren sicher und wohlüberlegt, während Sanders hinterherhumpelte. Dann und wann kamen sie an einer in die Eiskruste eingebetteten Motorjacht vorbei, oder ein verglastes Krokodil richtete sich auf und schnitt lautlos Grimassen; das Tier kroch, das Maul voller Juwelen, in einem Graben farbigen Glases.

Ventress hielt ständig Ausschau nach Thorensen. Welcher von beiden eigentlich den anderen suchte und worum es in dieser Blutfehde ging, wurde Sanders nicht klar. Thorensen hatte Ventress bereits zweimal überfallen, aber dieser forderte ihn fast dazu heraus und zeigte sich absichtlich, wie um den Grubenbesitzer in eine Falle zu locken.

»Können wir denn nicht nach Mont Royal zurückgehen?« rief Sanders, und seine Stimme hallte dumpf in den Gewölben wider. »Wir kommen ja immer tiefer in den Wald hinein.«

»Die Stadt ist abgeschnitten, lieber Sanders. Keine Angst, ich bringe Sie schon zur rechten Zeit dorthin.« Ventress sprang flink über eine Spalte in der Eisfläche. Unter den sich auflösenden Kristallen rieselte ein dünner Strom in eine verschüttete Fahrrinne. Manchmal bewegten sie sich im Kreise herum, als wollte Ventress sich mit der Topographie seiner juwelenstarrenden Dämmerwelt vertraut machen. Immer wenn Dr. Sanders sich auf einen der glasüberzogenen Stämme setzte, um sich auszuruhen und die Kristalle fortzuwischen, die sich trotz der ständigen Bewegung an den Sohlen seiner Schuhe bildeten, wartete Ventress ungeduldig und beobachtete ihn nachdenklich, als überlege er, ob er ihn dem Wald überlassen sollte. Die Luft war eisig, und dunkle Schatten öffneten und schlossen sich um sie her.

Als sie den Bach verließen und tiefer in den Wald vordrangen, stießen sie auf das Wrack des abgestürzten Hubschraubers.

Die Maschine lag wie ein heraldisch verziertes Fossil in einer kleinen Mulde links von ihrem Pfad, und Dr. Sanders erkannte sie nicht gleich. Da blieb Ventress stehen und deutete mit finsterer Miene auf das Wrack. Sanders erinnerte sich, daß der Hubschrauber etwa einen halben Kilometer vom Inspektionsgelände entfernt im Wald verschwunden war. Die vier spiralisch gewundenen Flügelblätter, marmoriert und vereist wie die Flügel einer riesigen Libelle, waren bereits vom Flechtwerk der von den Bäumen herabhängenden Kristalle überwuchert. Der halb im Boden eingegrabene Rumpf war nur noch ein einziger durchsichtiger Edelstein, in dessen Tiefen die beiden vor ihrem Armaturenbrett festgefrorenen Piloten saßen wie Rittergestalten auf einem mittelalterlichen Gewölbestein. Ihre Silberhauben sandten eine endlose Lichtfontäne aus.

»Sie können ihnen jetzt nicht mehr helfen.« Ventress' Mund zuckte schmerzvoll. Er wandte sich ab und wollte fort. »Kommen Sie, Sanders, oder es geht Ihnen auch so wie denen da. Der Wald verändert sich zusehends.«

»Warten Sie!« Sanders stieg über das spröde Unterholz und stieß mit dem Fuß glasähnliches Laub beiseite. Er kletterte um die Halbkugel der Cockpitverkleidung. »Ventress! Da ist noch ein Mann!«

Sie ließen sich auf den Grund der Mulde unter der Steuerbordseite des Hubschraubers hinab. Über dem Wurzelgeflecht einer mächtigen Eiche, über das er sich offenbar zu schleppen versucht hatte, lag ausgestreckt der kristallisierte Körper eines Mannes in Militäruniform. Brust und Schultern waren mit einem juwelenbesetzten Harnisch bedeckt, und die Arme steckten in den gleichen Panzerhandschuhen aus versiegelten Prismen, die Sanders an jenem Mann bemerkt hatte, der bei Port Matarre aus dem Fluß gefischt worden war.

»Es ist Hauptmann Radek!« Sanders blickte in die Fliegerhaube des Toten, die sich in einen großen, in Form eines Konquistadorenhelms geschliffenen Saphir verwandelt hatte. Durch die Prismen gebrochen, die sich über dem Gesicht gebildet hatten, schienen seine Züge sich auf mehreren Ebenen zu überlagern, aber Dr. Sanders erkannte dennoch den Hauptmann von der Sanitätstruppe, der ihn zum Inspektionsgelände geführt hatte. Er begriff, daß Radek umgekehrt war, um ihn zu suchen, da er nicht aus dem Wald zurückgekommen war, und statt seiner die beiden Piloten des Hubschraubers gefunden hatte.

Nun leuchteten Regenbögen in den Augen des Toten.

»Ventress!« Sanders entsann sich des Ertrunkenen im Hafen von Port Matarre. Er drückte seine Hand gegen den kristallenen Brustpanzer und spürte darunter eine schwache Wärme. »Er lebt noch, helfen Sie mir, ihn hier herauszubringen!« Als Ventress kopfschüttelnd aufstand, schrie Sanders: »Aber ich kenne diesen Mann!«

Ventress griff nach seinem Gewehr und kletterte aus der Mulde heraus. »Sie verlieren nur Ihre Zeit, Sanders.« Sein Blick irrte suchend zwischen den Bäumen hin und her. »Lassen Sie ihn hier, er hat seinen Frieden gefunden.«

Sanders drängte sich an ihm vorbei, stellte sich breitbeinig über den kristallenen Körper und versuchte ihn aus der Mulde herauszuheben. Aber das Gewicht war ungeheuer, und er konnte kaum einen der Arme bewegen. Ein Teil von Kopf und Schultern und der ganze rechte Arm waren gleichsam an die Kristallwucherung am Fuß der Eiche angeschmiedet. Als Sanders die verschlungenen Wurzeln wegzustoßen begann, rief Ventress ihm warnend zu. Aber Sanders zerrte an dem Körper und riß ihn schließlich los. Dabei fielen mehrere Stücke der Kristallhülle von Gesicht und Schultern. Ventress sprang mit einem Schrei in die Mulde hinein. Er packte Sanders' Arm. »Um Himmels willen!« fing er an, aber als Sanders ihn zur Seite schob, gab er es auf und wandte sich ab.

Nach einer Pause, während der seine kleinen Augen Sanders musterten, trat er vor und half ihm, den juwelenbedeckten Körper aufzuheben.

Hundert Meter weiter erreichten sie das Ufer des Baches. Der Nebenarm hatte sich zu einer etwa zehn Meter breiten Fahrrinne verbreitert. In der Mitte war die Kruste ein paar Zentimeter dick, und sie sahen, daß darunter Wasser lief. Dr. Sanders ließ

Radeks Körper am Ufer, wo er mit ausgestreckten Armen lag und langsam schmolz, brach einen breiten Ast von einem Baum und schlug die Eiskruste über dem Wasser auf. Sowie er den Ast nach unten trieb, zersplitterten die Kristalle. In wenigen Minuten hatte er eine vier Meter breite, kreisrunde Öffnung geschlagen. Er schleppte den Ast ans Ufer, beugte sich nieder, hob Radek auf das Holz und band seine Schultern mit seinem Gürtel daran fest. Wenn das Glück es wollte, konnte das Holz Radek so lange tragen, bis die Kristalle sich in der treibenden Strömung aufgelöst hatten und er zu sich kam.

Ventress schwieg, aber er beobachtete Sanders weiter mit bitterer Miene. Dann lehnte er sein Gewehr an einen Baum, und sie trugen den Körper gemeinsam bis an die Öffnung über dem Wasser. Jeder hielt ein Ende des Astes, und sie ließen Radek mit den Füßen voran ins Wasser hinab. Der Bach floß schnell und wirbelte ihn durch den weißen Tunnel stromabwärts. Die überspülten Kristalle an Radeks Armen und Beinen schimmerten unter dem Wasser, und nur sein Kopf ruhte auf dem Ast.

Sanders humpelte ans Ufer zurück. Er setzte sich auf den marmorierten Sand und zog an den scharfen Nadeln, die sich in seine Handflächen und Finger gebohrt hatten. »Es ist eine Chance, nicht mehr, aber sie lohnt sich«, sagte er. Ventress stand ein paar Schritte abseits. »Unten am Fluß halten sie ja Ausschau. Vielleicht sehen sie ihn.«

Ventress ging auf Sanders zu. Er hielt sich steif und hatte das bärtige Kinn eingezogen. Die Muskeln seines knochigen Gesichts zuckten, als überlegte er sich seine Antwort sehr sorgfältig. Endlich sagte er: »Sanders, Sie kamen zu spät. Eines Tages werden Sie wissen, was Sie dem Mann genommen haben.«

Dr. Sanders blickte auf. »Wie meinen Sie das?«, und er erwiderte gereizt: »Das war ich dem Mann schuldig.«

Ventress hörte nicht auf ihn. »Merken Sie sich das, Doktor – wenn Sie mich jemals so finden, dann lassen Sie mich in Ruhe. Verstehen Sie?«

Sie gingen weiter durch den Wald; keiner sprach mit dem

anderen. Sanders blieb manchmal fünfzig Meter hinter Ventress zurück, und zuweilen dachte er schon, Ventress habe ihn im Stich gelassen, aber jedesmal kam die Gestalt im weißen Anzug, Haar und Schultern mit einem dünnen Reifpelz bedeckt, wieder in Sicht. Obwohl es ihn empörte, daß Ventress so gar kein Mitgefühl für Radek gezeigt hatte, ahnte er, daß dieses Verhalten vielleicht einen bestimmten Grund hatte.

Endlich kamen sie an den Saum einer kleinen Lichtung, die auf drei Seiten von einer Bucht des Flusses umgeben war. Am Ufer gegenüber stieß ein Gartenhaus mit hohem Giebel sein Dach durch eine Lücke im Walddach gegen den Himmel vor. Von der einzigen Turmspitze spannte sich ein Netz lichtdurchlässiger Fasern wie ein durchsichtiger Schleier zu den umstehenden Bäumen und warf auf den gläsernen Garten und das kristallene Gartenhaus einen feingeäderten Schein, dicht wie ein Leichentuch. Diesen Eindruck verstärkten noch die Fenster der Veranda, die um das Haus herumführte. Sie waren mit kunstvollen Schnörkelmustern überzogen wie verzierte Grabplatten.

Ventress ließ Sanders zurück und ging, das Gewehr vor sich erhoben, auf den Rand des Gartens zu. Zum ersten Mal seit Sanders ihn kennengelernt hatte, wirkte er unsicher. Er starrte auf das Gartenhaus wie ein Forschungsreisender, der sich in ein geheimnisvolles Heiligtum im tiefsten Dschungel vorwagt.

Hoch über ihm, die Flügel in der Glasdecke eingefangen, bewegte sich eine Golddrossel langsam im Nachmittagslicht; das flüssige Licht breitete sich in kreisförmigen Wellen von ihr aus wie die Strahlen einer kreuzförmigen Sonne.

Ventress sammelte sich. Nachdem er gewartet hatte, ob sich im Haus etwas rührte, sprang er von Baum zu Baum und überquerte den zugefrorenen Fluß mit schleichenden Schritten. Zehn Meter vor dem Haus blieb er wieder stehen, abgelenkt durch die leuchtende Golddrossel im Glasdach über sich.

»Es ist Ventress – faßt ihn!«

Ein Schuß rollte über die Lichtung; das Echo brach sich im spröden Laub. Erschrocken kauerte Ventress auf den Stufen des Gartenhauses nieder und schaute zu den verschlossenen Fenstern hinauf. Am Rande der Lichtung, fünfzig Meter hinter ihm, erschien ein hochgewachsener blonder Mann in schwarzem Lederwams – der Grubenbesitzer Thorensen. Er stürzte mit dem Revolver in der Hand auf das Haus zu, blieb dann stehen und feuerte noch einmal auf Ventress. Der Schuß hallte rund um die Lichtung wider. Hinter Dr. Sanders brachen die bereiften Moosgitter zusammen wie ein Spiegelhaus.

Die Hintertür des Hauses öffnete sich. Ein nackter Afrikaner mit weißem Heftpflaster am linken Bein und an der linken Brust und Hüfte trat mit einem Gewehr in der Hand auf die Veranda hinaus. Er bewegte sich steif, lehnte sich an einen Pfeiler und gab einen Schuß auf Ventress ab, der auf den Stufen hockte.

Dieser sprang von der Veranda herunter, lief wie ein Hase über den Fluß und duckte sich tief, als er über die Spalten in der Eisfläche sprang. Er blickte sich um, das Gesicht vor Angst verzerrt, dann eilte er auf die Bäume zu, und Thorensens stämmige Gestalt folgte ihm langsam.

Als Ventress die kleine Bucht erreichte, tauchte der kurzhaarige Mulatte aus seinem Versteck zwischen den Sumpfgrasbüscheln empor, die gleich silbernen Fächern am Uferrand wuchsen. Sein riesiger schwarzer Körper, dessen weißer, bereifter Umriß sich deutlich von dem Hintergrund des Waldes abzeichnete, stürmte vorwärts wie ein Bulle, der einen flüchtenden Matador auf die Hörner nehmen will. Ventress entkam um wenige Handbreit, aber der Mulatte holte aus und schleuderte ihm ein Stahlnetz über den Kopf, so daß er das Gleichgewicht verlor, zur Seite taumelte und fiel. Er glitt noch ein paar Meter über die Eisfläche, und sein entsetztes Gesicht blickte durch die offene Schlinge.

Mit einem Grunzen zog der Mulatte eine *panga* aus seinem Gürtel und ging schwerfällig auf die kleine Gestalt zu, die wie ein gefesseltes Tier vor ihm lag. Ventress trat mit den Füßen nach dem Netz, um sein Gewehr freizubekommen. Zehn Schritt weiter zerschnitt der Mulatte zuerst versuchsweise die Luft, dann schnellte er vor, um seinem Opfer den Gnadenstoß zu versetzen.

»Thorensen, rufen Sie ihn zurück!« schrie Sanders. Er war während der sich einander überstürzenden Ereignisse am Saum der Lichtung stehengeblieben, und die Schüsse dröhnten ihm in den Ohren. Noch einmal rief er Thorensen, der unter den Stufen des Gartenhauses stand und die Arme in die Seiten stemmte. Er hatte sein langes Gesicht halb abgewandt, als wollte er am weiteren Geschehen keinen Anteil haben.

Ventress, der immer noch auf dem Rücken am Boden lag, hatte sich zum Teil aus dem Netz herausgearbeitet. Er ließ das Gewehr los und zog das Netz über seine Hüften, aber jetzt stand der Mulatte über ihm, die *panga* über seinem Kopf erhoben.

Mit krampfartigen Bewegungen glitt Ventress ein paar Schritte zur Seite. Der Mulatte lachte dröhnend, dann heulte er plötzlich vor Wut auf. Die kristallene Fläche hatte unter seinen Füßen nachgegeben, und er sank bis zu den Knien durch die Eiskruste. Er hievte sich wieder mit einem Fuß auf die Oberfläche, brach jedoch wieder ein, als er das andere Bein nachziehen wollte. Ventress schleuderte das Netz fort, während der Mulatte wild auf das Eis einhieb, und kam stolpernd auf die Füße. Sein Gewehr war immer noch im Netz verfangen; er packte das Bündel, lief über den Bach und rutschte dabei über die kristallisierten Stellen. Hinter ihm drängte sich der Mulatte wie ein wütender Seelöwe durch die einbrechende Eiskruste und hackte sich mit großen Schlägen seiner *panga* den Weg frei.

Ventress war jetzt außer Reichweite. Hier, wo die Bucht sich verbreiterte, war die tiefere Wasserrinne, die weiter vorn in den Fluß mündete, nur mit einer dünnen Kruste bedeckt. Die Fläche fror unter seinen Füßen, aber die gewundenen Pfade festen Eises trugen seine zierliche Gestalt. Nach zwanzig Metern erreichte er das Ufer und sprang unter den Bäumen fort.

Während der verbundene Afrikaner auf der Veranda des Gartenhauses Ventress noch einen letzten Schuß nachjagte, stand Sanders mitten auf der Lichtung. Er sah, wie der Mulatte sich in einem Graben halbfeuchter Kristalle wälzte und ärgerlich auf sie einhieb, so daß ein Schauer regenbogenfarbenen Lichtes aufblitzte.

»Sie dort! Kommen Sie her!« Thorensen winkte Sanders mit seinem Revolver zu sich heran. Das Lederwams, das er über seinem blauen Anzug trug, ließ seine breite Gestalt vorteilhafter und muskulöser erscheinen. Sein langes Gesicht unter dem blonden Haar wirkte finster und schlechtgelaunt. Als Sanders auf ihn zukam, musterte er ihn mißtrauisch. »Was haben Sie mit Ventress zu tun? Waren Sie nicht in der Besuchergruppe? Ich habe Sie mit Radek auf der Mole gesehen.«

Dr. Sanders wollte gerade sprechen, aber Thorensen hob die Hand. Nach einer Bewegung zu dem Afrikaner auf der Veranda hinüber, der sogleich sein Gewehr auf Sanders richtete, ging Thorensen zu dem Mulatten. »Ich komme gleich wieder – versuchen Sie nicht durchzubrennen.«

Der Mulatte war inzwischen auf die festere Eisfläche nahe dem Gartenhaus geklettert. Als Thorensen näherkam, begann er zu gestikulieren, schrie und deutete mit seiner *panga* auf die eingebrochene Fläche, als wollte er seinen mißlungenen Versuch, Ventress zu fangen, damit entschuldigen. Thorensen nickte und fertigte ihn mit einem gelangweilten Wink ab. Er schritt über das Eis und untersuchte die halb geformten Kristalle mit den Füßen. Ein paar Minuten lang ging er hin und her und starrte zum Fluß hinüber, wie um die Breite der unterirdischen Fahrrinnen zu berechnen.

Dann kehrte er zu Sanders zurück. Die feuchten Kristalle auf seinen Schuhen sandten einen bunten Schimmer aus. Er hörte zerstreut zu, als Sanders ihm erklärte, wie er nach dem Absturz des Hubschraubers nicht mehr aus dem Wald herausgefunden hatte, wie er Ventress zufällig begegnet war und später Radeks Körper gefunden hatte. Er erinnerte sich an die bitteren Vorhaltungen, die Ventress ihm damals gemacht hatte, und betonte daher die Gründe für seinen scheinbaren Versuch, einen Toten zu ertränken.

Thorensen nickte ernst. »Vielleicht hat er eine Chance«, und er fügte hinzu, wie um Sanders zu beruhigen: »Da haben Sie recht getan.«

Der Mulatte und der nackte, halb in Verbandzeug gewickelte

Afrikaner saßen auf den Stufen der Veranda. Der Mulatte schliff seine *panga*; der andere saß mit dem Gewehr auf dem bloßen Knie und spähte zum Wald hinüber. Er hatte das schmale, intelligente Gesicht eines jungen Buchhalters oder Vorarbeiters und blickte Sanders ab und zu an, als erkenne er in ihm ein weiteres, wenn auch entferntes Mitglied derselben gebildeten Klasse. Sanders fiel ein, daß er der messerschwingende Angreifer gewesen war, dessen dunkles Bild er in der Spiegelhalle von Thorensens Haus mit seinem eigenen verwechselt hatte.

Thorensen sah sich nach den Fenstern des Gartenhauses um und bemerkte kaum, daß Sanders neben ihm stand. Sanders fiel auf, daß Thorensens Lederwams im Gegensatz zu Ventress' Anzug und seiner eigenen Kleidung vom Reif ganz unberührt blieb. »Können Sie mich zum Militärstützpunkt mitnehmen?« fragte er Thorensen. »Ich versuche schon seit Stunden, aus dem Wald herauszukommen. Kennen Sie das Hotel Bourbon?«

Thorensen verzog mürrisch sein langes Gesicht. »Bis zur Armee ist es weit. Die Kälte breitet sich im ganzen Wald aus.« Er deutete mit seinem Revolver über den Fluß. »Und was ist mit Ventress, dem bärtigen Mann? Wo haben Sie den getroffen?«

Sanders erklärte alles noch einmal. Weder Thorensen noch der Mulatte hatten in ihm Ventress' Verteidiger beim Überfall in Port Matarre erkannt. »Er suchte Schutz in einem Haus am Fluß. Warum haben Sie auf ihn geschossen? Ist er ein Verbrecher, der aus Ihrer Grube etwas stehlen will?«

Der junge Afrikaner mit dem Gewehr lachte. Thorensen nickte mechanisch. Er wirkte hinterhältig und zugleich ratlos, als sei er seiner selbst nicht ganz sicher und wisse nicht, was er mit Sanders anfangen sollte. »Schlimmer als das. Er ist verrückt, vollständig wahnsinnig.«

Er drehte sich um, begann die Stufen hinaufzugehen und winkte Sanders zu, zum Zeichen, daß dieser sich seinen Weg durch den Wald allein suchen könne. »Seien Sie vorsichtig. Man weiß nicht, was im Wald noch geschehen kann. Bleiben Sie in Bewegung und laufen Sie im Kreis herum.«

»Warten Sie einen Augenblick«, rief Sanders ihm nach. »Ich

möchte mich hier ausruhen. Außerdem brauche ich eine Karte, um das Hotel Bourbon zu finden.«

»Eine Karte? Wozu nützt jetzt eine Karte?« Thorensen zögerte und sah zum Gartenhaus hinauf, als fürchtete er, Sanders könnte das strahlende Weiß beflecken. Als der Arzt beide Arme schlaff sinken ließ, zuckte Thorensen die Achseln und bedeutete seinen beiden Männern, ihm zu folgen.

»Thorensen!« Sanders trat vor. Er zeigte auf den jungen Afrikaner mit dem bandagierten Bein. »Erlauben Sie, daß ich seinen Verband ansehe und es ihm bequemer mache. Ich bin nämlich Arzt.«

Die drei Männer auf der Veranda wandten sich gleichzeitig um, und selbst der Mulatte betrachtete Sanders mit Interesse. In seinen gelblichen Augen erschien ein berechnender Zug. Thorensen sah an Sanders hinunter, als nehme er ihn zum ersten Mal wahr.

»Arzt? Ja, ich erinnere mich, Radek hat es mir damals gesagt. Also gut, Doktor . . .«

»Sanders. Ich habe nichts mit, keine Medikamente oder . . .«

»Macht nichts«, erwiderte Thorensen. »Das ist sogar gut.« Er nickte vor sich hin, als sei er immer noch nicht ganz sicher, ob er Sanders in das Gartenhaus hineinbitten solle. Endlich gab er nach. »Na schön, Sie können für fünf Minuten hereinkommen. Ich würde Sie gern etwas fragen.«

Dr. Sanders ging die Stufen zur Veranda hinauf. Das Gartenhaus bestand aus einem einzigen kreisrunden Zimmer und einer kleinen Küche mit einer Vorratskammer dahinter. Über den Fenstern lagen schwere Läden, die jetzt durch Kristalle an die Rahmen festgeschmiedet waren. Nur durch die Tür fiel Licht herein.

Thorensen blickte noch einmal auf den Wald, dann steckte er seine Pistole ein. Während die beiden Afrikaner um das Haus herum nach hinten gingen, drehte Thorensen den Türknopf. Durch die reifbedeckten Scheiben sah Dr. Sanders die undeutlichen Umrisse eines hohen Baldachinbettes, offensichtlich desselben, das aus dem Landhaus, in dem er und Ventress vor dem

Sturm Schutz gesucht hatten, entfernt worden war. Vergoldete Amoretten spielten um den Mahagonybaldachin, Pfeifen zwischen den Lippen, und vier nackte Karyatiden mit erhobenen Armen bildeten die vier Eckpfosten.

Thorensen räusperte sich. »Frau . . . Ventress«, erklärte er schließlich mit leiser Stimme.

9 Serena

Die Gestalt im Bett lag auf einem breiten Satinpolster, eine fiebrige Hand auf der seidenen Steppdecke. Zuerst dachte Sanders, er habe eine ältliche Frau vor sich, wahrscheinlich Ventress' Mutter, dann jedoch erkannte er, daß sie noch fast ein Kind war, eine junge Frau in den frühen Zwanzigern. Ihr langes platinblondes Haar umfloß wie ein weißer Schal ihre Schultern, und ihr mageres Gesicht mit den hohen Backenknochen war dem schwachen Licht zugewendet. Früher war sie vielleicht eine zerbrechliche Porzellanschönheit gewesen, aber ihre verwüstete Haut und der erlöschende Glanz ihrer halb geschlossenen Augen ließen sie vorzeitig gealtert erscheinen und erinnerten Sanders an seine Patienten in der Kinderabteilung des Krankenhauses in der Nähe der Leprastation, kurz bevor sie das Endstadium erreicht hatten.

»Thorensen.« Ihre geborstene Stimme ertönte in der bernsteinfarbenen Dunkelheit. »Es wird wieder kalt. Könntest du nicht Feuer machen?«

»Das Holz brennt nicht, Serena. Es ist zu Glas geworden.« Thorensen stand am Fuß des Bettes und betrachtete die junge Frau. In seinem Lederwams sah er aus wie ein Polizist, der verlegen in einem Krankenzimmer Dienst tut. Er öffnete den Reißverschluß seiner Jacke. »Ich habe dies für dich mitgebracht, Serena. Es wird dir helfen.«

Er beugte sich vor, um irgend etwas vor Sanders zu verbergen, aber dann verstreute er mehrere Handvoll roter und blauer Edelsteine auf der Steppdecke, Rubine und Saphire verschiedener Größen; sie funkelten im schwindenden Nachmittagslicht.

»Danke, Thorensen . . .« Die freie Hand des Mädchens tastete sich auf der Decke an die Steine heran. Ihr kindliches Gesicht war gierig und beinahe fuchsartig geworden. Ein Ausdruck überraschender Schlauheit kam in ihre Augen, und Sanders ahnte, warum der stämmige Grubenbesitzer sie so ehrerbietig behandelte. Sie packte eine Handvoll Juwelen, hob sie an ihren

Hals und drückte sie fest an die Haut, wo sich Druckstellen wie Fingerabdrücke bildeten. Die Berührung schien sie zu beleben, und sie bewegte die Beine, so daß mehrere Juwelen zu Boden fielen. Sie starrte Dr. Sanders an und wandte sich dann an Thorensen.

»Worauf hast du geschossen?« fragte sie nach einer Pause. »Ich hörte einen Schuß und bekam Kopfschmerzen davon.«

»Es war nur ein Krokodil, Serena. Hier in der Gegend gibt es ein paar gerissene Krokodile, auf die muß ich aufpassen.«

Die junge Frau nickte. Mit einer Hand hielt sie immer noch die Juwelen umschlossen, mit der anderen deutete sie auf Sanders. »Wer ist das? Was will er hier?«

»Er ist Arzt, Serena. Hauptmann Radek hat ihn geschickt, er ist in Ordnung.«

»Aber du hast gesagt, ich brauche keine Ärzte.«

»Du brauchst ja auch keine, Serena, ich weiß. Doktor Sanders ist nur eben vorbeigekommen, um nach einem der Männer zu sehen.« Während dieser mühsamen Erklärungen betastete Thorensen die Aufschläge seines Jacketts und blickte überall im Zimmer herum, nur nicht auf Serena.

Sanders trat näher an das Bett heran, denn er nahm an, daß Thorensen einverstanden war, wenn er die junge Frau jetzt untersuchte. Bei ihrer tuberkulösen Atmung und der schweren Anämie bedurfte es keiner weiteren Diagnose, aber er streckte dennoch die Hand aus, um ihren Puls zu fühlen.

»Doktor . . .« Thorensen zog ihn vom Bett zurück. Er machte eine unbestimmte Geste mit der Hand und winkte Sanders zur Küchentür. »Später, Doktor, ja?« Er drehte sich rasch nach der jungen Frau um. »Du ruhst dich jetzt aus, Serena.«

»Aber Thorensen, ich brauche mehr, du hast mir heute nur so wenige gebracht . . .« Ihre Hand suchte wie eine Klaue auf der Bettdecke nach den Juwelen, die Thorensen und der Mulatte früher am Nachmittag aus dem Wandsafe genommen hatten.

Sanders wollte Einspruch erheben, aber die junge Frau wandte sich von ihnen ab und schien in Schlummer hinüberzugleiten; die Juwelen lagen wie Skarabäen auf der weißen Haut ihrer Brust.

Thorensen stieß Sanders mit dem Ellbogen an. Sie gingen in die Küche. Bevor er die Tür schloß, warf Thorensen noch einen besorgten Blick auf Serena, als fürchtete er, sie könnte sich in Staub auflösen, wenn er sie verließe.

Er schien Sanders schon fast vergessen zu haben und sagte mehr zu sich selbst: »Es ist etwas zu essen da.«

Am anderen Ende der Küche, nahe der Tür, saßen der Mulatte und der nackte Afrikaner auf einer Bank und waren über ihren Waffen eingenickt. Die Küche war fast leer. Ein nicht angeschlossener Kühlschrank stand auf dem kalten Ofen; Thorensen öffnete die Tür, holte den Rest der Juwelen aus seinen Taschen und legte sie auf die Bretter, wo sie wie Kirschen zwischen ein paar Büchsen Corned beef und Bohnen lagen. Eine dünne Reifschicht bedeckte die glasierten Außenwände des Kühlschranks ebenso wie die übrige Küche, aber die Innenwände des Schrankes blieben unberührt.

»Wer ist sie?« fragte Dr. Sanders, während Thorensen den Deckel einer Büchse öffnete. »Sie müssen sie fortbringen. Sie braucht sorgfältige Behandlung, das ist kein Ort für . . .«

»Doktor!« Thorensen hob die Hand und gebot Sanders Schweigen. Er schien ständig etwas zu verbergen, und seine Augen senkten sich unter Sanders' Blick. »Serena ist jetzt meine . . . Frau«, sagte er merkwürdig betont, als versuchte er immer noch, sich selbst diesen Tatbestand klarzumachen. »Sie ist hier besser aufgehoben, solange ich Ventress im Auge behalte.«

»Aber er will sie doch nur retten! Um Himmels willen, Mann . . .«

»Er ist verrückt!« schrie Thorensen mit plötzlicher Kraft. Die beiden Neger drehten sich nach ihm um. »Er hat sechs Monate lang in der Zwangsjacke gesteckt! Er will Serena nicht helfen, er will sie nur in sein verrücktes Haus im Sumpf zurückholen.«

Während sie das kalte Fleisch mit der Gabel aus der Büchse aßen, erzählte er Sanders von Ventress, dem seltsamen melancholischen Architekten, der viele der neuen Regierungsgebäude in Lagos und Akkra entworfen und vor zwei Jahren plötzlich seine Arbeit aufgegeben hatte. Er heiratete die siebzehnjährige Serena, nachdem er ihre Eltern, ein armes Kolonistenehepaar aus Libreville, bestochen hatte. Er hatte das Mädchen erst wenige Stunden vorher auf der Straße vor seinem Büro gesehen, als er zum letzten Mal hinausging. Dann nahm er sie mit in das groteske Haus, das er sich auf einer von Wasser durchzogenen Insel zwischen den Krokodilen des Sumpfgebietes zehn Kilometer nördlich von Mont Royal erbaut hatte, dort, wo der Matarre-Fluß sich zu einer Reihe flacher Seen verbreiterte. Nach Thorensens Worten hatte Ventress nach der Hochzeit nur selten mit Serena gesprochen und verhindert, daß sie das Haus verließ und außer ihm und einem blinden schwarzen Diener Menschen sah. Offenbar erblickte er seine Braut wie in einem Traum der Präraffaeliten; sie war in seinem Haus gefangen wie das hilflose Wesen seiner Vorstellung. Thorensen hatte die bereits tuberkulöse Serena auf einem seiner Jagdzüge getroffen, als der Propeller seiner Motorjacht gebrochen und er auf der Insel gestrandet war. Er hatte sie mehrmals während Ventress' Abwesenheit besucht, und schließlich war sie mit ihm geflohen, nachdem im Haus Feuer ausgebrochen war. Thorensen hatte sie nach Rhodesien in ein Sanatorium geschickt, und sein eigenes großes Herrenhaus in Mont Royal voller imitierter Antiquitäten wurde für ihre Heimkehr vorbereitet. Nach ihrem Verschwinden und den ersten Schritten zur Annullierung der Ehe war Ventress tobsüchtig geworden und hatte einige Zeit freiwillig als Patient in einer Anstalt verbracht. Nun war er zurückgekehrt und hatte nur ein einziges Ziel, nämlich Serena zu entführen und sie wieder in sein zerstörtes Haus im Sumpf zu bringen. Thorensen schien überzeugt, daß allein Ventress' morbides Wesen, sein Irrsinn, Serenas fortdauernde Unpäßlichkeit verursachten.

Als Sanders ihn jedoch fragte, ob er sie noch einmal sehen könne – er hoffte, er würde Thorensen dazu überreden können, sie aus dem gefrorenen Wald fortzubringen –, wehrte der Grubenbesitzer ab.

»Ihr geht es hier gut«, antwortete er hartnäckig. »Machen Sie sich keine Sorgen.«

»Thorensen, wie lange wird sie hier noch leben? Der ganze Wald kristallisiert, begreifen Sie denn nicht?«

»Ihr geht es gut!« wiederholte Thorensen störrisch. Er stand auf und sah auf den Tisch hinab; seine gebeugte Gestalt mit dem blonden Haar glich in der Dämmerung einem Galgen. »Doktor, ich lebe schon lange im Wald. Die einzige Chance, die ihr bleibt, ist hier.«

Verwirrt von dieser rätselhaften Bemerkung und was immer sie für Thorensen persönlich bedeuten mochte, setzte Sanders sich auf einen Stuhl. Eine Sirene ertönte vom Fluß her; das Echo wurde vom brüchigen Laubwerk um das Gartenhaus zurückgeworfen.

Thorensen sprach mit dem Mulatten und kam dann zu Sanders zurück.

»Ich lasse Sie in ihren Händen, Doktor. Ich komme gleich wieder.« Er nahm eine Rolle Verbandzeug vom Regal hinter dem Kocher und winkte den verletzten Afrikaner heran. »Kagwa, der Doktor möchte dich ansehen.«

Nachdem Thorensen gegangen war, untersuchte Sanders die Schußwunden an Bein und Brust des Afrikaners und säuberte die groben Baumwollumschläge. Ein Dutzend Schrotkugeln waren in die Haut des Mannes eingedrungen, aber die Wunden waren bereits halb verheilt, unentzündbare Einstiche, die keine Tendenz zu bluten oder zu eitern zeigten.

»Sie haben Glück«, sagte er zu dem Afrikaner, als er fertig war. »Ich wundere mich, daß Sie überhaupt gehen können.« Und er fügte hinzu: »Ich habe Sie heute nachmittag in den Spiegeln in Thorensens Haus gesehen.«

Der junge Mann lächelte freundlich. »Wir suchten Monsieur Ventress, Doktor. In diesem Wald wird viel gejagt, nicht wahr?«

»Das stimmt – ich bezweifle allerdings, daß irgendeiner von Ihnen wirklich weiß, wonach er jagt.« Sanders bemerkte, daß der Mulatte ihn mit sichtbarem Interesse beobachtete. »Sagen Sie mir«, fragte er Kagwa, entschlossen, sich das zugängliche Wesen des jungen Mannes zunutze zu machen, »arbeiten Sie für Thorensen in seinem Bergwerk?«

»Das Bergwerk ist geschlossen, Doktor, aber ich hatte die Aufsicht in den technischen Lagern.« Er nickte stolz. »Über die ganze Mine.«

»Das ist eine wichtige Stellung.« Sanders deutete auf die Schlafzimmertür, hinter der die junge Frau lag. »Frau Ventress – ich glaube, Thorensen nannte sie Serena – muß fort von hier. Sie sind ein intelligenter Mann, Herr Kagwa, Sie verstehen das doch? Noch ein paar Tage hier, und sie ist so gut wie tot.«

Kagwa wandte sich ab und lächelte vor sich hin. Er betrachtete die Verbände auf seinem Bein und seiner Brust und berührte sie nachdenklich. »So gut wie tot, das ist ein treffender Ausdruck, Doktor. Ich verstehe, was Sie meinen, aber jetzt ist es für Madame Ventress besser, wenn sie hierbleibt.«

Sanders konnte seine Stimme kaum noch beherrschen, und er schrie fast: »Aber um Gottes willen, Kagwa, sie wird sterben! Haben Sie das noch nicht begriffen?«

Kagwa hob die Hände, um Sanders zu beschwichtigen. Er drehte sich auf seinem gesunden Bein um und lehnte das andere gegen den Tisch. »Sie sprechen als Mediziner, Doktor. Hören Sie«, fuhr er nachdrücklich fort, als Sanders Einwände erheben wollte, »ich komme Ihnen hier nicht mit irgendeiner *Ju-ju*-Magie, denn ich bin ein gebildeter Afrikaner. Aber in diesem Wald geschehen viele Dinge, Doktor, Sie werden . . .«

Er unterbrach sich, da der andere Mulatte ihm etwas zurief und auf die Veranda hinaustrat. Sie hörten Thorensen, der mit zwei oder drei Leuten näherkam. Ihre Stiefel zertraten das spröde Laub am Ufer.

Als Sanders auf die Tür zuging, berührte Kagwa seinen Arm. Ein warnendes Lächeln erschien auf seinem Gesicht. »Denken Sie daran, Doktor, gehen Sie immer in einer Richtung durch den Wald, aber schauen Sie in zwei Richtungen.« Danach humpelte er mit dem Gewehr in der Hand auf seinem weißen Bein davon.

Thorensen begrüßte Sanders auf der Veranda. Er schritt schwerfällig die Stufen hinauf und zog in der Grabeskälte des Gartenhauses den Reißverschluß seiner Lederjacke zu.

»Immer noch hier, Doktor? Ich habe zwei Führer für Sie.« Er wies auf die beiden Afrikaner, die unten an der Treppe standen. Sie gehörten zur Mannschaft seiner Motorjacht und trugen Jeans und blaue Drillichhemden. Der eine hatte eine weiße Schirmmütze in die Stirn geschoben. Beide trugen Karabiner und beobachteten den Wald. »Mein Boot ist hier in der Nähe vertäut«, erklärte Thorensen. »Wenn der Motor nicht blockiert wäre, könnte ich Sie auf dem Fluß zurückschicken. Aber die beiden bringen Sie auch so in kürzester Zeit nach Mont Royal.« Mit diesen Worten eilte er in die Küche, und einen Augenblick später hörte Sanders, wie er ins Schlafzimmer hinüberging.

Sanders wartete eine Weile, von den glitzernden Gestalten der vier Afrikaner umgeben, deren Rauhreifsilhouetten sich vor dem dunklen Hintergrund abhoben, und hoffte, daß Thorensen wiederkäme. Dann folgte er seinen Führern und ließ Thorensen und Serena Ventress zurück, die sich im Gartenhaus wie in einer Gruft verbarrikadiert hatten. Als sie in den Wald hineinkamen, sah er noch einmal zur Veranda hinüber, wo Kagwa, der junge Afrikaner, stand und ihm nachschaute. Sein dunkler Körper, durch die weißen Bandagen fast genau in zwei Hälften zerschnitten, erinnerte Sanders an Louise Peret und an ihre Worte über die Tagundnachtgleiche. Er dachte auch über seine kurze Unterhaltung mit Kagwa nach und begriff nun, warum Thorensen Serena Ventress in der befallenen Zone behalten wollte: Er fürchtete, daß sie sterben würde, und es war ihm lieber, sein Opfer halb lebendig in den Kristallgewölben einzuschließen, als es in der Welt draußen sterben zu lassen. Vielleicht hatte er Insekten und Vögel gesehen, die lebendig in ihren Prismen eingefangen worden waren, und schloß daraus irrtümlich, dies sei auch die einzige Rettung für seine sterbende Braut.

Sie folgten dem Pfad, der um die Bucht herumführte, in Richtung zum Inspektionsgelände, das nach Sanders' Schätzungen etwa einen Kilometer weiter flußabwärts lag. Wenn sie Glück hatten und an der nächsten Grenze der befallenen Zone einen Militärstützpunkt fanden, konnten die Soldaten seine Spuren zurückverfolgen und den Grubenbesitzer und Serena Ventress retten.

Die beiden Führer schritten rasch aus und legten nur dann und wann eine Pause ein, um die Richtung zu bestimmen. Der eine ging vor Sanders her, und der mit der Schirmmütze folgte zehn Meter hinter ihm. Nach fünfzehn Minuten hatten sie etwas mehr als einen Kilometer zurückgelegt und befanden sich trotzdem immer noch im tiefsten Wald. Jetzt erst wurde Sanders klar, daß die eigentliche Aufgabe der Seeleute durchaus nicht darin bestand, ihn in Sicherheit zu bringen. Thorensen benutzte ihn, indem er ihn in den Wald hinaustrieb, zweifellos als »Köder« – wie Ventress sich ausgedrückt hatte –, überzeugt, daß der Architekt sich bemühen würde, Sanders zu erreichen, um von seiner entführten Frau zu hören.

Als sie wieder an eine kleine Lichtung zwischen zwei Eichengruppen kamen, blieb Sanders stehen und ging zu dem Bootsmann mit der Schirmmütze zurück. Er begann ihm Vorhaltungen zu machen, aber der Mann schüttelte nur den Kopf und trieb ihn mit dem Karabiner vorwärts.

Ein paar Minuten später entdeckte Sanders, daß er allein war. Der Pfad vor ihm lag verlassen da. Er kehrte zur Lichtung zurück, wo sich Schatten auf dem Waldboden abzeichneten. Die Führer waren im Unterholz verschwunden.

Sanders betrachtete die dunklen Grotten um die Lichtung und lauschte, aber er hörte keine Schritte, nur die Hüllen der Bäume sangen und knisterten, während der Wald in der Dunkelheit abkühlte. Durch die Gitter, die sich oben über die Lichtung breiteten, sah er die geborstene Schale des Mondes. Um ihn her in den gläsernen Wänden funkelten die Sterne wie Leuchtkäfer.

Er stolperte den Pfad entlang. Seine Kleidung hatte im Dunkeln zu glühen begonnen, und der Reif auf seinem Anzug schimmerte im Sternenlicht. Um das Zifferblatt seiner Armbanduhr wuchsen kristallene Stacheln und schlossen die Zeiger in einem Medaillon aus Mondsteinen ein.

Hundert Meter hinter ihm dröhnte ein Schuß. Ein Karabiner erwiderte zweimal das Feuer. Verworrene Geräusche von raschen Schritten, Schreien und Gewehrschüssen tönten zu Sanders herüber, während er hinter einem Baumstamm Dekkung suchte. Dann wurde plötzlich alles wieder still. Sanders wartete ab und versuchte die Finsternis um sich her zu durchdringen. Wieder erscholl dumpfer Lärm den Pfad hinunter. Er hörte einen kurzen Schrei, der von einem zweiten Gewehrschuß abgeschnitten wurde. Die Stimme eines Afrikaners wimmerte kläglich, als käme sie von weit her.

Sanders tastete sich auf dem Weg zurück. Fünf Meter neben dem Pfad fand er in einer Mulde zwischen Eichenwurzeln einen seiner Führer, der im Sterben lag. Der Mann lehnte halb am Stamm; der Luftdruck des Gewehrfeuers hatte ihn anscheinend rückwärts über die Wurzeln geschleudert. Er sah mit verschwommenem Blick, wie Sanders näher kam. Mit einer Hand berührte er das aus seiner zerschmetterten Brust strömende Blut. Zehn Meter weiter lag seine Schirmmütze, und in der Mitte sah man den Abdruck eines kleinen Fußes. Sanders kniete neben dem Afrikaner nieder. Dieser blickte an ihm vorbei. Seine feuchten Augen starrten zwischen den Bäumen am fernen Fluß hindurch. Die weiße Fläche dehnte sich bis zum schimmernden Wald am anderen Ufer.

Vom Gartenhaus her ertönte eine Sirene. Sanders begriff, daß Thorensen und seine Leute kurzen Prozeß mit ihm machen würden, und stand auf. Der Afrikaner starb still zu seinen Füßen. Sanders verließ ihn, überquerte den Pfad und ging an den Fluß.

Am Ufer entdeckte er die Motorjacht. Sie war in einem Tümpel voll klaren Wassers ein paar hundert Meter weiter an der Mündung eines kleinen Flusses vertäut, der sich hinter einer verfallenen Mole landeinwärts schlängelte. Ein Scheinwerfer leuchtete von der Brücke her auf und spielte über das Eis neben der offenen Fahrrinne des Flusses. Sanders duckte sich hinter das Gras an den Uferrändern. Der Schatten seiner vom herumschwenkenden Scheinwerfer angestrahlten Gestalt zwischen den verglasten Bäumen bewegte sich zuckend vor ihm her; die dunklen Umrisse waren mit Juwelenschimmer durchsetzt.

Einen halben Kilometer flußabwärts verbreiterte sich die Fahrrinne zu einem ausgedehnten Gletscher. Dahinter erblickte Sanders die fernen Dächer von Mont Royal. Der Fluß zog sich wie ein Damm aus gefrorenem Glas durch die Dunkelheit, von tiefen Sprüngen zerrissen. Auf dem Grunde lief das eisige Wasser der ursprünglichen Fahrrinne. Sanders spähte über die Ränder der Spalten hinaus, in der Hoffnung, eine Spur von Hauptmann Radek zu finden, der irgendwo an den Eisrändern weiter unten gestrandet sein konnte.

Wo die Eisfläche zu einer Reihe riesiger Wasserfälle anstieg, mußte er den Fluß verlassen und näherte sich nun dem Stadtrand von Mont Royal. Der Pfahlzaun und die Überreste eines Militärlagers bezeichneten das ehemalige Inspektionsgelände. Eine dichte Reifschicht umhüllte das Labor und die Tische und Apparaturen daneben. Die Zweige in der Zentrifuge waren wieder glänzende, edelsteinbesetzte Büschel geworden. Sanders nahm einen abgelegten Helm auf, der einem gläsernen Stachelschwein glich, und schob ihn durch das Fenster des Anhängers.

Die weißen Häuser der Bergwerkstadt leuchteten in der Dunkelheit wie Totentempel einer Nekropole. Ihre Gesimse waren mit unzähligen Türmchen und Wasserspeiern verziert, die durch das über die Straße sich spannende Flechtwerk miteinander verknüpft wurden. Ein eisiger Wind wehte durch die menschenleeren Straßen, die hüfthohen Wälder starrer Dornen und über die verlassenen Wagen, die im Eis eingebettet waren wie gepanzerte Saurier auf uraltem Meeresgrund.

Der Verwandlungsprozeß machte überall schnell Fortschritte. Sanders' Füße steckten in riesigen Kristallpantoffeln. Mit diesen Dornen konnte er eine Zeitlang an den scharfen Rändern des Fahrwegs entlanggehen, aber bald verzahnten sich die Nadeln miteinander und hielten ihn am Boden fest.

Der östliche Stadteingang war durch den Wald und die mit Dornen bestückte Landstraße abgeriegelt. Sanders humpelte an den Fluß zurück, in der Hoffnung, über die Wasserfälle klettern zu können und zum Militärstützpunkt im Süden zurückzufinden. Als er auf den ersten Kristallblock stieg, hörte er den unterirdischen Strom unter der Moräne, die sich in den offenen Fluß ergoß.

Ein langer Riß mit einer überhängenden Schwelle lief diagonal über den Katarakt und führte ihn in eine Reihe von Galerien gleich luftigen Bogengängen einer Kathedrale. Hinter ihnen senkten sich die vereisten Wasserfälle bis an einen weißen Strand, der anscheinend die Südgrenze der befallenen Zone bezeichnete. Die Öffnungen der verschütteten Fahrrinnen lagen zwischen den Wasserfällen; hier lief ein klarer Strom mondbeschienenen Wassers unter den Blöcken hervor und mündete in einen flachen Strom drei Meter unter dem ursprünglichen Flußlauf. Sanders ging am Strand entlang und betrachtete den gläsernen Wald zu beiden Seiten. Die Bäume waren schon glanzloser geworden, und Stücke von Kristallhüllen klebten an den Stämmen wie halb geschmolzenes Eis.

Fünfzig Meter weiter am Eisstrand, der sich verengte, wo das Wasser an ihm vorbeischoß, bemerkte Sanders die dunkle Gestalt eines Mannes, der unter einem der überhängenden Bäume stand. Sanders winkte müde und ging dann auf ihn zu.

»Warten Sie!« rief er, denn er fürchtete, der Mann könne wieder im Wald verschwinden. »Hierher . . .«

Zehn Meter weiter verlangsamte Sanders seine Schritte. Der Mann hatte sich nicht vom Baum fortbewegt, sondern stand mit gesenktem Kopf dort. Er trug ein großes Stück Treibholz auf den Schultern – ein Soldat, der Brennholz sucht, schloß Sanders.

Als er auf ihn zuging, trat der Mann mit einer zugleich abwehrenden und aggressiven Bewegung vor. Das Licht von den Eisfällen fiel auf seinen entstellten Körper.

»Radek – großer Gott!« Entsetzt taumelte Sanders zurück und wäre fast über eine aus dem Eis ragende Wurzel gestolpert. »Radek!«

Der Mann zögerte wie ein verwundetes Tier, unschlüssig, ob er sich ergeben oder angreifen sollte. Auf seinen Schultern lastete noch das hölzerne Joch, das Sanders dort befestigt hatte. Die linke Seite seines Körpers zog sich schmerzvoll empor, als versuche er, diesen Inkubus abzuwerfen, aber er vermochte seine Hände nicht hoch genug zu heben. Die rechte Körperseite schien von dem Kreuzstamm herabzuhängen wie ein seit langem toter Leichnam. Seine Schulter zeigte eine riesige Wunde, und das Fleisch lag bis zum Ellbogen und zum Brustbein bloß. Von dem entzündeten, zerschundenen Gesicht, aus dem ein einziges Auge auf Sanders blickte, tropfte Blut auf die weiße Eisfläche.

Dr. Sanders erkannte den Gürtel, mit dem er das Rundholz auf Radeks Schulter befestigt hatte, trat vor und machte eine Bewegung, um den Mann zu beruhigen. Er erinnerte sich an Ventress' Warnung und an die Kristallstücke, die er von dem Körper abgerissen hatte, als er Radek von dem Hubschrauber fortschleppte. Gleichzeitig entsann er sich, wie Aragon an seinen Augenzahn geklopft und gesagt hatte: »Bedeckt? Mein Zahn ist durch und durch Gold, Doktor.«

»Radek, ich will Ihnen helfen . . .« Da der Hauptmann sich nicht rührte, ging er langsam auf ihn zu. »Glauben Sie mir, ich wollte Sie retten . . .«

Radek versuchte immer noch, den hölzernen Tragholm von seinen Schultern zu wälzen, und blickte dabei auf Sanders hinunter. Verworrene Gedanken schienen über sein Gesicht zu huschen, dann wurde das eine blinzelnde Auge wieder sichtbar.

»Radek . . .«, Sanders hob eine Hand, um ihn aufzuhalten; er wußte nicht, ob der Hauptmann ihn angreifen oder wie ein wildes Tier in den Wald davonstürzen wollte.

Radek torkelte auf ihn zu. Ein Stöhnen kam aus seiner Kehle. Wieder machte er eine Bewegung und wurde von dem schwankenden Rundholz beinahe niedergeworfen.

»Bringen Sie mich . . .«, begann er. Noch ein schlurfender Schritt. Er streckte den blutigen Arm aus wie ein Zepter. »Bringen Sie mich *zurück*!«

Er ging mühsam weiter; das schwere Holz schob seine Schultern hin und her, ein Fuß schlug gegen das Eis. Der Edelsteinglanz des Waldes erhellte sein Gesicht. Sanders schaute ihm nach, wie er ruckweise vorwärtsschnellte, den Arm ausgestreckt, als wollte er Sanders' Schultern umklammern. Aber offenbar hatte er ihn schon vergessen, und das Licht von den Eisfällen zog ihn magisch an.

Sanders wich ihm aus, um ihn vorbeizulassen. Da trat Radek plötzlich zur Seite, schwang den Holzbalken herum und trieb Sanders damit vor sich her. »Bringen Sie mich . . .«

»Radek!« Der Stoß warf Sanders herum, und er stolperte vorwärts – ein Zuschauer, der von seinem vorausbestimmten Opfer auf ein blutiges Golgatha getrieben wird. Mit schleppenden Schritten, die immer schneller wurden, als das prismatische Licht des Waldes sich wieder mit seinem Blut vermischte, drängte Radek voran, und der Balken über seiner Schulter schnitt Sanders den Fluchtweg ab.

Schließlich entkam Sanders zu den Eisfällen. Zwanzig Meter vor dem ersten Eisblock, wo die klaren Ströme der unterirdischen Fahrrinnen über seine Füße liefen, wandte er sich um und stürzte in das seichte Gewässer. Radek stieß zum letzten Mal einen gequälten Schrei aus, und Sanders tauchte bis zu den Schultern in den Fluß und schwamm durch das silberne Wasser.

10 Die Maske

Ein paar Stunden später schritt Sanders am Rand des leuchtenden Waldes entlang und kam auf eine breite, verlassen im Mondlicht liegende Straße. Vor sich sah er die Umrisse eines weißen Hotels. Mit seiner langgestreckten Fassade und den halbverfallenen Säulen sah es aus wie eine Ruine im Scheinwerferlicht. Links vom Wege zogen sich die bewaldeten Hänge zu den blauen Hügeln über Mont Royal.

Er ging auf einen Mann zu, der neben einem Land-Rover im leeren Vorhof des Hotels stand und sein Winken sogleich erwiderte. Eine zweite Gestalt, die um das verfallene Hotel patrouillierte, lief über die Einfahrt. Vom Wagendach wurde ein Scheinwerfer auf die Straße vor Sanders gerichtet. Die beiden Eingeborenen in der Uniform des Ortskrankenhauses kamen heran. Sie beobachteten Sanders, während sie ihm in den Wagen halfen, und ihre dunklen Finger betasteten den durchnäßten Stoff seines Anzugs.

Dr. Sanders lehnte sich zurück, zu müde, um seinen Namen zu nennen. Einer der Männer kletterte auf den Fahrersitz und schaltete das Funkgerät ein. Während er in das Mikrophon hineinsprach, starrten seine Augen auf die Kristalle, die sich auf Sanders' Schuhen und seiner Armbanduhr auflösten. Das weiße Licht funkelte schwach in der dunklen Kabine. Die letzten Kristalle auf dem Zifferblatt der Armbanduhr verströmten ihr Licht und erloschen, und gleichzeitig begannen die Zeiger sich wieder zu bewegen.

Die Straße bezeichnete die äußerste Grenze der befallenen Zone, und Dr. Sanders schien die Dunkelheit um ihn her undurchdringlich, die schwarze Luft leblos und leer. Nach dem ununterbrochenen Schimmer des gläsernen Waldes wirkten die Bäume an der Straße, das verfallene Hotel und sogar die beiden Männer neben ihm wie schattenhafte Abbilder ihrer selbst, Nachbildungen leuchtender Originale in irgendeinem fernen Land an der Quelle des erstarrenden Flusses. Obwohl er erleichtert war, dem Wald entronnen zu sein, empfand Sanders das Gefühl von Leere und Unwirklichkeit, als kehre er gescheitert und enttäuscht in das Altwasser einer verbrauchten Welt zurück.

Ein Wagen kam ihnen entgegen. Der Fahrer auf dem Land-Rover gab ein Zeichen mit dem Scheinwerfer, und der andere Wagen wendete und hielt neben ihnen. Ein hochgewachsener Mann in Felduniform über seiner Zivilkleidung sprang heraus. Er blickte durch die Scheibe auf Sanders, dann nickte er dem eingeborenen Fahrer zu.

»Doktor Sanders?« fragte er. »Wie geht's?«

»Aragon!« Sanders öffnete die Tür und wollte aussteigen, aber Aragon hielt ihn zurück. »Captain – ich hatte fast vergessen. Ist Louise bei Ihnen? Mademoiselle Peret?«

Aragon schüttelte den Kopf. »Sie ist mit den übrigen Besuchern im Lager, Doktor. Wir dachten schon, daß Sie vielleicht hier herauskommen würden, und ich habe die Straße im Auge behalten.« Aragon rückte zur Seite, so daß die Scheinwerfer seines Wagens Sanders deutlicher zeigten. Er blickte ihm in die Augen, wie um die innere Nachwirkung des Waldes festzustellen. »Sie haben Glück, Doktor. Man fürchtet, daß viele Soldaten sich im Wald verirrt haben, und es heißt, Hauptmann Radek sei tot. Die befallene Zone dehnt sich nach allen Seiten aus. Sie ist jetzt vielmal größer als ursprünglich.«

Der Fahrer in Aragons Wagen drosselte den Motor. Als die Scheinwerfer erloschen, lehnte Sanders sich vor. »Ist Louise in Sicherheit, Captain? Ich würde sie gern sehen.«

»Morgen, Doktor. Sie kommt in die Klinik Ihrer Freunde. Die müssen Sie zuerst besuchen, das versteht sie auch. Doktor Clair und seine Frau sind jetzt in der Klinik. Sie werden sich um Sie kümmern.«

Er ging zu seinem Wagen zurück, der wendete und schnell die dunkle Straße hinunterfuhr.

Fünf Minuten später, nach einer kurzen Fahrt an einem alten Bergwerk vorbei, bog der Land-Rover in das Gelände des Missionskrankenhauses ein. In den Nebengebäuden brannten ein paar Öllampen, und mehrere Eingeborenenfamilien drängten sich um ihre Karren im Hof; anscheinend fürchteten sie sich, im Krankenhaus Schutz zu suchen. Die Männer saßen am leeren Brunnen in der Mitte des Hofes, und der Rauch ihrer Zigarrenstumpen bildete in der Dunkelheit weiße Fahnen.

»Sind Doktor Clair und seine Frau hier?« fragte Sanders den Fahrer.

»Sie sind beide hier, Sir.« Der Fahrer sah an Sanders hinunter; er war sich offenbar immer noch nicht ganz schlüssig über diese Erscheinung aus dem kristallenen Wald, die da plötzlich Gestalt angenommen hatte. »Sie Doktor Sanders, Sir?« fragte er schließlich, als sie parkten.

»Ja. Erwarten die beiden mich?«

»Ja, Sir. Doktor Clair gestern Ihretwegen in Mont Royal, aber Schwierigkeiten in der Stadt, Sir, er gehen wieder weg.«

»Ich weiß. Alles geriet durcheinander – es tut mir leid, daß ich ihn verpaßt habe.«

Als Sanders aus dem Wagen stieg, eilte eine vertraute, rundliche Gestalt in weißer Baumwolljacke, mit kurzsichtigen Augen unter gewölbter Stirn, die Stufen hinab auf ihn zu.

»Edward! Mein guter Junge, um Himmels willen . . .!« Er nahm Sanders' Arm. »Wo in aller Welt bist du gewesen?«

Zum ersten Mal seit seiner Ankunft in Port Matarre, ja, seit seiner Abreise von der Leprastation in Fort Isabelle, spürte Sanders, wie er sich entspannte. »Wenn ich das nur wüßte, Max – wie schön, dich zu sehen.« Er schüttelte Clairs Hand und drückte sie kräftig. »Es war wahnsinnig hier – wie geht es dir, Max, und Suzanne? Ist sie . . .?«

»Ihr geht es gut. Warte einen Moment.« Clair ließ Sanders auf den Stufen stehen, ging zu den Fahrern am Land-Rover und klopfte ihnen auf die Schultern. Er sah nach den anderen Eingeborenen auf dem Gelände, die sich im trüben Licht der flackernden Feuer auf ihre Bündel niedergekauert hatten, und winkte ihnen zu. Einen halben Kilometer weiter, hinter den Dächern der Nebengebäude, glühte eine riesige Wolke silbernen Lichts am nächtlichen Himmel über dem Wald.

»Suzanne wird froh sein, dich zu sehen, Edward«, sagte Max,

als er wieder zu Sanders trat. Er schien bedrückter, als Sanders ihn in Erinnerung hatte. »Wir haben viel von dir gesprochen. Es tut mir leid, daß das gestern nachmittag nicht geklappt hat. Suzanne hatte versprochen, eine der Armenkliniken vom Bergwerk zu besuchen; da rief Thorensen mich an, und so durchkreuzten sich unsere Pläne.« Die Ausrede hinkte offensichtlich etwas, und Max lächelte entschuldigend.

Sie kamen in einen Innenhof und gingen auf ein langgestrecktes Holzhaus zu. Sanders blieb stehen und sah durch die Fenster auf die leeren Stationen. Irgendwo summte ein Stromerzeuger, und an den Enden der Korridore hingen ein paar elektrische Glühbirnen, aber das Krankenhaus schien verlassen.

»Max, ich habe einen schrecklichen Fehler begangen.« Sanders sprach rasch, in der Hoffnung, daß Suzanne noch nicht erscheinen und ihn unterbrechen würde. Eine halbe Stunde später, als sie gemütlich vor ihren Gläsern in Clairs Wohnzimmer zusammensaßen, verlor Radeks Tragödie an Realität. »Diesen Radek – einen Hauptmann von der Sanitätstruppe – fand ich völlig kristallisiert mitten im Wald. Verstehst du, was ich meine?« Max nickte; er musterte Sanders von oben bis unten, und sein Blick wurde noch wachsamer als gewöhnlich. Sanders fuhr fort: »Ich dachte, die einzige Möglichkeit, ihn zu retten, sei, daß man ihn in den Fluß tauchte – aber ich mußte ihn erst losreißen! Dabei brachen einige Kristalle ab; ich wußte doch nicht . . .«

»Edward!« Max nahm seinen Arm und versuchte, Sanders den Weg entlangzusteuern. »Das ist . . .«

Sanders schob seine Hand fort. »Max, ich fand ihn später wieder. Ich hatte die Hälfte von seinem Gesicht und seiner Brust abgerissen . . .!«

»Um Himmels willen!« Max ballte die Faust. »Du bist nicht der erste, der einen solchen Irrtum begangen hat, also mach dir keine Vorwürfe!«

»Das tu ich auch nicht, Max. Versteh mich, das ist es nicht allein!« Sanders zögerte. »Das Schlimme ist – er wollte zurück! Er wollte in den Wald zurück und wieder kristallisiert werden. Er wußte, Max, er wußte Bescheid!«

Clair senkte den Kopf und ging ein paar Schritte weiter. Dann sah er zu den dunklen Balkonfenstern der Hütte hinauf. In einer halboffenen Tür stand die hochgewachsene Gestalt seiner Frau. »Da ist Suzanne«, sagte er. »Sie freut sich, dich zu sehen, Edward, aber . . .« Leichthin, als bewegten ihn andere Dinge als die von Sanders erwähnten, fügte er hinzu: »Du wirst dich umziehen wollen – ich habe einen Anzug, der dir passen wird, er gehörte einem der inzwischen verstorbenen europäischen Patienten, wenn dir das nichts ausmacht –, und du mußt auch etwas essen. Es ist verdammt kalt hier im Wald.«

Sanders betrachtete Suzanne Clair. Anstatt herauszukommen, um ihn zu begrüßen, hatte sie sich in das dunkle Wohnzimmer zurückgezogen, und zuerst fragte er sich, ob wohl noch eine Spur der alten Verlegenheit zwischen ihnen sei. Obgleich Sanders das Gefühl hatte, daß seine vergangene Affäre mit ihr Max und ihn selbst eher stärker miteinander verband, als sie sie trennte, schien Max abwesend und nervös, als sei er über Sanders' Ankunft verärgert.

Aber dann erkannte Sanders das Lächeln der Begrüßung in Suzannes Gesicht. Sie trug ein schwarzseidenes Nachtgewand, so daß ihr schlanker Leib im Schatten des Wohnzimmers beinahe unsichtbar wurde; nur ihr bleiches Gesicht schwebte wie ein Heiligenschein darüber.

»Suzanne . . . wie schön, dich zu sehen.« Sanders nahm lachend ihre Hand. »Ich fürchtete schon, euch beide hätte der Wald verschluckt . . . Wie geht es dir?«

»Ich bin glücklich, Edward.« Sie hielt Sanders' Hand fest und drehte sich nach ihrem Mann um. »Entzückt, daß du gekommen bist und jetzt den Wald mit uns teilen kannst.«

»Meine Liebe, ich glaube, der arme Mensch hat schon mehr als genug davon.« Max beugte sich hinter dem Sofa zum Bücherregal nieder und schaltete die Tischlampe an, die auf dem Boden stand. Das matte Licht ließ die goldenen Buchstaben auf den Lederrücken der Bücher aufleuchten, aber der übrige Raum blieb im Dunkeln. »Stell dir vor, er war seit gestern am späten Nachmittag im Wald gefangen.«

»Gefangen?« Suzanne drehte sich um, ging an eine der Balkontüren und schloß sie. Sie blickte auf den schimmernden Nachthimmel über dem Wald, dann setzte sie sich neben den Schrank. »Ist das wohl das richtige Wort? Ich beneide dich darum, Edward, das muß ein wunderbares Erlebnis gewesen sein.«

»Na . . .« Sanders nahm das Glas, das Max ihm reichte, und dieser schenkte sich selbst aus der Whiskykaraffe ein. Suzanne saß im Halbdunkel verborgen und lächelte immer noch, aber dieser Abglanz ihrer früheren guten Stimmung schien von der ungewissen Atmosphäre im Wohnzimmer überschattet. Sanders fragte sich, ob das seiner eigenen Müdigkeit zuzuschreiben sei, aber in ihrer Wiederbegegnung war ein Mißklang, als habe sich eine unsichtbare Dimension heimlich in den Raum eingeschlichen. Er trug noch die Kleidung, mit der er den Fluß durchschwommen hatte, aber Max rührte sich nicht, um ihn zum Umziehen zu überreden.

Sanders hob sein Glas zu Suzanne hin. »Ich glaube schon, daß man es wunderbar nennen kann«, sagte er. »Es ist nur eine Frage des Maßes. Ich war auf das alles hier völlig unvorbereitet.«

»Wie herrlich – du wirst es nie vergessen.« Suzanne lehnte sich vor. Sie trug ihr langes schwarzes Haar in ungewohnter Weise tief ins Gesicht hinein, so daß es die Wangen verdeckte. »Erzähl mir alles, Edward, ich . . .«

»Meine Liebe.« Max hob die Hand. »Gib dem Ärmsten erst einmal Zeit, Atem zu holen. Außerdem will er jetzt sicher etwas essen und dann ins Bett gehen. Wir können beim Frühstück weiter darüber sprechen.« Zu Sanders gewandt, erklärte er: »Suzanne wandert oft lange durch den Wald.«

»Wie, sie wandert?« wiederholte Sanders. »Wie meinst du das?«

»Am Rand entlang, Edward«, sagte Suzanne. »Wir leben hier am Saum des Waldes, aber da sieht man genug – ich habe diese juwelenglitzernden Gewölbe gesehen.« Und sie fuhr angeregt fort: »Vor einigen Tagen, als ich in der Dämmerung hinausging, fingen meine Hausschuhe an zu kristallisieren – meine Füße verwandelten sich in Diamanten und Smaragde!«

Max sagte lächelnd: »Meine Liebe, du bist die Prinzessin im verzauberten Wald.«

»Ich war es, Max . . .« Suzanne nickte und blickte starr auf ihren Mann, der auf den Teppich niedersah. Dann wandte sie sich wieder Sanders zu. »Edward, wir könnten niemals von hier fortziehen.«

Sanders zuckte die Achseln. »Das verstehe ich, Suzanne, aber vielleicht müßt ihr es doch. Die befallene Zone breitet sich aus. Gott allein weiß, wie das kommt, aber es sieht nicht so aus, als könnte man sie aufhalten.«

»Warum auch?« Suzanne sah zu Sanders auf. »Sollten wir dem Wald nicht dankbar sein, daß er uns diese Wohltat erweist?«

Max leerte sein Glas. »Suzanne, du moralisierst wie ein Missionar. Edward möchte sich umziehen und essen.« Er ging zur Tür. »Ich bin gleich zurück, Edward. Ein Zimmer steht für dich bereit. Schenk dir nur selbst ein.«

Nachdem er hinausgegangen war, sagte Sanders, während er sein Glas mit Soda füllte, zu Suzanne: »Du mußt müde sein. Es tut mir leid, daß du meinetwegen aufbleiben mußtest.«

»Keineswegs. Ich schlafe jetzt am Tage – Max und ich haben beschlossen, abwechselnd in der Armenklinik zu arbeiten.« Sie fügte hinzu: »Um ehrlich zu sein, die Nacht ist mir lieber. Da kann man den Wald besser sehen.«

»Das stimmt. Hast du keine Angst vor ihm, Suzanne?«

»Warum? Man fürchtet seine Gefühle oft mehr als die Dinge, die sie auslösen. Der Wald ist nicht so. Ich habe ihn und alle Befürchtungen, die mit ihm zusammenhängen, akzeptiert.« Sie fuhr mit ruhigerer Stimme fort: »Ich bin froh, daß du hier bist, Edward. Ich glaube fast, Max versteht nicht, was im Wald eigentlich geschieht – ich meine im weitesten Sinn –, mit all unseren Vorstellungen von Zeit und Sterblichkeit. Wie soll ich es sagen? ›Das Leben, eine Kuppel aus buntem Glas, befleckt den weißen Glanz der Ewigkeit.‹ Vielleicht verstehst du mich.«

Sanders ging mit dem Glas in der Hand durch den dämmrigen Raum. Obwohl seine Augen sich an das schwache Licht gewöhnt hatten, blieb Suzannes Gesicht im Schatten hinter dem Schrank verborgen. Das ein wenig spöttische Lächeln, das seit seiner Ankunft um ihren Mund gespielt hatte, war immer noch da und lockte ihn gleichsam heran.

Als er näher kam, bemerkte er, daß die leichte Aufwärtsbewegung ihres Mundes keineswegs ein Lächeln war, sondern eine krampfhafte Verzerrung, die durch die knotenartige Verdikkung der Oberlippe hervorgerufen wurde. Ihre Gesichtshaut zeigte die typische dunkle Färbung, die sie mit ihrem langen Haar und verschwenderischem Gebrauch von Puder zu verstekken suchte. Trotz dieser Tarnung sah er die knotenartigen Klumpen überall auf ihrem Gesicht und im linken Ohrläppchen, als sie sich kaum merklich im Stuhl zurücklehnte und die Schulter hochzog. Nach jahrelangen Erfahrungen am Leprakrankenhaus erkannte er bereits die Anfänge der sogenannten Leontiasis.

Bestürzt über diese Entdeckung, obwohl er seit Suzannes erstem Brief aus Mont Royal fast davon geahnt hatte, entfernte er sich von ihr und hoffte zugleich, daß Suzanne die verräterische Bewegung, mit der er etwas aus seinem Glas auf dem Teppich verschüttet hatte, nicht bemerkte. Seine anfängliche Empörung über dieses Verbrechen der Natur an einem Menschen, der schon lange Jahre seines Lebens hergegeben hatte, um andere von der Krankheit zu heilen, wich einem Gefühl der Erleichterung, als sei es gerade dieses Unglück, worauf sie beide psychisch vorbereitet waren. Ihm wurde klar, daß er immer darauf gewartet hatte, daß Suzanne von der Krankheit befallen würde, und daß darin im wesentlichen ihre Rolle für ihn bestand. Ihre Beziehung war ein unbewußter Versuch gewesen, dieses Ende herbeizurufen. Er selbst – nicht die unglücklichen Patienten der Leprastation – war die eigentliche Ursache der Ansteckung für Suzanne gewesen.

Sanders trank aus, setzte sein Glas ab und wandte sich Suzanne zu. Trotz ihrer einst so engen Verbundenheit wurde es ihm fast unmöglich, offen mit ihr zu sprechen. Nach einer Weile sagte er mühsam: »Es tat mir leid, daß du damals von Fort Isabelle fortgingst, Suzanne. Ich mußte mich beherrschen, um nicht gleich hinter dir herzufahren. Aber jetzt bin ich froh, daß du hier bist. Manche Leute mögen diesen Entschluß merkwürdig finden, aber ich verstehe dich. Wer könnte dir vorwerfen, daß du versuchen wolltest, vor der dunklen Seite der Sonne zu fliehen.«

Suzanne schüttelte den Kopf; entweder verwirrte sie diese versteckte Anspielung, oder sie wollte sie nicht verstehen. »Wie meinst du das?«

Sanders zögerte. Suzanne schien zu lächeln, in Wirklichkeit jedoch versuchte sie, diese krampfhafte Bewegung ihres Mundes zu bekämpfen. Ihr einst so vornehmes Gesicht verzerrte sich zu einer finsteren Grimasse, die sie kaum noch verbergen konnte. Er machte eine Geste. »Ich dachte an deine Patienten in Fort Isabelle. Für sie . . .«

»Das hat gar nichts mit ihnen zu tun, Edward. Du bist müde, und ich muß in die Klinik zurück. Ich darf dich nicht länger vom Abendessen abhalten.« Sie stand mit einer brüsken Bewegung auf; ihre schlanke Gestalt war größer als Sanders'. Das gepuderte Gesicht blickte mit einer totenschädelhaften Eindringlichkeit auf ihn hinunter, die ihn an Ventress erinnerte. Dann kam wieder das entstellte Lächeln. »Gute Nacht, Edward. Wir sehen uns beim Frühstück. Du hast uns noch viel zu erzählen.«

Sanders hielt sie an der Tür auf. »Suzanne . . .«

»Was ist, Edward?« Sie lehnte die Tür an, um das Licht vom Korridor auszuschließen, das scharf auf ihr Gesicht fiel.

Sanders suchte nach Worten und hob in einem gleichsam aus der Erinnerung aufsteigenden Reflex die Arme, um sie zu küssen. Dann aber wandte er sich ab, von ihrem zerstörten Gesicht halb angezogen, halb abgestoßen, und er wußte, daß er sich zuerst über seine eigenen Beweggründe klarwerden mußte.

»Da gibt's nichts zu erzählen, Suzanne«, sagte er. »Du hast ja selbst alles im Wald gesehen.«

»Nicht alles, Edward«, antwortete Suzanne. »Du mußt mich einmal mit hinausnehmen.«

11 Das weiße Hotel

Am nächsten Morgen traf Sanders, der jetzt den Anzug eines Verstorbenen trug, Louise Peret. Er hatte die Nacht in einer der vier leeren Hütten verbracht, die einen kleinen Hof hinter Clairs Bungalow umschlossen. Die übrige europäische Belegschaft hatte das Krankenhaus verlassen, und vor dem Frühstück wanderte Sanders durch die leeren Gebäude, bemüht, sich auf die bevorstehende Begegnung mit Suzanne vorzubereiten. Die wenigen Bücher und Zeitschriften, die auf den Regalen liegengeblieben waren, und die ungeöffneten Büchsen in der Küche wirkten wie Überreste einer fernen Welt.

Sein neuer Anzug hatte einem belgischen Bergwerksingenieur gehört. Der Mann, dem Schnitt der Hosen und der Jacke nach ungefähr in seinem Alter, war einige Wochen vorher an Lungenentzündung gestorben. In den Taschen des Jacketts fand Sanders kleine Stücke Baumrinde und einige vertrocknete Blätter, und er fragte sich, ob der Mann sich seine letzte Erkältung wohl geholt hatte, während er diese einst kristallisierten Gegenstände im Wald sammelte.

Suzanne erschien nicht zum Frühstück. Als Sanders in Clairs Bungalow ankam und vom Hausboy in das Eßzimmer geführt wurde, begrüßte Max ihn mit erhobenem Zeigefinger.

»Suzanne schläft«, sagte er. »Sie hat eine anstrengende Nacht hinter sich, die Gute. Im Dunkeln treiben sich viele Eingeborene hier herum; sie hoffen sich einen Anteil an dem Diamantenreichtum zu verschaffen. Sie haben ihre Kranken mitgebracht, meist unheilbare Fälle. Aber wie geht es dir, Edward? Wie fühlst du dich heute morgen?«

»Gut«, sagte Sanders. »Übrigens, danke für den Anzug.«

»Dein eigener ist inzwischen trocken«, sagte Max. »Einer der Boys hat ihn geplättet. Möchtest du dich wieder umziehen?«

»Nein, laß nur. Dieser ist wärmer.« Sanders befühlte den blauen Serge. Der dunkle Stoff schien für die Begegnung mit Suzanne irgendwie angemessener als sein baumwollener Tropenanzug; es war eine passende Verkleidung für diese niedere Welt, in der Suzanne tagsüber schlief und sich nur nachts zeigte.

Max verzehrte sein Frühstück mit Behagen und bearbeitete seine Pampelmuse mit beiden Händen. Seit ihrem Zusammentreffen am Abend zuvor hatte er sich vollständig entspannt, fast als biete ihm Suzannes Abwesenheit zum ersten Mal die Gelegenheit, seine Reserve Sanders gegenüber aufzugeben. Zugleich vermutete Sanders, daß Max ihm die wenigen Minuten des Alleinseins mit Suzanne absichtlich gewährt hatte, damit er sich, wenn nötig, darüber klarwerden konnte, warum Max und sie nach Mont Royal gekommen waren.

»Edward, du hast mir noch nichts von deinem Besuch auf dem Gelände gestern erzählt. Wie war das genau?«

Sanders blickte, verwirrt durch Max' vollständig gleichmütiges Gehabe, auf dem Tisch herum. »Du hast sicher ebensoviel gesehen wie ich – der ganze Wald ist verglast. Übrigens, kennst du zufällig Thorensen?«

»Unsere Telefonleitung führt durch sein Bergwerksbüro. Ich bin ihm ein paarmal begegnet. Dieser Anzug gehörte einem seiner Ingenieure. Thorensen verfolgt immer seine eigenen geheimen Pläne.«

»Und was ist mit der Frau, die mit ihm zusammen lebt, Serena Ventress? Ich nehme an, ihre Affäre ist bereits stadtbekannt?«

»Keineswegs. Ventress heißt sie? Wahrscheinlich irgendeine Kokotte, die er in einem Tanzlokal von Libreville aufgelesen hat.«

»Nein, das wohl nicht.« Sanders beschloß, nicht mehr davon zu sprechen. Während sie ihr Frühstück beendeten, beschrieb er seine Ankunft in Port Matarre und die Fahrt nach Mont Royal und schloß mit dem Besuch auf dem Inspektionsgelände. Als sie dann an den leeren Stationen zu beiden Seiten des Hofes vorbeigingen, erwähnte er Professor Tatlins Erklärung des Hubble-Effekts und erläuterte, worin seiner Ansicht nach die wahre Bedeutung des Phänomens bestand.

Max schien sich jedoch für all das wenig zu interessieren. Er betrachtete den kristallisierenden Wald offensichtlich als eine bloße Laune der Natur, die bald vorüber sein würde, so daß er seine Aufgabe, für Suzanne zu sorgen, weiter erfüllen konnte. Sanders' versteckten Anspielungen auf seine Frau wich er geschickt aus. Stolz führte er Sanders durch das Krankenhaus und zeigte ihm die neu gebauten Stationen und die Röntgeneinrichtungen, die er und Suzanne während ihres kurzen Aufenthalts angeschafft hatten.

»Glaub mir, Edward, es war nicht leicht, obwohl es nicht allein unser Verdienst ist. Die Bergwerksgesellschaften liefern die meisten Patienten und folglich auch das meiste Geld.«

Sie gingen am Zaun östlich des Krankenhauses entlang. In der Ferne, hinter den einstöckigen Gebäuden, sahen sie den Wald in seiner ganzen Ausdehnung; sein sanftes Licht leuchtete wie ein Dach aus buntem Glas in der Morgensonne. Obwohl die Straße in der Nähe des Hotels Bourbon die befallene Zone immer noch aufhielt, schien sie sich dennoch mehrere Kilometer flußabwärts ausgebreitet und den Baumbestand an den Ufern erfaßt zu haben. Sechzig Meter über dem Wald schien die Luft ununterbrochen zu schimmern, als lösten sich aus dem Wald aufsteigende kristallisierende Atome im Wind auf.

Schreie und das Geräusch von derben Schlägen mit Bambusstöcken ließen Sanders aufhorchen. Fünfzig Meter weiter bewegte sich eine Gruppe von Krankenträgern hinter dem Zaun. Sie trieben eine Schar von Eingeborenen zurück, die im Schatten unter den Bäumen saßen. Die Träger bliesen, wie um ihre Macht zu demonstrieren, ihre Trillerpfeifen und schlugen vor den Füßen der Eingeborenen auf den Boden.

Sanders schaute genauer hin und stellte fest, daß da mindestens zweihundert Eingeborene sich in kleinen Gruppen um ihre Bündel und Stöcke zusammendrängten, die toten Augen auf den fernen Wald gerichtet. Alle waren verkrüppelt oder krank, mit entstellten Gesichtern, skelettartigen Schultern und Armen. Die Aufgescheuchten zogen sich ein paar Meter weiter unter die Bäume zurück und schleppten ihre Kranken mit, die übrigen blieben sitzen. Anscheinend nahmen sie das Pfeifen und die Stockschläge gar nicht wahr. Sanders vermutete, daß diese

Menschen nicht die Hoffnung auf Pflege und Hilfe ins Krankenhaus lockte, sondern daß sie es nur als einen Schild zwischen dem Wald und sich selbst ansahen.

»Max, wer in aller Welt . . .?« Sanders stieg über den Drahtzaun. Die nächste Gruppe war zwanzig Meter von ihm entfernt; man konnte die dunklen Körper zwischen den Abfällen und dem Gestrüpp unter den Bäumen kaum erkennen.

»Ein bettelnder Eingeborenenstamm«, erklärte Max und folgte Sanders über den Zaun. Er erwiderte den Gruß eines der Träger. »Mach dir keine Sorgen um sie, sie treiben sich ständig hier herum. Glaub mir, sie wollen gar keine wirkliche Hilfe.«

Sanders ging ein paar Schritte über die Lichtung. Die Eingeborenen hatten ihn bisher gleichmütig angesehen, aber jetzt, als er sich näherte, wurden sie aufmerksam. Ein alter Mann mit geschwollenem Kopf kauerte sich nieder, als fürchtete er sich vor Sanders' Blick. Ein anderer versteckte die verstümmelten Hände zwischen den Knien. Anscheinend waren keine größeren Kinder dabei, aber Sanders sah hier und dort ein kleines auf dem Rücken einer verkrüppelten Frau festgeschnalltes Bündel. Überall entstand die gleiche Unruhe. Sie veränderten langsam ihre Stellung; es war kaum mehr als eine matte Schulterbewegung, als wüßten sie, daß sie sich doch nirgends verbergen konnten.

»Max, das sind . . .«

Clair faßte Sanders beim Arm und begann ihn an den Zaun zurückzuziehen. »Ja, Edward, es sind Aussätzige. Sie folgen dir durch die ganze Welt, nicht wahr? Es tut mir leid, daß wir nichts für sie tun können.«

»Aber Max!« Sanders drehte sich heftig um. Er deutete auf die leeren Stationen auf dem Gelände. »Das Krankenhaus ist doch leer! Warum habt ihr sie ausgewiesen?«

»Wir haben sie nicht ausgewiesen.« Clair wandte den Blick von den Bäumen ab. »Sie kommen von einem kleinen Lager – man kann es kaum eine Leprastation nennen –, das ein katholischer Pater leitete. Als er fortging, zogen sie einfach in den Dschungel hinaus. Die Station war sowieso nicht gut geführt; der Pater sprach nur Gebete für sie, und auch das nicht reichlich, wenn es stimmt, was man uns erzählte. Jetzt sind sie wiedergekommen – ich nehme an, es ist das Licht vom Wald . . .«

»Aber warum laßt ihr nicht ein paar hinein? Ihr habt doch genug Platz für mehrere Dutzend Fälle.«

»Edward, wir sind nicht darauf eingerichtet, sie zu behandeln. Selbst wenn wir es wollten, es würde nicht gehen. Glaub mir, ich muß an Suzanne denken. Du weißt, wir haben alle unsere Schwierigkeiten.«

»Natürlich.« Sanders faßte sich. »Ich verstehe, Max. Ihr beide habt mehr als euren Teil getan.«

Max stieg über den Zaun auf das Gelände zurück. Die Träger waren weiter unter die Bäume gegangen und trieben nun die letzten Aussätzigen zurück; sie klopften den Älteren und Verkrüppelten leicht auf die Beine, wenn sie sich allzu langsam rührten.

»Ich bin in meinem Sprechzimmer, Edward. Vielleicht können wir um elf Uhr etwas trinken. Sag einem der Träger Bescheid, wenn du fortgehst.«

Sanders winkte ihm nach und ging über die Lichtung fort. Die Träger hatten ihre Arbeit getan und kehrten, die Stöcke über den Schultern, zur Einfahrt zurück. Die Leprakranken hatten sich in die tiefen Schatten fast außer Sichtweite zurückgezogen, aber Sanders spürte, wie ihre Augen durch ihn hindurch auf den Wald gegenüber starrten, die einzige Verbindung zwischen diesem fast unkenntlichen Rückstand der Menschheit und der umgebenden Welt.

»Doktor! Doktor Sanders!«

Sanders drehte sich um und sah Louise Peret, die von einem am Eingang parkenden Befehlswagen auf ihn zukam. Sie winkte dem französischen Leutnant zu, der ihr vom Wagenfenster aus nachsah. Er grüßte mit überschwenglichen Gesten und fuhr davon.

»Louise, Aragon sagte mir, daß du heute morgen kommen würdest.«

Louise trat zu ihm. Sie lächelte und nahm seinen Arm. »Ich

habe dich beinahe nicht wiedererkannt, Edward. Dieser Anzug ist wie eine Verkleidung.«

»Ich habe das Gefühl, die brauche ich jetzt.« Sanders wies halb lachend auf die Bäume zwanzig Meter weiter, aber Louise bemerkte die im Schatten sitzenden Aussätzigen nicht.

»Aragon erzählte mir, du seist im Wald steckengeblieben«, fuhr sie fort und musterte ihn prüfend. »Aber du scheinst noch heil zu sein. Ich habe mit Doktor Tatlin, dem Physiker, gesprochen, und er hat mir alle seine Theorien über den Wald dargelegt – sehr kompliziert, glaub mir, das alles von den Sternen und der Zeit, du wirst staunen, wenn ich es dir erzähle.«

»Das werde ich sicher.« Ihr vergnügtes Geschwätz tat ihm wohl; er schob seinen Arm unter ihren und führte sie an der Lichtung entlang zu den Hütten hinter dem Krankenhaus. Nach den antiseptischen Gerüchen und der Atmosphäre der Krankheit und des Kompromisses mit dem Leben schienen Louises rascher Schritt und ihr frischer Körper aus einer vergessenen Welt zu kommen. Ihr weißer Rock und die Bluse leuchteten vor dem Staub und den düsteren Bäumen mit ihren verborgenen Zuhörern. Als Sanders ihre Hüfte an seiner spürte, glaubte er einen Augenblick lang, er verlasse mit ihr zusammen Mont Royal, das Krankenhaus und den Wald für immer.

»Louise!« Lachend unterbrach er ihren raschen Bericht über den Abend auf dem Militärgelände. »Um Himmels willen, hör auf. Du merkst wohl gar nicht, daß du mir eine Liste aller Verbindungsoffiziere im Lager gibst!«

»Nein. Wie meinst du das? He, wohin führst du mich überhaupt?«

»Es gibt Kaffee für dich und einen Drink für mich. Wir gehen in meine Hütte, der Hausboy von Max wird uns etwas herüberbringen.«

Louise zögerte. »Na schön. Aber was ist mit . . .«

»Suzanne?« Sanders zuckte die Achseln. »Sie schläft.«

»Was? Jetzt?«

»Sie schläft immer am Tag; nachts muß sie die Armenklinik leiten. Um die Wahrheit zu sagen – ich habe sie kaum gesehen.«

Als er merkte, daß dies nicht gerade die Antwort war, die Louise hören wollte, fügte er hastig hinzu: »Es war sinnlos, hierherzukommen – das Ganze ist ein Fehlschlag.«

Louise nickte. »Gut«, sagte sie, als sei sie nur halbwegs davon überzeugt. »Vielleicht sollte es so sein. Und dein Freund, ihr Mann?«

Bevor Sanders antworten konnte, war Louise stehengeblieben und hatte ihn am Arm gepackt. Bestürzt zeigte sie auf den Waldrand. Hier, abseits von der Straße und der Einfahrt, hatte man die Aussätzigen nur ein paar Meter zurückgetrieben, und ihre Gesichter waren deutlich zu erkennen. »Edward, wer sind diese Leute?«

»Es sind Menschen«, sagte Sanders ruhig, und er fügte leicht sarkastisch hinzu: »Keine Angst.«

»Ich habe keine Angst. Aber was tun sie dort? Mein Gott, das sind ja Hunderte! Sie waren die ganze Zeit da, als wir uns unterhielten.«

»Ich glaube kaum, daß sie sich die Mühe machten, uns zu belauschen.« Sanders führte Louise durch eine Zaunlücke. »Die armen Teufel! Sie sitzen da wie durch einen Zauber gebannt.«

»Wie meinst du das? Durch mich?«

Sanders lachte laut auf. Er nahm wieder ihren Arm und hielt ihn fest. »Meine Liebe, was haben diese Franzosen nur aus dir gemacht? *Mich* hast du verzaubert, aber ich fürchte, diese Leute interessieren sich nur für den Wald.«

Sie gingen über den kleinen Hof in Sanders' Hütte. Er klingelte nach Clairs Hausjungen und bestellte Kaffee für Louise und Whisky und Soda für sich. Nachdem alles gebracht worden war, gingen sie ins Wohnzimmer. Sanders schaltete den Ventilator ein und zog sein Jackett aus.

»Legst du jetzt deine Verkleidung ab?« fragte Louise.

»Ganz recht.« Sanders zog die Fußbank heran und setzte sich vor das Sofa. »Ich bin froh, daß du hier bist, Louise. Durch dich wirkt dieser Ort nicht so sehr wie ein halbfertiges Grab.«

Er nahm ihr die Kaffeetasse aus der Hand und stand auf, um sich neben sie zu setzen. Dann jedoch ging er erst ans Fenster, das auf Clairs Bungalow führte, und ließ die Plastikrouleaus herunter.

»Edward, für einen Mann, der sich seiner wahren Natur so wenig sicher ist, kannst du aber sehr berechnend sein.« Louise blickte ihn amüsiert an, während er sich neben sie auf das Sofa setzte. Sie tat, als hielte sie seinen Arm von sich fort, und fragte: »Prüfst du dich immer noch, mein Lieber? Eine Frau möchte stets wissen, welche Rolle sie eigentlich spielt – und diese hier ganz besonders.« Als Sanders keine Antwort gab, wies sie auf die Rouleaus. »Du hast doch gesagt, daß sie schläft. Oder fliegen die Vampire hier auch am Tage herum?«

Sie lachte. Sanders legte ihr fest die Hand auf das Kinn. »Tag und Nacht – hat das jetzt noch viel zu bedeuten?«

Sie aßen in der Hütte zusammen zu Mittag. Danach schilderte Sanders seine Erlebnisse im Wald.

»Ich erinnere mich noch, Louise, als ich in Port Matarre ankam, sagtest du, es sei der Tag der Frühjahrs-Tagundnachtgleiche. Natürlich war mir das nicht gleich aufgefallen, aber jetzt weiß ich, daß die Welt außerhalb des Waldes in Licht und Dunkel zerfiel. In Port Matarre konnte man das besonders deutlich sehen – dieses merkwürdige Licht in den Arkaden und im Dschungel um die Stadt und sogar an den Leuten dort. Dunkel und Licht waren gleichsam Zwillinge. Wenn ich zurückdenke, scheint mir es, als ergänzten sie sich: Ventress mit seinem weißen Anzug und der Grubenbesitzer Thorensen mit seiner schwarzen Bande. Sie bekämpfen einander jetzt irgendwo im Wald wegen jener sterbenden Frau. Dann Suzanne und du – du hast sie nicht gesehen, aber sie ist genau das Gegenteil von dir, undefinierbar und schattenhaft. Als ich dich heute morgen sah, da war mir, als kämest du aus der Sonne hervor. Und dann denke ich an Balthus, den Priester, mit seinem Totenmaskengesicht. Aber wer weiß, wer das Gegenstück zu ihm ist.«

»Vielleicht du, Edward.«

»Da könntest du recht haben. Ich glaube, er versucht sich von den Überresten seines Glaubens zu befreien, ebenso wie ich versuche, Fort Isabelle und der Leprastation zu entkommen. Radek, der Ärmste, hat mich darauf aufmerksam gemacht.«

»Aber wozu diese Unterscheidung zwischen Weiß und Schwarz, Edward? Beide sind doch nur, was du aus ihnen machst.«

»Meinst du? Ich glaube, das hat tiefere Ursachen. Es ist durchaus möglich, daß es einen grundsätzlichen Unterschied zwischen Hell und Dunkel gibt, den wir von den ersten Lebewesen übernommen haben. Schließlich ist doch die Reaktion auf das Licht gleichbedeutend mit der Empfänglichkeit für alle Lebensmöglichkeiten. So weit wir wissen, ist dieser Gegensatz der einschneidendste, den es gibt – vielleicht der einzige überhaupt –, und er wurde im Laufe von hundert Millionen Jahren mit jedem Tag stärker ausgeprägt. Letztlich ist es die Zeit, die diesen Prozeß in Gang hält, und jetzt, da die Zeit sich zurückzieht, sehen wir die Kontraste in allen Dingen auf einmal viel klarer. Dabei darf man jedoch Hell und Dunkel nicht mit moralischen Begriffen gleichsetzen – ich ergreife weder für Ventress noch für Thorensen Partei. Für sich genommen sind sie beide grotesk, aber vielleicht bringt der Wald sie zusammen. Dort, an jenem Ort der Regenbögen, unterscheidet sich kein Ding vom anderen.«

»Und was bedeutet Suzanne, deine dunkle Dame, für dich, Edward?«

»Ich weiß es nicht genau . . . offenbar steht sie in irgendeiner Weise für die Leprastation und alles, was mit ihr zusammenhängt – die dunkle Seite der Tagundnachtgleiche. Glaub mir, ich weiß jetzt, daß ich nicht allein aus humanitären Gründen am Leprakrankenhaus arbeitete, aber mit dieser Einsicht ist mir noch nicht geholfen. Es gibt auch eine dunkle Seite der Seele, und ich vermute, man kann nichts anderes tun, als ihr Gegenteil zu entdecken und beide miteinander in Einklang zu bringen – das geschieht da draußen im Wald.«

»Wie lange bleibst du in Mont Royal?« fragte Louise.

»Noch ein paar Tage. Ich kann nicht so einfach wieder fort. Für mich war die Reise hierher ein Fehlschlag, aber ich habe die

Clairs kaum gesehen, und vielleicht brauchen sie meine Hilfe.«

»Edward . . .« Louise ging ans Fenster und zog die Rouleaus hoch, so daß das Nachmittagslicht hereinfiel. Als sie sich so gegen die Sonne abhob, erschienen ihr weißes Kleid und ihre helle Haut auf einmal dunkel. Während sie mit der Schnur spielte und das Rouleau abwechselnd aufzog und herunterließ, wurde ihre schlanke Gestalt für einen Augenblick beleuchtet und erlosch dann wieder wie ein Bild hinter einer sich öffnenden und schließenden Blende. »Edward, morgen nachmittag fährt ein Militärboot nach Port Matarre zurück. Ich habe beschlossen mitzufahren.«

»Aber Louise . . .«

»Ich muß fort.« Sie wandte sich ihm zu, das Kinn emporgereckt. »Es besteht keine Hoffnung mehr, daß Anderson gefunden wird. Er ist gewiß inzwischen tot, und ich bin es dem Büro schuldig, meine Story herauszubringen.«

»Deine Story? Meine Liebe, an welche Trivialitäten du denkst!« Sanders ging zur Whiskyflasche auf dem Regal. »Louise, ich hatte gehofft, du könntest bei mir bleiben . . .«

Er unterbrach sich, denn er bemerkte, daß Louise ihn auf die Probe stellte, und er wollte sie nicht reizen. Er wußte, gleichgültig, was er von Suzanne gesagt hatte, daß er vorläufig bei ihr und Max bleiben mußte. Suzannes Aussatz hatte sein Bedürfnis, in ihrer Nähe zu sein, nur noch verstärkt. Obwohl sie am Abend vorher seltsam fern gewesen war, begriff er, daß er der einzige Mensch war, der wirklich verstand, was sie bedrückte und was diese Belastung für sie beide bedeutete.

Als Louise ihre Tasche an sich nahm, sagte er nur: »Ich werde Max bitten, daß er den Militärstützpunkt anruft und dir einen Wagen schickt.«

Während der restlichen Nachmittagsstunden blieb Sanders in der Hütte und sah zu dem Lichtschein über dem fernen Wald hinüber. Hinter dem Zaun am Rande des Geländes waren die Aussätzigen wieder unter den Bäumen hervorgekommen. Als das Nachmittagslicht verblaßte, hielt der Kristallwald den Glanz der Sonne immer noch gefangen, und die alten Männer und

Frauen warteten wie unruhige Gespenster.

Nach Einbruch der Dämmerung erschien Suzanne. Sanders fragte sich, ob sie wirklich geschlafen oder wie er hinter den heruntergezogenen Rouleaus gesessen hatte, aber beim Abendessen wirkte sie noch mehr in sich zurückgezogen als bei ihrem vorigen Zusammentreffen. Sie aß hastig, als müsse sie Speisen hinunterwürgen, die nach gar nichts schmeckten. Sie war schon mit allen Gängen fertig, als Sanders und Max sich noch beim Wein unterhielten. Der schwarze Samtvorhang hinter ihr – sie hatte ihn offensichtlich eigens für Sanders vor diesem einzigen Fenster anbringen lassen – machte ihr schwarzes Kleid im schwachen Licht fast unsichtbar, und vom anderen Ende des Tisches, an das sie Sanders gesetzt hatte, sah die weißgepuderte Maske ihres Gesichts aus wie ein verschwommener Fleck.

»Hat Max dich durch unser Krankenhaus geführt?« fragte sie. »Ich hoffe, es hat dich beeindruckt.«

»Sehr«, antwortete Sanders. »Es sind allerdings keine Patienten drin.« Und er fügte hinzu: »Ich wundere mich, daß du überhaupt in der Armenklinik arbeiten mußt.«

»In der Nacht kommen eine ganze Menge Eingeborene«, erklärte Max. »Am Tage treiben sie sich in der Nähe des Waldes herum. Einer der Fahrer hat mir erzählt, daß sie ihre Kranken und Sterbenden jetzt in die befallene Zone bringen. Eine Art schnellen Mumifizierungsverfahrens.«

»Aber viel prächtiger«, sagte Suzanne. »Wie eine Fliege im Bernstein ihrer eigenen Tränen oder ein Millionen Jahre altes Fossil, das seinen Körper für uns in Diamanten verwandelt. Ich hoffe, die Armee läßt sie durch.«

»Sie können sie nicht aufhalten«, fiel Max ein. »Wenn diese Leute Selbstmord begehen wollen, dann ist das ihre Sache. Die Armee hat mit der Evakuierung genug zu tun.« Er wandte sich an Sanders. »Es ist beinahe komisch, Edward. Sobald sie ihr Lager irgendwo aufschlagen, müssen sie alles wieder abreißen und sich einen halben Kilometer weiter zurückziehen.«

»Wie schnell dehnt sich das Gebiet aus?«

»Ungefähr dreißig Meter am Tag, wenn nicht mehr. Wie vom Armeesender verlautet, bricht in der Kernzone in Florida allmählich eine Panik aus. Der halbe Staat wurde schon evakuiert, und die Zone dort reicht von den Everglades-Sümpfen bis über Miami.«

Bei diesen Worten hob Suzanne ihr Glas. »Kannst du dir das vorstellen, Edward? Eine ganze Stadt! Hunderte von weißen Hotels in buntes Glas verwandelt – das muß aussehen wie Venedig zur Zeit Tizians oder Veroneses oder Rom mit zahllosen Petersdomen.«

Max lachte. »Suzanne, du schilderst das wie das Neue Jerusalem. Ich fürchte nur, bevor du dich noch umdrehen könntest, würdest du als Engel in einem Rosenfenster stehen.«

Nach dem Abendessen hoffte Sanders, daß Clair gehen und ihn ein paar Augenblicke mit Suzanne allein lassen würde, aber Max holte ein Schachspiel aus dem Schrank und stellte es auf. Während er und Sanders die ersten Züge taten, entschuldigte sich Suzanne und schlüpfte durch die Tür hinaus.

Sanders wartete eine Stunde lang auf ihre Rückkehr. Um zehn Uhr gab er auf, sagte Max gute Nacht und ließ ihn weiter über die Möglichkeiten des Endspiels nachgrübeln.

Sanders fand keinen Schlaf; er wanderte in seiner Hütte herum und trank den Rest des Whiskys aus. In einem der leeren Zimmer fand er einen Stapel französischer Illustrierten, durchblätterte sie und überflog die Untertitel auf der Suche nach Louises Namen.

Aber bald drängte es ihn fort, und er ging in die Dunkelheit hinaus zum Rand des Geländes. Zwanzig Meter hinter dem Draht sah er die Aussätzigen unter den Bäumen sitzen. Sie waren auf die offene Fläche herausgekommen und setzten sich dem Mondschein aus, als wollten sie ein Mitternachtssonnenbad nehmen. Einige schlurften zwischen den Reihen der halb schlafend auf dem Boden liegenden oder auf ihren Bündeln kauernden Menschen hindurch.

Sanders verbarg sich im Schatten hinter der Hütte und folgte ihren Blicken. Ein riesiger Lichtschein stieg vom Wald auf, durchbrochen von dem verschwommenen weißen Umriß des Hotels.

Sanders kehrte um, überquerte den Hof und ging am Zaun entlang zur Hotelruine, die jetzt hinter den Bäumen verborgen war. Ein Pfad führte zwischen den verlassenen Grubenanlagen hindurch. Sanders stieg über den Zaun und schritt auf das Gebäude zu.

Zehn Minuten später, als er oben auf den weißen Stufen stand, die zwischen den verfallenen Säulen hinabführten, sah er Suzanne Clair unten im Mondschein gehen. Die befallene Zone hatte sich stellenweise schon über die Straße vorgeschoben, und Teile des Gestrüpps an der Straße begannen zu kristallisieren. Von den grauen Blättern ging ein schwacher Glanz aus. Suzanne wandelte an den Büschen entlang; ihr langes Kleid schleifte über den brüchigen Boden. Sanders bemerkte, daß ihre Schuhe und die Schleppe ihres Kleides Kristalle ansetzten; die winzigen Prismen glitzerten im Mondlicht.

Er stieg die Treppe hinab. Die Marmorscherben zwischen den Säulen krachten unter seinen Schuhen. Suzanne drehte sich um und sah ihn herankommen. Zuerst wich sie zur Straße zurück, dann aber erkannte sie ihn und lief die mit Unkraut überwachsene Einfahrt hinauf.

»Edward!«

Sanders wollte ihre Hände fassen, denn er fürchtete, sie könnte stolpern, aber Suzanne glitt zwischen seinen Händen hindurch und drückte sich an seine Brust. Sanders umarmte sie; er fühlte ihr dunkles Haar an seiner Wange. Ihre Taille und ihre Schultern waren wie aus Eis, und er spürte die Kälte ihres Seidenkleides an seinen Händen.

»Suzanne, ich dachte mir, daß du vielleicht hier sein würdest.« Er versuchte sie ein wenig fortzudrängen, um ihr Gesicht sehen zu können, aber sie klammerte sich an ihn wie eine Tanzende, die mit ihrem Partner einen komplizierten Tanzschritt vollführt. Ihre Augen waren abgewandt, so daß sie gleichsam von den Ruinen hinter ihrer linken Schulter her zu sprechen schien.

»Ich komme jeden Abend hierher.« Sie wies auf die oberen Stockwerke des Hotels. »Gestern war ich auch da, und ich sah, wie du aus dem Wald herauskamst. Weißt du, Edward, dein Anzug schimmerte!«

Sanders nickte, dann führte er sie die Auffahrt hinauf zur Treppe. Suzanne hielt eine Hand vor die Stirn, als wollte sie ihr Haar zurückstreichen, und drückte mit der anderen Sanders' Hand an ihren kalten Leib.

»Weiß Max, daß du hier bist?« fragte Sanders. »Vielleicht schickt er einen Hausboy hinter dir her, um dich im Auge zu behalten.«

»Mein lieber Edward.« Zum ersten Mal lachte Suzanne. »Max ahnt nichts davon, er schläft, der Arme – er spürt, daß er am Rand eines Alptraums lebt.« Sie hielt inne und besann sich, damit Sanders nicht glaubte, sie spreche von ihrem eigenen Zustand. »Am Wald, meine ich. Er versteht nicht, was das alles bedeutet. Aber du verstehst es, Edward, das habe ich sofort gemerkt . . .«

»Vielleicht . . .« Sie stiegen an den gestürzten Säulentrommeln vorbei die Stufen hinauf und traten in eine große Halle. Die Kuppel des Treppenhauses hoch über ihnen war eingefallen, und Sanders sah einen Schwarm von Sternen, aber das Licht vom Walde tauchte die Halle in fast vollständige Dunkelheit. Sogleich spürte er, wie Suzanne sich entspannte. Sie faßte seine Hand und führte ihn an dem zersprungenen Leuchter am Fuß der Treppe vorbei.

Sie gingen in den zweiten Stock hinauf und bogen dann in einen Gang ein. Durch die geborstene Wandtäfelung sah Sanders mächtige, wurmstichige Schränke und eingestürzte Bettpfosten wie verlassene Monumente in einem der längst versunkenen Vergangenheit des Hotels geweihten Mausoleum.

»Wir sind da.« Suzanne ging durch eine verschlossene Tür, aus deren Mitte die Bretter herausgefallen waren. Die Empiremöbel dahinter befanden sich noch an ihrem Platz; in der Nähe am Fenster stand ein Schreibtisch, und hinter einem Ankleidetisch ohne Spiegel sah man wie durch einen Rahmen den Wald. Staub und feine Holzspäne bedeckten den Boden, und darüber führten kleine Fußstapfen.

Suzanne setzte sich auf den Bettrand und öffnete ihr langes Kleid mit den ruhigen Bewegungen einer verheirateten Frau, die zusammen mit ihrem Mann nach Hause kommt. »Was hältst du davon, Edward – von meinem pied à terre – oder ist er den Wolken näher als der Erde?«

Sanders blickte sich in dem staubigen Zimmer um und suchte nach einer persönlichen Spur von Suzanne. Aber außer den Fußstapfen am Boden fand er nichts von ihr – als hauste sie wie ein Geist zwischen den leeren Räumen dieses weißen Hotels.

»Der Raum gefällt mir«, sagte er. »Man hat einen herrlichen Blick auf den Wald.«

»Ich komme nur abends hierher; dann sieht der Staub aus wie Mondschein.«

Sanders setzte sich neben sie auf das Bett. Er sah zur Decke hinauf, denn er fürchtete fast, daß das Hotel jeden Augenblick zusammenbrechen, in eine staubgefüllte Grube sinken und Suzanne und ihn mit in den Abgrund reißen könnte. Er wünschte, daß die Dunkelheit sich lichtete, denn der Kontrast zwischen Suzanne im Zimmer dieses verfallenen Hauses mit seinen mondbeschienenen Empiremöbeln und der funktionalen, aber lichtdurchfluteten Hütte, in der Louise und er noch am Morgen miteinander geschlafen hatten, kam ihm jetzt deutlich zu Bewußtsein; Louises Körper hatte neben ihm gelegen wie ein Teil der Sonne selbst, eine goldene, im Grab ihres Sultans eingeschlossene Odaliske. Während er Suzannes kalten Körper in den Armen hielt, wobei seine Hände ihr Gesicht mieden, erinnerte er sich an Ventress' Worte: »Die Zeit geht uns aus, Sanders . . .« Und so wie die Zeit sich zurückzog, entleerte sich seine Beziehung zu Suzanne. Es blieb von ihr allein das Bild der Leprastation und was sie für ihn bedeutete, und sie begann sich in Staub aufzulösen, der sie beide überall außerhalb des Waldes umgab, wo immer sie gingen. »Suzanne . . .« Er richtete sich neben ihr auf und versuchte seine Hände ein wenig warmzureiben, denn ihre Brüste waren wie Schalen aus Eis. »Morgen fahre ich zurück nach Port Matarre. Ich muß fort.«

»Wie?« Suzanne zog das Kleid über sich und schloß die weißen Umrisse ihres Körpers in die Dunkelheit ein. »Aber Edward, ich dachte, du würdest . . .«

Sanders nahm ihre Hand. »Meine Liebe, erstens bin ich es Max schuldig, und dann habe ich auch meine Patienten in Fort Isabelle. Ich kann sie nicht einfach im Stich lassen.«

»Sie waren auch meine Patienten. Der Wald breitet sich überall aus, und weder du noch ich können noch etwas für sie tun.«

»Vielleicht nicht . . . vielleicht denke ich nur wieder an mich . . . und an dich, Suzanne . . .«

Während er mit ihr sprach, war sie aufgestanden. »Bleib noch eine Woche, Edward. Derain wird nichts dagegen haben, er wußte, daß du hierherkamst. In einer Woche . . .«

»In einer Woche müssen wir womöglich alle fort. Glaube mir, Suzanne. Ich habe mich schon einmal im Wald verirrt.«

Sie trat auf ihn zu und hob ihm ihr Gesicht in einem Mondstrahl entgegen, als wolle sie ihn auf den Mund küssen. Aber schließlich begriff er, daß dies durchaus keine romantische Geste war. Suzanne zeigte ihm endlich ihr Gesicht.

»Edward, weißt du überhaupt, mit wem du eben . . . geschlafen hast?«

Sanders berührte mit einer Hand ihre Schulter, um sie zu beruhigen. »Ich weiß, Suzanne. Gestern abend . . .«

»Was?« Sie wandte sich von ihm ab und verbarg wieder ihr Gesicht. »Wovon redest du?«

Sanders folgte ihr durch das Zimmer. »Es tut mir leid, Suzanne. Vielleicht klingt es nach leerer Tröstung, aber ich trage deine Wunden mit dir.«

Bevor er sie erreichen konnte, war sie durch die Tür hinausgeschlüpft. Er nahm sein Jackett und sah noch, wie sie durch den langen Gang zur Treppe eilte. Als er die Eingangshalle betrat, war sie schon fünfzig Meter weiter und lief zwischen den eingefallenen Säulen hindurch. Ihr dunkles Gewand wehte wie ein weiter Schleier hinter ihr her, als sie sich auf dem kristallenen Pfad von dem weißen Hotel entfernte.

12 Duell mit einem Krokodil

Um Mitternacht, als Sanders im Halbschlaf in seinem Zimmer hinten in der Hütte lag, hörte er Geräusche auf dem Krankenhausgelände. Er war fast zu übermüdet, um einschlafen zu können, und doch auch wieder so erschöpft, daß er nicht genauer hinhorchte und das Stimmengewirr und den flackernden Strahl des Scheinwerfers vom Dach des Land-Rovers nicht wahrnahm, der von den hohen Bäumen draußen reflektiert wurde.

Später begann der Lärm noch einmal. Der Motor eines veralteten Lastkraftwagens wurde angekurbelt. Während er keuchend ansprang und die Stimmen um den Wagen herum lauter wurden, hörte Sanders auch das Hin und Her von Schritten. Alle Diener schienen bereits aufgestanden zu sein, und sie liefen ein und aus und knallten die Türen zu.

Als er schließlich einen Mann mit einer Fackel in der Hand sah, der die Pflanzen vor seinem Fenster absuchte, stieg er aus dem Bett und zog sich an.

Im Eßzimmer der Hütte fand er einen der Hausboys, der durch das offene Fenster in den Wald hineinblickte.

»Was ist los?« fragte Sanders. »Wo ist Doktor Clair?«

Der Junge zeigte auf das Gelände. »Doktor Clair im Lastwagen, Sir. Unruhe im Wald, er gehen nachsehen.«

»Was für Unruhen?« Sanders ging ans Fenster. »Kommt der Wald etwa näher?«

»Nein, Sir, kommt nicht. Doktor Clair sagt, Sie sollen schlafen.«

»Wo ist Frau Clair? Ist sie zu Hause?«

»Nein, sie hat zu tun.«

»Was soll das heißen?« drängte Sanders. »Ich dachte, sie hätte Nachtdienst. Nun sag schon, was ist?«

Der Junge zögerte. Seine Lippen formten geräuschlos die höflichen Sätze, die er Sanders von Max übermitteln sollte. Er wollte gerade herausplatzen, als vom Hof her Schritte hörbar wurden. Als Sanders zur Tür ging, kam Max, gefolgt von zwei

Trägern, ihm entgegen.

»Max, was ist los? Wollt ihr evakuieren?«

Clair blieb vor ihm stehen. Sein Mund war zusammengepreßt, das Kinn gesenkt, so daß der Schweiß auf seiner gewölbten Stirn im Licht der Fackel glänzte. »Edward, hast du Suzanne bei dir?«

»Wie?« Sanders trat zurück, um ihn hereinzulassen. »Mein lieber Freund – sie ist fort! Aber wohin?«

»Ich wünschte, wir wüßten es.« Clair ging zur Tür. Er sah in die Hütte hinein, unschlüssig, ob er Sanders' einladender Geste folgen sollte. »Sie ist vor ein paar Stunden fortgegangen. Hast du sie vielleicht gesehen?«

»Das letzte Mal am frühen Abend.« Sanders knöpfte seine Hemdsärmel zu. »Los, Max, wir müssen sie suchen!«

Clair winkte ab. »Nicht du, Edward. Ich habe genug Scherereien, glaub mir. Oben auf dem Hügel sind ein paar Siedlungen«, sagte er, aber das klang nicht recht überzeugt. »Vielleicht besucht sie die Krankenstationen dort. Du bleibst hier und sorgst für Ordnung. Ich nehme den Land-Rover und ein paar Leute. Die anderen können im Lastwagen fahren und das Hotel Bourbon im Auge behalten.«

Sanders wollte Einspruch erheben, aber Clair wandte sich ab und eilte hinaus. Sanders folgte ihm die Einfahrt hinauf und sah zu, wie er in den Wagen stieg. Dann wandte er sich an den Hausboy. »Sie ist in den Wald zurückgegangen, die arme Frau!«

Der Junge sah ihn an. »Sie wissen es, Sir?«

»Nein, aber ich bin trotzdem ganz sicher. Jeder von uns hat etwas, an das er nicht erinnert werden will, weil er es nicht ertragen kann. Sag dem Fahrer, er soll auf mich warten. Er kann mich bis zum Hotel mitnehmen.«

Der Hausboy hielt ihn am Arm fest. »Sie gehen . . . in den Wald, Sir?«

»Natürlich. Dort ist sie irgendwo. Das habe ich verschuldet, und ich muß es mir eingestehen.«

Der Motor des Lastwagens sprang an, und sein Getöse erschütterte das ganze Krankenhaus. Nachdem Sanders über das Heck gestiegen war, fuhr der Wagen los und vollführte langsam einen

Bogen um den Brunnen. Ein halbes Dutzend eingeborener Krankenwärter saßen hinter dem Fahrer auf. Fünf Minuten später erreichten sie die Landstraße und rumpelten durch die Dunkelheit zum weißen Komplex des Hotels Bourbon. Der Wagen hielt in der unkrautüberwucherten Einfahrt. Als sein Scheinwerfer über die kristallenen Bäume glitt, als schliche er über zerbrochenes Glas, glitzerten die weißen Prismen eine halbe Meile nach Süden hinunter an den Flußufern.

Sanders sprang ab und ging zum Fahrer. Keiner der Männer hatte Suzanne fortgehen sehen, aber da sie den Wald sorgfältig beobachtet hatten, vermuteten sie offensichtlich alle, daß sie dort sein müsse. Aus dem wirren Gedränge um den Wagen wurde jedoch deutlich, daß sie nicht die Absicht hatten, ihr zu folgen. Als Sanders auf den Fahrer einreden wollte, murmelte dieser irgend etwas von den »weißen Gespenstern«, die die inneren Zonen durchstreiften. Vielleicht hatten sie irgendwo einmal Ventress und Thorensen auf ihrer Verfolgungsjagd gesehen oder Radek, der in sein einsames Grab gestolpert war.

Fünf Minuten später, als er feststellte, daß die Suchaktion immer noch nicht startete, denn der Fahrer bestand darauf, bei seinem Scheinwerfer zu bleiben, und die anderen Männer waren zum Hotel gegangen und hatten sich mit ihren Zigarettenstummeln zwischen den gestürzten Säulen niedergekauert, machte Sanders sich allein auf den Weg und folgte der Landstraße. Der schimmernde Wald sandte das kalte Mondlicht auf den Teersplitt zu seinen Füßen und erhellte den Eingang zu einem kleinen Seitenweg, der auf den Fluß führte. Sanders blickte in den engen Hohlweg, hinter dem die leuchtende Welt begann. Einen Augenblick zögerte er und horchte auf die leiser werdenden Stimmen der Eingeborenen. Dann steckte er die Hände in die Taschen, schritt am Rand des Pfades entlang und bahnte sich seinen Weg zwischen den gläsernen Dornen, die immer dichter um ihn aufwuchsen.

Nach einer Viertelstunde stieß er auf den Fluß und ging über eine verfallene Brücke, die sich wie ein edelsteinbesetztes Netzwerk schräg gegen die Eisfläche hinabneigte; ihre eisernen Träger waren mit Silber behangen. Der weiße Fluß schlängelte sich zwischen den bereiften Bäumen hindurch. Die wenigen Boote an den Ufern waren so dick verkrustet, daß man sie kaum noch erkennen konnte. Ihr Licht schien dunkler und dichter, als hätten sie ihren Glanz in sich eingeschlossen.

Inzwischen hatte Sanders' Anzug wieder im Dunkeln zu glühen begonnen, und der dünne Reif bildete feine Dornen auf dem Stoff. Der Kristallisationsprozeß war überall weiter fortgeschritten, und Sanders' Schuhe steckten bereits in dicken Kugeln voller Prismen.

Mont Royal war menschenleer. Er humpelte durch die verlassenen Straßen, wo die weißen Gebäude um ihn aufragten wie Grabmäler. Endlich erreichte er den Hafen und sah von der Mole über die gefrorene Fläche des Flusses bis zum Wasserfall in der Ferne. Er war noch höher geworden und bildete eine unüberwindliche Barriere zwischen ihm und der Armee irgendwo im Süden.

Kurz bevor die Dämmerung hereinbrach, ging er noch einmal durch die Stadt, in der Hoffnung, das Gartenhaus wiederzufinden, in dem Thorensen und seine sterbende Braut Schutz gesucht hatten. Unter dem zerbrochenen Fenster eines der Grubenlager bemerkte er eine kleine, völlig freie Stelle auf dem Bürgersteig. Hier lagen ein paar Handvoll geplünderter Steine, Rubine und Smaragdringe, Topasbroschen und Anhänger, und dazwischen zahllose kleine Steine und Diamanten für die Industrie.

Während Sanders zwischen den Steinen stand, bemerkte er, daß die kristallenen Auswüchse an seinen Schuhen sich auflösten und schmolzen wie Eiszapfen, die man plötzlich der Wärme aussetzt. Einzelne Stücke der Kruste fielen herab und zergingen in der Luft.

Jetzt begriff er, warum Thorensen der jungen Frau die Juwelen gebracht und warum diese sie so gierig an sich gerissen hatte. Auf Grund irgendeines seltsamen optischen oder elektromagnetischen Vorgangs bewirkte der Brennpunkt des Lichts in den

Edelsteinen eine Verdichtung der Zeit, so daß die Lichtentladungen von den Oberflächen den Kristallisationsprozeß umkehrten. Vielleicht erklärte sich die Anziehungskraft, die kostbare Steine ebenso wie alle barocke Malerei und Architektur seit Ewigkeit ausübten, aus diesem Geschenk an Zeit. Die verschlungenen Voluten und Kartuschen, die mehr Raum einnahmen, als ihr eigenes Volumen umschloß, schienen auf diese Weise auch von einer größeren Zeitaura umgeben und vermittelten jene Vorahnung der Unsterblichkeit, die im Petersdom oder im Schloß von Nymphenburg spürbar wird. Die Architektur des zwanzigsten Jahrhunderts hingegen, im wesentlichen eine Architektur der rechtwinkligen, schmucklosen Fassaden, des euklidischen Raumes und der entsprechenden Zeit, charakterisiert die neue Welt, die auf ihren festen Stand in der Zukunft vertraut und gegenüber jener Angst vor der Sterblichkeit gleichgültig ist, die die Seele des alten Europa beunruhigte.

Dr. Sanders kniete nieder, füllte seine Taschen mit den Steinen und stopfte sie in sein Hemd und seine Ärmelaufschläge. Er lehnte sich an die Fassade des Lagers. Die halbkreisförmige glatte Fläche des Bürgersteigs sah aus wie ein winziger Patio, an dessen Enden das Kristallgestrüpp wie ein gespenstischer Garten schimmerte. Er drückte die harten Juwelen an seine kalte Haut; sie schienen ihn zu wärmen, und er versank innerhalb von wenigen Sekunden in einen Schlaf der Erschöpfung.

Er erwachte in strahlendem Sonnenschein auf einer von Tempeln umsäumten Straße. Regenbögen durchzogen die vergoldete Luft mit ihren leuchtenden Farben. Er bedeckte die Augen, lehnte sich zurück und blickte zu den Dachfirsten hinauf. Ihre goldenen Ziegel waren mit Reihen farbiger Edelsteine besetzt wie Pavillons im Tempelviertel von Bangkok.

Eine Hand packte seine Schulter. Er versuchte sich aufzurichten und bemerkte dabei, daß der glatte Fleck auf dem Bürgersteig verschwunden war und sein Körper in einem Beet sprießender Nadeln ausgestreckt lag. Am Eingang zum Lager waren sie am schnellsten gewachsen, und sein rechter Arm steckte in einer

Hülle kristallener, ungefähr zehn Zentimeter langer Dornen, die ihm fast bis zur Schulter hinaufreichten. In diesem Panzerhandschuh aus Eis, der so schwer war, daß er ihn kaum aufheben konnte, zeichneten sich seine Finger in einem Gewirr von Regenbögen ab.

Sanders stützte sich auf ein Knie und riß ein paar von den Kristallen ab. Hinter ihm kauerte eine weiße Gestalt, das Gewehr in den Händen.

»Ventress!« schrie Sanders und hob seinen edelsteinbesetzten Arm. Im Sonnenschein blinkten die Edelsteine, die er in seine Ärmel gestopft hatte, durch das Gewebe wie eingelegte Sterne. »Ventress! Um Himmels willen!«

Sein Schrei rüttelte Ventress auf, der die lichtdurchflutete Straße aufmerksam beobachtete. Sein kleines Gesicht mit den glänzenden Augen war durch seltsame Farben entstellt, die seine Haut befleckten. Auf seinem Anzug strahlten tausend Farbstreifen.

Er kniete neben Sanders nieder und versuchte das Kristallstück, das dieser sich vom Arm gerissen hatte, wieder anzusetzen. Bevor er sprechen konnte, dröhnte ein Schuß, und das Glasgitter, das den Torweg überzog, zersprang in einen Schauer kleiner Splitter. Ventress verbarg sich rasch hinter Sanders und zog ihn durch ein Fenster ins Haus. Als ein weiterer Schuß durch die Straße rollte, liefen sie an den geplünderten Schränken vorbei in einen Tresorraum. Hinter der offenen Tür eines Safes sahen sie durcheinandergeworfene Metallkassen. Ventress schlug die Deckel zurück und begann die wenigen kleinen auf dem Boden verstreuten Juwelen zusammenzuscharren.

Er stopfte sie in Sanders' leere Taschen, zog ihn durch ein Fenster hinaus in eine Gasse hinter dem Haus und von dort in eine Nebenstraße, die sich durch das Flechtwerk über ihr in einen Tunnel zinnoberroten Lichts verwandelt hatte. In der ersten Biegung blieben sie stehen, und Ventress zeigte zum Wald hinüber, der etwa fünfzig Meter weiter begann. »Laufen Sie! Irgendwohin durch den Wald! Das ist das einzige, was Sie tun können!«

Er schob Sanders mit seinem Gewehrkolben vorwärts, dessen Schloß jetzt von einer Schicht silberner Kristalle überzogen war wie ein mittelalterliches Feuersteinschloß. Sanders hob seinen Arm. Die Dornen aus Edelsteinen funkelten in der Sonne wie ein Schwarm von Leuchtkäfern. »Mein Arm, Ventress! Jetzt fühle ich es schon an der Schulter!«

»Laufen Sie! Sonst kann Ihnen nichts mehr helfen!« Ventress' grell beleuchtetes Gesicht zuckte vor Wut! Sanders' Langsamkeit machte ihn ungeduldig. »Verlieren Sie die Steine nicht, sie reichen nicht ewig!«

Sanders lief mühsam auf den Wald zu und erreichte die ersten Lichtgewölbe. Er wirbelte seinen Arm herum wie einen schwerfälligen Propeller und fühlte, wie die Kristallschicht sich langsam lockerte. Zum Glück fand er bald einen kleinen Nebenarm des Flusses, der vom Hafen her einbog; wie ein Wilder stürzte er über die gefrorene Oberfläche davon.

So jagte er stundenlang durch den Wald. Er hatte jedes Zeitgefühl verloren. Wenn er länger als eine Minute stehenblieb, überzogen die Kristallstreifen sofort seinen Nacken und seine Schultern, und er schleppte sich weiter und hielt nur inne, um erschöpft an den gläsernen Ufern niederzusinken. Dann preßte er die Juwelen an sein Gesicht und schützte sich so vor der Eishülle. Aber die Kraft der Steine ließ nach, und sobald die geschliffenen Flächen stumpfer wurden, verwandelten sie sich in Klumpen grober Kieselerde. Die in den Kristallgeweben seines Armes eingebetteten Steine hingegen funkelten mit unvermindertem Glanz.

Endlich sah er die vergoldete Spitze des Gartenhauses und stolperte über den versiegelten Sand darauf zu. Inzwischen war der kleine Pavillon infolge der Verglasung des Waldes mit den umgebenden Bäumen zusammengewachsen, und nur die Stufen und der Eingang blieben frei. Dennoch bot das Haus die schwache Hoffnung eines Asyls. Die Fensterrahmen und die Wände des Balkons waren mit heraldischen Mustern einer bizarren barocken Architektur verziert.

Sanders blieb wenige Meter vor den Stufen stehen und blickte zur verschlossenen Tür hinauf. Dann drehte er sich nach der Fahrrinne des Flusses um. Die juwelenbesetzte Fläche glühte im Sonnenschein marmorartig wie die rosa Kruste eines Salzsees. Zweihundert Meter weiter stak Thorensens Motorjacht immer noch in dem Tümpel klaren Wassers am Zusammenfluß der unterirdischen Strömungen. Während er hinüberschaute, bewegten sich zwei Männer auf dem Vorderdeck des Bootes. Sie waren halb hinter der Startkanone am Mast verborgen; in einem von ihnen, dessen nackter Körper durch Verbandzeug in eine weiße und eine schwarze Hälfte geteilt war, erkannte Sanders Thorensens Helfershelfer Kagwa.

Sanders ging ein paar Schritte auf das Boot zu und überlegte, ob er bis zum Rand der Eisfläche laufen und den Tümpel durchschwimmen sollte. Obwohl die Kristalle sich möglicherweise im Wasser auflösen würden, fürchtete er, daß das Gewicht seines Arms ihn zuerst auf den Boden hinabziehen könnte.

Aus der Mündung der Kanone blitzte ein Lichtstrahl auf. Einen Augenblick später sah Sanders, während der Boden leicht erbebte, eine Kugel von etwa zehn Zentimeter Durchmesser auf sich zufliegen. Sie glitt mit einem scharfen Pfiff über seinen Kopf hinweg und schlug krachend in die vereisten Bäume neben dem Gartenhaus ein. Jetzt erst erreichte ihn das Geräusch der Explosion vom Boot her. Das Echo, vom Eis des Flusses zurückgeworfen, rollte an den Wänden des Waldes entlang und dröhnte in Sanders' Kopf. Unschlüssig, wohin er sich wenden sollte, lief er auf ein Gestrüpp neben der Treppe zu. Er kniete nieder und versuchte seinen Arm unter den kristallenen Farnwedeln zu verbergen. Die beiden Eingeborenen an Bord des Bootes luden von neuem die Kanone, und der große Mulatte stützte sich auf ein Knie, während er den Ladestock durch das Rohr schob.

»Sanders!« Die leise Stimme, kaum mehr als ein Flüstern, ertönte wenige Meter hinter ihm. Er blickte nach der verschlossenen Tür. Unter den Stufen kam eine Hand hervor und winkte ihm zu. »Hier! Unter dem Haus!«

Sanders lief zur Treppe. In der engen Höhlung unter der Plattform des Gartenhauses kauerte Ventress mit dem Gewehr in der Hand hinter einem der Stützbalken.

»Runter, bevor sie noch einmal auf Sie schießen!« Während Sanders sich rückwärts durch den schmalen Zwischenraum zwängte, packte Ventress ihn von hinten an einem Schuh und zog ihn hinein. Dabei verdrehte er ihm mit einer ungeduldigen Bewegung den Fuß.

»Legen Sie sich hin! Mein Gott, Sanders, Sie lassen es wirklich drauf ankommen!«

Sein geflecktes Gesicht näherte sich Sanders, als dieser sich am Rand der Höhlung ausstreckte. Dann beobachtete Ventress wieder den Fluß und die ferne Jacht. Das Feuersteinschloß lag vor ihm; der verzierte Lauf folgte jeder Bewegung draußen, während die Muster des Lichts sich veränderten.

Sanders sah sich in der Höhlung um und fragte sich, ob Thorensen wohl Serena mitgenommen und das Gartenhaus aufgegeben hatte, in der Hoffnung, Ventress dort in die Falle zu locken, oder ob Ventress den Pavillon nach dem Überfall am Morgen in den Straßen von Mont Royal zuerst erreicht hatte. Die hölzernen Bretter über ihnen hatten sich in steinartiges Glas verwandelt, aber die Umrisse der Falltür in der Mitte waren noch zu sehen. Am Boden darunter lag ein Stahlbajonett zwischen einigen von den Rändern der Tür abgeschlagenen Scherben.

Ventress wies auf die Falltür. »Gleich kommen Sie dran. Es ist eine verdammt schwere Arbeit.«

Sanders lehnte sich vor. Er hob seinen Arm und drehte sich um, so daß er den Fluß sehen konnte.

»Ist Serena, Ihre Frau, noch hier?«

Ventress blickte zu den Balken hinauf. »Bald werde ich bei ihr sein; er sah an seinem Gewehrlauf entlang auf das vereiste Gras an den Ufern, bevor er weitersprach. »Sie haben sie also gesehen, Sanders?«

»Nur ganz kurz. Ich sagte Thorensen, er solle sie fortbringen.«

Ventress ließ sein Gewehr liegen und kam zu Sanders hinüber. Er kniete in der Höhlung wie ein leuchtender Maulwurf und blickte Sanders in die Augen. »Erzählen Sie mir von ihr – ich habe sie noch nicht gesehen! Mein Gott!« Er trommelte gegen die Holzbalken und sandte ein dumpfes Echo durch die Plattform.

»Sie . . . es geht ihr gut«, sagte Sanders. »Sie schläft meistens. Aber wie sind Sie hierhergekommen?«

Ventress starrte ihn mit abwesendem Blick an, dann schlich er wieder zu seinem Gewehr. Er winkte Sanders nach vorn und wies auf das Ufer. Einer von Thorensens Leuten lag mit dem Gesicht nach oben im Gras, und die Eisdornen auf seinem kristallisierenden Körper verschmolzen mit dem Gestrüpp.

»Armer Thorensen«, murmelte Ventress. »Sie verlassen ihn einer nach dem anderen. Bald ist er allein.«

Von der Kanone an Bord blitzte es erneut auf; das Boot glitt ein wenig zurück, und die Stahlkugel sauste durch die Luft und schlug in die Bäume neben dem Gartenhaus. Als der Schall über den Fluß hinrollte und die Balkongeländer erschütterte, bemerkte Sanders, daß das Licht in sanften Pulsschlägen seinem Arm entströmte. Die Oberfläche des Flusses geriet in Bewegung und wurde dann langsam wieder ruhig; zugleich schossen karminrote Lichtstrahlen empor.

Kagwa und der Mulatte knieten neben der Kanone, um sie wieder zu laden. Sanders sagte: »Sie schießen schlecht. Aber wenn Serena noch hier ist, warum versuchen sie dann überhaupt, das Gartenhaus zu treffen?«

»Das wollen sie ja gar nicht, mein Bester.« Ventress durchforschte mit den Augen das Gestrüpp an den Ufern, wie um zu verhindern, daß Thorensen während der Artillerieablenkungsmanöver ans Haus heranschlich. Nach einer Weile wurde er anscheinend ruhiger und entspannte sich. »Er hat mit seiner Kanone anderes vor. Durch die Detonationen will er das Eis aufbrechen, bis er sein Boot direkt an das Haus heranfahren und mich hier herausjagen kann.«

Tatsächlich zerrissen in der nächsten Stunde eine Reihe dumpfer Explosionen die stille Luft. Die beiden Neger arbeiteten weiter an der Kanone; in regelmäßigen Abständen von etwa fünf Minuten zuckte ein kurzer Blitz auf, und eine Kugel flog über den Fluß. Die Echos, die vom Ufer und den Bäumen zurückprallten, schlugen leuchtendrote Gassen in die erstarrte Oberfläche.

Gleichzeitig sprühten von Sanders' juwelenbesetztem Arm und Ventress' Anzug jedesmal leuchtende Regenbögen.

»Was tun Sie eigentlich hier, Sanders?« fragte Ventress während einer Pause. Von Thorensen war nichts zu sehen, und Kagwa und der Mulatte arbeiteten ohne Aufsicht. Ventress war wieder zur Falltür zurückgekrochen und bearbeitete sie mit dem Bajonett. Dann und wann hielt er inne, drückte den Kopf an die Plattform und lauschte auf ein Geräusch von oben. »Ich dachte, Sie seien längst fort.«

»Die Frau eines meiner Kollegen aus Fort Isabelle, Suzanne Clair, ist gestern abend in den Wald gelaufen. Es war zum Teil meine Schuld.«

Sanders betrachtete die Kristallhülle an seinem Arm. Jetzt, da er ihr Gewicht nicht mehr herumtragen mußte, fand er ihre Unförmigkeit weniger erschreckend. Obgleich das Kristallgewebe eiskalt war und er Hand und Finger nicht bewegen konnte, schienen die Nerven und Sehnen ein eigenes Leben angenommen zu haben, und sie glühten wie das harte kompakte Licht, das sie aussandten. Nur am Vorderarm, wo er ein Stück der Hülle abgerissen hatte, bemerkte er ein eigentümliches Gefühl, aber es war weniger ein Schmerz als eine Wärmeempfindung, verursacht durch die ausglühenden Kristalle.

Wieder dröhnte ein Schuß. Ventress warf das Bajonett fort und nahm seinen Platz nahe den Stufen ein. Sanders beobachtete die Jacht. Sie lag immer noch an ihrem Ankerplatz an der Flußmündung, aber Kagwa und der Mulatte standen nicht mehr neben der Kanone, sondern waren nach unten gegangen. Offensichtlich hatten sie die letzte Serie abgefeuert. Ventress zeigte mit knochigem Finger auf den schwachen Dampfstreifen am Heck. Die Jacht begann zu wenden. Im Augenblick, als die Kabinenfenster in einem anderen Winkel erschienen, sahen sie einen großen blonden Mann hinter dem Steuerrad.

»Thorensen!« Ventress kroch vorwärts und kauerte sich mit an die Brust gepreßten Knien nieder.

Sanders nahm das Bajonett in die linke Hand. Die Jacht bewegte sich zurück, und der Rauch aus dem Auspuff wehte am Rumpf entlang; dann blieb sie stehen und ging wieder auf geraden Kurs.

Nun stürmte das Boot mit voller Kraft vorwärts; sein Bug hob sich über das stille Wasser hinaus. Ein Zwischenraum von fünfzig Metern trennte es vom Rand der Eiskruste. Als es den Kurs wechselte und auf einen Graben zuhielt, der durch die Kanonenschüsse freigelegt worden war, fiel Sanders wieder ein, wie Thorensen zuvor, als Ventress und er dem Mulatten entkommen waren, die Fahrrinne in der einbrechenden Eisfläche untersucht hatte.

Das Boot fuhr mit zwanzig Knoten auf den Rand des offenen Wassers zu und grub sich durch die dünnen Kristalle wie ein Eisbrecher, der die Schollen auf seinem Weg beiseite schiebt. Nach dreißig Metern nahm die Geschwindigkeit ab. Riesige Blöcke türmten sich über dem Bug auf; die Jacht schwenkte zur Seite und hielt. Auf der Brücke wurde fieberhaft gearbeitet. Die Männer machten sich an den Armaturenbrettern zu schaffen, und Ventress senkte sein Gewehr auf die Kabinenfenster, aber in einer Entfernung von neunzig Metern war die Jacht noch außer Schußweite. Rund um sie her zogen sich riesige Sprünge durch das Eis, und leuchtendrotes Licht verströmte auf der Fläche. Die Bäume am Ufer bebten noch von der Wucht des Aufpralls und schütteten ihren Glanz wie flüssige Blüten von den Zweigen.

Nach einer Weile glitt die Jacht in der gleichen Fahrbahn zurück und blieb nach fünfzig Metern am Eingang des Teiches stehen. Als sie wieder vorwärts fuhr und sich über das freigelegte Wasser hob, zog Ventress die Maschinenpistole, die Sanders durch den Zoll geschmuggelt hatte, aus dem Halfter.

»Nehmen Sie!« Ventress senkte sein Gewehr auf das herankommende Boot und rief Sanders über den Kolben hinweg zu: »Beobachten Sie das Ufer auf Ihrer Seite. Ich behalte Thorensen im Auge!«

Dieses Mal endete der Vorstoß der Jacht noch heftiger. Sie

rammte die schweren Schollen, schob einige der riesigen Kristallblöcke auf die feste Eisdecke und kam mit einer Schlagseite von fünfzig Grad zum Stillstand. Der Motor lief auf hohen Touren. Die Männer an Bord wurden auf den Boden der Kabine geschleudert, und es dauerte ein paar Minuten, bis das Schiff sich aufrichtete und langsam durch die Fahrrinne zurückglitt.

Das nächste Mal kam es langsamer heran; das Vorderschiff lockerte zuerst einmal das Eis und schob dann die Kristallblöcke auseinander.

Sanders kauerte hinter einem der Holzpfeiler, in der Erwartung, daß der Mulatte die Kanone abfeuern würde, bevor die Jacht nahe genug an Ventress herankam. Sie war jetzt nur noch fünfundsiebzig Meter vom Haus entfernt, und ihre Brücke ragte vor ihnen auf. Ventress jedoch schien gefaßt und suchte die Ufer nach Anzeichen eines Überraschungsangriffs ab.

Während das Schiff wieder und wieder in die Kristallmasse hineintrieb, erzitterte der Boden unter dem Gartenhaus. Der Rauch des Auspuffs zog herüber und verpestete die Luft. Das Boot kam jedesmal etwas näher, und sein Bug stieß krachend in weiße Eisblöcke. Schon war die Jacht mit dünnem Reif bedeckt, und der Mulatte schlug die kristallisierenden Kabinenfenster mit einem Gewehrkolben heraus. An der Reling hingen feine Eisdornen. Ventress schob sein Gewehr herum und versuchte einen Schuß auf die Männer in der Kabine abzugeben, aber ihre Köpfe waren hinter den zerbrochenen Fenstern nicht zu sehen. Das Boot schleuderte feuchte Kristallbrocken aus seiner Bahn, und die ersten Stücke glitten bis an die Stufen des Gartenhauses.

»Sanders!« Ventress war halb aufgestanden, so daß man sein Gesicht und seine Brust von drüben sehen konnte. »Sie sitzen fest!«

Dreißig Meter vor ihnen wühlte das zersplitterte Vorderschiff sich durch einen tiefen Riß zwischen zwei Eisblöcken, und die Jacht schwankte hin und her. Der Motor keuchte und wurde leiser, heulte noch einmal auf und verstummte schließlich. Das Schiff lag unbeweglich da, und der feine Reif verwandelte es bereits in ein seltsames Phantasiegebilde. Ein paarmal gab es einen leichten Ruck, als stieße jemand mit einer Ruderstange oder einem Enterhaken durch das Bullauge am Heck.

Ventress hielt sein Gewehr auf die Kabine gerichtet. Drei Meter rechts von ihm saß Sanders, die Maschinenpistole in einer Hand, und sein anderer Arm glühte in eigenem kristallenem Leben. Sie warteten gemeinsam, was Thorensen nun unternehmen würde. Eine halbe Stunde lang lag die Jacht ruhig, und die Reifschicht auf dem Deck wuchs. Spiralwindungen bildeten sich um die Kabinenfenster und verzierten Reling und Bullaugen. Der zerschmetterte Bug ragte wie der Stoßzahn eines erfrorenen Wals empor. Das Kanonenrohr unter der Brücke bedeckte sich mit kunstvollen Ornamenten.

Das Nachmittagslicht verblaßte. Sanders musterte das Ufer auf der rechten Seite, wo die leuchtenden Farben langsam erloschen, während die Sonne hinter den Bäumen im Westen versank.

Da sah er plötzlich zwischen den weißen Grasbüscheln eine langgestreckte Kreatur mit silbrigem Leib am Ufer heraufkriechen. Ventress hockte sich neben ihn und spähte durch das schwache Licht auf die edelsteinbesetzte Schnauze des Tieres und die krummen Vorderbeine in ihrem kristallenen Harnisch.

Das Krokodil kroch mit der uralten Reptilienbewegung heran. Es war fast fünf Meter lang und schien sich mehr mit dem Schwanz als mit den Beinen vorwärts zu schieben. Das linke Vorderbein hing, in eine Kristallschicht gehüllt, starr herab. Während das Tier sich bewegte, strömte das Licht aus seinen glasigen Augen und dem halboffenen, mit Edelsteinen vollgestopften Maul.

Es hielt inne, als witterte es die beiden Männer unter dem Gartenhaus, und glitt dann weiter vorwärts. In einer Entfernung von anderthalb Metern blieb es wieder stehen; die Kinnladen arbeiteten mühsam, und der schwere Körper drückte das Gras nieder. Sanders empfand Mitleid mit diesem Ungeheuer in seiner Rüstung aus Licht, das seine eigene Verwandlung nicht zu begreifen vermochte. Er betrachtete die blanken Augen über dem langsam sich öffnenden Maul. Als die Zähne darin aufblitzten, blickte er direkt in den Lauf eines Gewehrs.

Er unterdrückte einen Schrei, senkte den Kopf und kroch von dem Stützbalken fort. Als er wieder aufblickte, kam der Gewehrlauf aus dem Maul des Krokodils unter der Zahnreihe hervor, und eine Kugel schlug in den Schatten des Balkens.

Sanders schob die Maschinenpistole auf seinen kristallenen Arm und feuerte auf den Kopf des Krokodils. Es wandte sich ein wenig zur Seite, und der Gewehrlauf richtete sich auf ihn. In der edelsteinbesetzten Haut sah Sanders die Ellbogen eines Mannes, der am Boden kauerte. Sanders feuerte noch einmal auf Rachen und Bauch des Tieres. Jetzt schnellte es wie elektrisiert auf den Hinterbeinen empor und stand gleich einem juwelenbedeckten Saurier da. Dann fiel es zur Seite, so daß der Riß sichtbar wurde, der von der unteren Kinnlade bis zum Bauch reichte. Drinnen lag festgeschnallt der Mulatte, das Gesicht nach oben gewendet; auf seine dunkle Haut fiel das Licht des kristallenen Schiffes, das wie ein Gespenst hinter ihm aufragte.

Am gegenüberliegenden Ufer wurden eilige Schritte hörbar. Ventress stützte sich auf ein Knie und gab Feuer. Ein schriller Schrei, und die halb mit Verbandzeug bedeckte Gestalt Kagwas stürzte zehn Meter vor dem Gartenhaus ins Gras. Er richtete sich jedoch wieder auf und stolperte weiter, offensichtlich ohne zu wissen, was er tat. Einen Augenblick lang ließ das letzte Tageslicht seine schwarze Haut ebenso weiß erscheinen wie Ventress'. Der zweite Schuß traf ihn in die Brust und streckte ihn am Ufer nieder. Dort blieb er am Rande der Schatten liegen.

Sanders wartete in der Höhlung, während Ventress sein Gewehr lud und nach den beiden leblosen Körpern hinübersah. Ein paar Minuten lang herrschte Stille, dann berührte er Sanders mit seinem Gewehr an der Schulter. »Okay, Doktor.« Sanders blickte in sein ausdrucksloses Gesicht. »Was soll das heißen?«

»Sie müssen jetzt gehen. Thorensen und ich sind allein.«

Als Sanders sich widerstrebend aufrichtete, da er fürchtete, sich der Gefahr auszusetzen, sagte Ventress: »Thorensen wird das verstehen. Verlassen Sie den Wald, Sanders, Sie sind noch nicht bereit, hierzubleiben.« Ventress' Anzug war mit funkelnden Kristallschuppen besetzt.

Sanders verabschiedete sich von ihm. Draußen begann das weiße Schiff mit der zerrissenen Eisfläche des Flusses zusammenzuwachsen. Als er am Ufer entlang vom Gartenhaus fortging, die drei Toten hinter sich, von denen einer noch in seiner Krokodilshaut lag, war von Thorensen nichts zu sehen. Hundert Meter vom Haus entfernt, dort, wo der Fluß einen Bogen machte, blickte er sich um, aber Ventress war unter seiner Plattform verborgen. Über ihm in den vereisten Fenstern schimmerte das fahle Licht einer Laterne.

Kurz vor Abend endlich, als das verdunkelnde Rubinrot der Dämmerung sich über den Wald hinabsenkte, fand Sanders eine kleine Lichtung, auf der tiefe Orgelklänge zwischen den Bäumen widerhallten. In der Mitte stand eine kleine Kirche, deren dünne Turmspitze mit den Zweigen der Bäume ringsumher verknüpft war.

Sanders hob seinen glitzernden Arm, um die Eichentür zu beleuchten, stieß sie zurück und trat ein. Über ihm floß glänzendes Licht herab, das die bunten Glasfenster zurückstrahlten. Sanders lehnte sich an das Gitter vor dem Altar und streckte seinen Arm dem goldenen, mit Rubinen und Smaragden besetzten Kreuz entgegen. Sofort glitt die Hülle herab und begann sich aufzulösen wie ein schmelzender Ärmel aus Eis. Während die Kristalle zergingen, strömte das Licht aus seinem Arm wie aus einem überfließenden Brunnen.

An der Orgel saß Pater Balthus; er wandte den Kopf und beobachtete Sanders, während seine dünnen Finger aus den Orgelpfeifen ununterbrochen Töne hervorlockten, die durch die bunten Scheiben hinauszogen, der fernen, zerstückelten Sonne zu.

13 Sarabande der Aussätzigen

Die nächsten Tage verbrachte Sanders bei Balthus. In dieser Zeit schmolzen die letzten Kristalldornen auf seinem Arm. Er kniete den ganzen Tag lang neben der Orgel und bearbeitete die Pedale mit seinem schimmernden Arm. Sowie die Kristalle sich auflösten, tropfte das Blut aus der Wunde, die er sich ins Fleisch gerissen hatte, und rann über die blassen Prismen der entblößten Gewebe.

In der Dämmerung, wenn die Sonne in tausend Fragmenten in die Nacht des westlichen Horizontes hinabsank, verließ Pater Balthus die Orgel, stellte sich unter das Portal und sah zu den gespenstischen Bäumen hinauf. Sein schmales Gelehrtengesicht und die ruhigen Augen, deren Gleichgewicht durch die nervösen Bewegungen seiner Hände widerlegt wurde wie die falsche Ruhe eines Menschen, der sich von einem Fieberanfall erholt, waren unaufhörlich auf Sanders gerichtet, während sie beide auf einer Fußbank neben dem Altar ihr bescheidenes Abendessen einnahmen, geschützt durch die lebenerhaltende Luft in der Nähe der Juwelen des Kreuzes.

Dieses Emblem war ein gemeinsames Geschenk der Grubengesellschaften, und der riesige, mindestens anderthalb Meter lange Querbalken trug seine Edelsteinlast ebenso wie die Zweige der kristallenen Bäume im Wald die ihre. In Reihen angeordnete Smaragde und Rubine, zwischen denen die kleineren Diamanten von Mont Royal sternartige Muster bildeten, bedeckten den Balken von einem Ende zum anderen. Die Juwelen sandten einen so scharfen Glanz aus, daß die Steine scheinbar miteinander verschmolzen und ein kreuzförmiges Spektrum formten.

Zuerst dachte Sanders, Balthus betrachte sein Überleben als einen Beweis für den Beistand des Allmächtigen; und er heuchelte eine gewisse Dankbarkeit. Aber darüber lächelte Balthus nur vieldeutig. Warum er in die Kirche zurückgekehrt war, ließ sich nur ahnen. Sie war inzwischen von allen Seiten von Kristallgittern umgeben und wie überragt von einem ungeheuren Gletschertor.

Von der Tür der Kanzel aus konnte Sanders die Nebengebäude der Eingeborenenschule und den Schlafsaal sehen, die Max Clair ihm beschrieben hatte – vermutlich das Heim der herumziehenden Leprakranken, die von ihrem Priester verlassen worden waren. Sanders erwähnte, daß er den Aussätzigen begegnet war, aber Balthus schien sich für die ehemaligen Mitglieder seiner Gemeinde und ihr jetziges Schicksal nicht zu interessieren. Selbst Sanders' Gegenwart änderte kaum etwas an seiner Isolierung. Ganz mit sich selbst beschäftigt, saß er stundenlang an der Orgel oder wanderte zwischen den leeren Kirchenstühlen umher.

Eines Morgens fand Balthus eine blinde Riesenschlange, die suchend am Tor der Vorhalle herumkroch. Ihre Augen waren zu riesigen Juwelen erstarrt, die wie Kronen über ihrem Kopf aufragten. Balthus kniete nieder und rollte ihren langen Leib um seine Arme. Er trug sie durch das Seitenschiff zum Altar und hielt sie zum Kreuz empor. Als ihr Augenlicht wiederkehrte und sie durch die Kirche davonglitt, sah er ihr mit seltsam verzerrtem Lächeln nach.

Am dritten Tag erwachte Sanders frühmorgens und sah, wie Balthus allein die Eucharistie zelebrierte. Sanders lag auf einem Kirchenstuhl, den er an das Gitter vor dem Altar geschoben hatte, und beobachtete den Priester, ohne sich zu rühren; Balthus hielt jedoch inne, ging fort und legte seinen Talar ab.

Während des Frühstücks sagte er: »Sie fragen sich gewiß, was ich da tat. Mir schien der Augenblick gekommen, um zu prüfen, ob das Sakrament noch etwas taugt.«

Er zeigte auf das prismatische Licht, das durch die bunten Glasfenster hereinfiel. Die ursprünglichen Bibelszenen hatten sich in Bilder von verwirrender, abstrakter Schönheit verwandelt, auf denen Bruchstücke von den Gesichtern Jesu, Marias und Josephs und der Jünger vor dem flüssigen Ultramarin des im Glas sich spiegelnden Himmels schwebten.

»Es klingt vielleicht ketzerisch, wenn ich das sage, aber der Leib

Jesu ist hier drin überall um uns . . .« Er berührte die dünne Kristallschicht auf Sanders' Arm. »In jedem Prisma und Regenbogen, in den zehntausend Facetten der Sonne.« Er hob seine mageren Hände, die im Licht schimmerten. »Sehen Sie, daher fürchte ich, daß die Kirche ebenso wie ihr Symbol« – er zeigte auf das Kreuz – »ihre Funktion überlebt hat.«

Sanders suchte nach einer Antwort. »Es tut mir leid. Wenn Sie von hier fortgingen, würden Sie sicher . . .«

»Nein!« entgegnete Balthus hartnäckig, gereizt durch Sanders' Begriffsstutzigkeit. »Verstehen Sie denn nicht? Ich war einmal ein echter Abtrünniger – ich wußte, daß Gott existierte, aber ich konnte nicht an ihn glauben.« Er lachte bitter vor sich hin. »Jetzt haben die Ereignisse mich überholt. Für einen Priester gibt es keine größere Krise, als Gott zu verleugnen, wenn man sehen kann, daß er in jedem Blatt und in jeder Blume gegenwärtig ist.«

Er führte Sanders durch das Kirchenschiff in die offene Vorhalle. Dort wies er auf das kuppelförmige Netzwerk der kristallenen Balken, die wie Strebepfeiler eines riesigen Gewölbes aus Diamanten und Glas bis an die Kirche heranreichten. Hier und dort waren die fast reglosen Formen von Vögeln mit ausgestreckten Flügeln eingebettet, Golddrosseln und scharlachrote Makaos, von strahlenden Lichtringen umgeben. Die Farbstreifen setzten sich durch den Wald fort, und der Widerschein des schmelzenden Gefieders hüllte die Vögel in unzählige konzentrische Muster ein. Die Lichtbögen standen in der Luft wie Votivfenster einer Kathedrale. Ringsumher sah Sanders kleinere Vögel, Schmetterlinge und Insekten, die ihren kreuzförmigen Strahlenkranz zur Krönung des Waldes beitrugen.

Pater Balthus nahm Sanders' Arm. »In diesem Wald erleben wir die letzte Zelebration des eucharistischen Leibes Jesu. Hier wird in der endgültigen Vereinigung von Zeit und Raum alles verklärt und zusammengefügt.«

Nachdem sie eine Weile mit dem Rücken zum Altar nebeneinander gestanden hatten, schien seine Zuversicht ihn zu verlassen. Starker Frost drang in die Kirche ein und verwandelte das Schiff in einen dunklen Tunnel von Glaspfeilern. Mit panischer Angst sah Balthus, wie die Orgeltasten zusammenwuchsen und miteinander verschmolzen, und Sanders spürte, daß er nach einem Ausweg suchte.

Schließlich raffte er sich auf. Er packte das Kreuz auf dem Altar und riß es von seinem Ständer. Mit plötzlicher Wut, die einer tiefen Überzeugung entsprang, drückte er Sanders das Kreuz in die Arme. Er drängte ihn zur Tür und schob ihn in eines der sich langsam verengenden Gewölbe, durch das sie den fernen Fluß sehen konnten.

»Gehen Sie! Versuchen Sie, hier herauszukommen! Gehen Sie zum Fluß!«

Als Sanders zögerte und sich bemühte, das schwere Zepter mit seinem verbundenen Arm zu stützen, schrie Balthus ihn ungestüm an: »Sagen Sie den Leuten, ich hätte Ihnen befohlen, es zu nehmen!«

Zuletzt sah Sanders noch, wie er in der gleichen Haltung wie die schimmernden Vögel dastand und die Arme den näher rückenden Wänden entgegenstreckte; seine Augen blickten erleichtert auf die ersten Lichtkreise, die seine erhobenen Handflächen hervorzauberten.

Der Kristallisationsprozeß des Waldes war nun fast abgeschlossen. Nur mit Hilfe der Juwelen am Kreuz konnte Sanders sich seinen Weg durch die Gewölbe zwischen den Bäumen bahnen. Er hielt den Schaft in den Händen, bewegte den Querbalken an den Gittern entlang, die überall wie Gewebe aus Eis hingen, und ließ die weniger dicken Kristallschichten im Licht schmelzen. Wenn sie vor ihm zu Boden glitten, schritt er durch die Öffnung und zog das Kreuz hinter sich her.

Als er den Fluß erreichte, suchte er die Brücke, die er entdeckt hatte, als er zum zweiten Mal den Wald betreten hatte, aber die prismatische Fläche dehnte sich in weitem Bogen aus, und ihr Glanz überstrahlte die wenigen Merkzeichen, die er sonst hätte erkennen können. Über den Ufern glühte das Laub wie bemalter Schnee, und die einzige Bewegung entstand durch den langsamen Durchbruch der Sonne. Hier und da erwies sich ein trüberer Fleck als das leuchtende Gespenst eines Leichters oder eines Flußbootes; außer diesen hatte kein Gegenstand auch nur eine Spur seiner früheren Identität bewahrt.

Sanders folgte dem Ufer und umging die Sprünge in der Oberfläche und die hüfthohen Nadeln, die auf den oberen Hängen zusammengewachsen waren. Er kam an die Mündung eines kleinen Baches und schritt an ihm entlang, denn er war zu müde, um über die vereisten Wasserfälle zu klettern. Obwohl er sich in den drei Tagen bei Pater Balthus genügend erholt hatte und wußte, daß es einen Weg aus dem Wald hinaus geben mußte, erweckte die absolute Stille in den Pflanzen am Ufer und der tiefe prismatische Schimmer fast den Eindruck, als sei die ganze Erde verwandelt und jedes Weitergehen durch diese kristallene Welt sinnlos geworden. Kurz darauf entdeckte er jedoch, daß er nicht allein im Wald war. Wo immer das Dach der Bäume über ihm den Himmel freigab, am Bachufer oder an den kleinen Lichtungen, kam er an den halb kristallisierten Körpern von Männern und Frauen vorbei, die an Baumstämmen gleichsam festgeschmiedet waren und zur zerbrochenen Sonne emporsahen. Meist waren es ältere Paare; sie saßen nebeneinander, und ihre Körper wurden allmählich eins und verschmolzen mit den Bäumen und dem juwelenbesetzten Gestrüpp. Der einzige junge Mann, ein Soldat in Felduniform, saß auf einem Baumstamm am Bachrand. Auf seinem Helm wuchs ein gewaltiger Kristallpanzer, der sein Gesicht und seine Schultern umschloß.

Weiter unten führte ein tiefer Sprung durch die Eisfläche. Auf dem Grund floß eine dünne Wasserrinne und umspülte die Beine von drei Soldaten, die gewiß an dieser Stelle den Bach hatten durchwaten wollen und nun in seinen Kristallwänden einbalsamiert lagen. Dann und wann rührten sich ihre Beine langsam, als wollten die in Hüfthöhe aneinandergefesselten Männer nun ewig durch die Kristallgletscher marschieren, die Gesichter im Lichtschimmer verloren.

Fern im Wald bemerkte Sanders eine Bewegung und hörte Stimmen. Er eilte weiter, das schwere Kreuz an die Brust gedrückt. Fünfzig Meter vor ihm, auf einer Lichtung zwischen zwei Baumgruppen, lief eine Schar von Leuten, wie Harlekins gekleidet, tanzend und einander zurufend durch den Wald. Sanders holte sie ein, blieb am Rande der Lichtung stehen und versuchte die dunkelhäutigen Männer und Frauen aller Altersstufen zu zählen; einige führten kleine Kinder mit sich, die die Sarabande graziös mittanzten. Sie zogen in lockerer Prozession vorbei; ab und zu lösten sich kleinere Gruppen von dem Zug und tanzten um einzelne Büsche und Bäume. Es waren weit über hundert, und sie wanderten offensichtlich ziellos durch den Wald. Arme, Beine und Gesichter waren mit einer Kristallschicht bedeckt, und die schmutzfarbenen Lendentücher überzogen sich bereits mit Reif und Juwelen.

Als Sanders neben seinem Kreuz stehenblieb, kam eine kleine Gruppe hüpfend und springend zu ihm herüber; sie tollten um ihn herum wie Neuankömmlinge im Paradies, die dem Erzengel vom Dienst ein Ständchen bringen. Ein alter Mann mit entstelltem, lichtüberströmtem Gesicht ging an Sanders vorbei und zeigte ihm seine Hände ohne Finger; von den verkrüppelten Gelenken floß Juwelenglanz. Dann tanzten die Leute auf ihren verkrüppelten Beinen fort, Kinder an der Hand und in den Gesichtern seltsame Regenbögen.

Nachdem sie sich entfernt hatten, ging Sanders ihnen nach und schleppte das Kreuz in beiden Händen. Zwischen den Bäumen sah er noch den Prozessionszug, aber die Aussätzigen verschwanden ebenso rasch, wie sie aufgetaucht waren, als drängte es sie, sich mit jedem Baum und Busch ihres neuentdeckten Paradieses vertraut zu machen. Dann jedoch wandte sich die ganze Schar aus keinem ersichtlichen Grund um und kam wieder auf ihn zu, als freute es sie, einen letzten Blick auf Sanders und sein Kreuz zu werfen. Während sie vorbeigingen, sah Sanders an ihrer Spitze eine hochgewachsene Frau in dunklem Gewand; sie rief den anderen mit klarer Stimme etwas zu. Ihr bleiches Gesicht und die Arme schimmerten bereits wie die Kristalle des Waldes. Als sie sich umdrehte und zurückblickte, schrie Sanders über die auf- und abtanzenden Köpfe hinweg: »Suzanne!

Suzanne! Hier!«

Aber die Frau und der übrige Trupp verloren sich bereits wieder unter den Bäumen. Sanders, der ihnen nachhumpelte, fand Überreste ihrer armseligen Habe am Boden – zerfetzte Schuhe, zerbrochene Körbe und Bettelschalen, in denen die wenigen Reiskörner schon am verglasten Boden festgewachsen waren.

Einmal stieß Sanders an den kristallisierenden Körper eines kleinen Kindes, das hinter den anderen zurückgeblieben war. Es hatte sich niedergelegt, um sich auszuruhen, und war am Boden festgefroren. Sanders horchte auf die verhallenden Stimmen des Trupps, bei dem sich auch die Eltern des Kindes befinden mußten. Dann senkte er das Kreuz und wartete, bis die Kristalle an den Armen und Beinen des Kindes sich auflösten. Es streckte die befreiten, verstümmelten Hände in die Luft, sprang mit einem Satz auf die Füße und lief unter den Bäumen davon. Kopf und Schultern strömten schmelzendes Licht aus.

Sanders folgte noch immer dem Zug, der sich in der Ferne verloren hatte, als er plötzlich vor dem Gartenhaus stand, in dem Thorensen und Serena Ventress Unterschlupf gesucht hatten. Inzwischen war die Dämmerung hereingebrochen, und die Juwelen des Kreuzes blinkten schwach im schwindenden Licht. Das Kreuz hatte bereits viel von seiner Kraft eingebüßt, und die meisten kleineren Diamanten und Rubine waren erloschen; zurück blieben kleine Klumpen von Kohlenstoff und Korund. Nur die großen Smaragde warfen noch Licht auf das weiße Massiv von Thorensens Jacht, die in der Eisspalte vor dem Herrenhaus stak.

Sanders ging am Ufer entlang, vorbei an der kristallenen Leiche des Mulatten in der Krokodilshaut. Der halb weiße, halb schwarze Mann und das juwelenbesetzte Tier waren nun ganz miteinander verschmolzen, aber die Umrisse des einen schimmerten noch durch die Gewebe des anderen hindurch, und das Gesicht des Mulatten leuchtete hinter den Kinnladen und den Augen des mächtigen Krokodils.

Die Tür des Gartenhauses stand offen. Sanders stieg die Stufen hinauf und trat ins Zimmer. Er blickte auf das Bett nieder, in dessen eisbedeckten Tiefen wie schlafende Schwimmer am Grunde eines verzauberten Teiches Serena und der Grubenbesitzer nebeneinanderlagen. Thorensens Augen waren geschlossen; die zarten Blütenblätter einer blutroten Rose wuchsen aus einem Loch in seiner Brust wie eine erlesene Meerespflanze. Serena schlief ruhig neben ihm; die unsichtbare Bewegung ihres Herzens umhüllte ihren Körper mit einem bernsteinfarbenen Schimmer, einer letzten schwachen Spur des Lebens. Thorensen war gestorben, um sie zu retten, sie aber lebte in ihrem halbtoten Zustand weiter.

Hinter Sander glitzerte etwas in der Dämmerung. Er drehte sich um und sah eine funkelnde Schimäre, einen Mann mit glühenden Armen und leuchtender Brust, der zwischen den Bäumen dahinlief, während hinter ihm in der Luft Kaskaden kleiner Kristallteilchen sprühten. Sanders verbarg sich rasch hinter dem Kreuz, aber der Mann stürzte unter den kristallenen Gewölben fort und verschwand. Als seine helle Lichtspur verblaßte, hörte Sanders noch seine Stimme, die durch die eisige Luft hallte, klagende Worte, funkelnd und mit Edelsteinen verziert, wie alles in dieser verwandelten Welt.

»Serena . . .! Serena!«

14 Die prismatische Sonne

Zwei Monate später, als er seinen Brief an Dr. Paul Derain, den Leiter des Leprakrankenhauses von Fort Isabelle, in der Stille seines Hotelzimmers von Port Matarre abschloß, schrieb er:

»... In diesem leeren Hotel ist es kaum zu fassen, daß die seltsamen Geschehnisse in jener Phantasmagorie eines Waldes sich jemals zugetragen haben. Dabei befinde ich mich kaum mehr als sechzig Kilometer im Krähenflug, wie wir Engländer sagen (oder vielleicht besser: im Greifenflug?), vom Gebiet des Kernpunkts südlich von Mont Royal entfernt, und wenn ich etwas brauche, um mich an das Vergangene zu erinnern, so genügt die kaum verheilte Wunde an meinem Arm. Der Barkeeper unten – ich bin froh, daß er wenigstens noch auf seinem Posten ist, denn fast alle anderen sind fort – sagt, der Wald rücke jetzt etwa vierhundert Meter täglich vor. Einer der Journalisten, der das Gebiet besuchte und mit Louise sprach, behauptet, bei diesem Tempo würde innerhalb der nächsten zehn Jahre mindestens ein Drittel der Erdoberfläche befallen sein, und zahllose Weltstädte würden unter den Kristallschichten begraben liegen, ebenso wie jetzt Miami. Du hast gewiß Berichte über jenen verlassenen Badeort gelesen, die Stadt der tausend Kathedralen – eine Vision des Johannes, die da Gestalt angenommen hat.

Um die Wahrheit zu sagen, beunruhigt mich diese Prognose kaum. Wie ich Dir bereits schrieb, Paul, ist mir jetzt klar, daß die Ursachen nicht allein physischer Natur sind. Als ich zwei Tage nachdem ich das hilflose Gespenst gesehen hatte, das einst Ventress gewesen war, mit dem goldenen Kreuz in meinen Armen sieben Kilometer hinter Mont Royal aus dem Wald heraus in einen Militärkordon hineinstolperte, war ich entschlossen, das Gebiet nie wieder zu betreten. Es entsprach ganz jener lächerlichen Umkehrungen der Logik, daß ich nicht etwa als Held begeistert begrüßt, sondern am Militärgerichtshof einem Schnellverfahren unterzogen und der Plünderung bezichtigt wurde. Die Juwelen – das großzügige Geschenk der Grubengesellschaften – waren offensichtlich von dem goldenen Kreuz gestohlen worden, und umsonst wandte ich ein, daß die verschwundenen Steine mir das Leben gerettet hatten. Nur dank Max Clair und Louise Peret, die sich für mich einsetzten, wurde ich befreit. Auf unsere Anregung hin schickte man eine mit juwelenbesetzten Kreuzen ausgerüstete Patrouille in den Wald, um Suzanne und Ventress zu suchen; sie mußte jedoch aufgeben.

Aber gleichgültig, was ich damals fühlte, jetzt weiß ich, daß ich eines Tages in den Wald von Mont Royal zurückkehren werde. Jede Nacht zieht die zerbrochene Scheibe des Echo-Satelliten über uns dahin und erhellt den mitternächtlichen Himmel. Und ich bin überzeugt, daß auch die Sonne bereits beginnt, Kristalle anzusetzen. Beim Sonnenuntergang, wenn ihre Scheibe von karmesinrotem Staub verschleiert ist, sieht es aus, als sei sie von einem Netzwerk überzogen, einem riesigen Fallgatter, das sich eines Tages bis zu den Planeten und Sternen ausbreiten und sie in ihrem Lauf aufhalten wird.

Wie das Beispiel des tapferen abtrünnigen Priesters zeigt, der mir das Kreuz gab, finden wir in diesem erfrorenen Wald jedoch unendliche Belohnung. Dort vollzieht sich die Verwandlung aller belebten und unbelebten Formen vor unseren Augen. Wenn wir unsere eigene physische und zeitgebundene Identität aufgeben, wird uns dafür die Unsterblichkeit zuteil. So ketzerisch wir in dieser Welt sein mögen – dort werden wir von selbst zu Aposteln der prismatischen Sonne.

Sobald ich vollständig genesen bin, will ich also mit einer der wissenschaftlichen Forschungsgruppen, die hier durchreisen, nach Mont Royal zurückkehren. Es wird hoffentlich nicht allzu schwer sein, meine Flucht zu ermöglichen, und dann will ich jene einsame Kirche in der verzauberten Welt wiedersehen, wo am Tage phantastische Vögel durch den erstarrten Wald fliegen und edelsteinbesetzte Krokodile wie heraldische Salamander an den Ufern der kristallenen Flüsse glitzern und wo nachts der leuchtende Mann unter den Bäumen dahinjagt, die Arme wie goldene Wagenräder und der Kopf wie eine gespenstische Krone . . .«

Als Louise Peret eintrat, legte Sanders die Feder weg, faltete den Brief und schob ihn in einen alten Umschlag von Derain, der ihm geschrieben hatte, um sich nach seinen weiteren Plänen zu erkundigen.

Louise ging zum Schreibtisch am Fenster und legte eine Hand auf Sanders' Schulter. Sie trug ein adrettes weißes Kleid, das die Dunkelheit von Port Matarre noch stärker betonte. Obwohl nur wenige Kilometer weiter der Wald sich veränderte, bewahrten hier an der Flußmündung die Pflanzen ihre düstere Färbung trotz der Lichtstäubchen, die in dem Laub aufblitzten und bereits die bevorstehende Kristallisierung ankündigten.

»Schreibst du immer noch an Derain?« fragte sie. »Das wird aber ein langer Brief.«

»Ich habe auch viel zu sagen.« Sanders lehnte sich zurück und ergriff ihre Hand, während er auf die menschenleeren Arkaden hinausblickte. Einige Militärlandungsboote waren an der Polizeimole vertäut, und dahinter wand sich der dunkle Fluß landeinwärts. Der Hauptstützpunkt befand sich jetzt auf einer der großen regierungseigenen Plantagen, zehn Meilen weiter am Fluß. Dort hatte man ein Rollfeld angelegt, und Hunderte von Wissenschaftlern und Technikern – ganz abgesehen von den Journalisten –, die immer noch versuchten, eine Erklärung für den vordringenden Wald zu finden, wurden direkt hereingeflogen, ohne Port Matarre zu berühren.

So war die Stadt am Flußufer wieder fast verlassen. Der Eingeborenenmarkt war geschlossen; der Wald mit seiner eigenen überreichlichen Produktion hatte die Budenbesitzer mit ihren kristallenen Schmuckgegenständen aus dem Geschäft verdrängt. Dann und wann jedoch sah Sanders noch einen einsamen Bettler, der sich um die Baracken der Polizeipräfektur herumtrieb. Eine alte Decke in seinem Korb verbarg irgendein groteskes Opfergeschenk an den Wald – einen kristallisierten Papagei oder Flußkarpfen und einmal Kopf und Oberkörper eines Babys.

»Du kündigst also?« fragte Louise. »Ich finde, du solltest dir das noch überlegen . . . wir sprachen doch . . .«

»Meine Liebe, man kann nicht ewig hin und her überlegen. Irgendwann muß man eine Entscheidung treffen.« Sanders zog den Brief aus seiner Tasche und schob ihn über den Schreibtisch. Um Louise nicht zu verletzen, die seit seiner Rettung bei ihm im Hotel geblieben war, sagte er: »Ich habe mich noch nicht fest entschlossen – ich schreibe den Brief nur, um mir über die Dinge klarzuwerden.«

Louise nickte. Sanders bemerkte, daß sie wieder ihre Sonnenbrille trug, womit sie unbewußt ihre persönliche Entscheidung über Sanders und seine Zukunft und über ihre unvermeidliche Trennung kundtat. Aber solche geringfügigen Unaufrichtigkeiten waren nur der Preis für ihre gegenseitige Toleranz.

»Hat die Polizei irgendwelche Nachrichten von Anderson?« fragte Sanders. Während der ersten vier Wochen war Louise jeden Morgen zur Präfektur gegangen, in der Hoffnung, etwas von ihrem verschwundenen Kollegen zu erfahren, zum Teil, wie Sanders vermutete, um ihren verlängerten Aufenthalt im Hotel zu rechtfertigen. Daß sie jetzt auf diese Beschwichtigung ihres Gewissens verzichten konnte, bewies, daß sie andere Vorkehrungen getroffen hatte. »Vielleicht haben sie ja etwas gehört. Man weiß nie. Bist du nicht mehr hingegangen?«

»Nein. Jetzt betritt fast niemand mehr die Zone.« Louise zuckte die Achseln. »Aber ich sollte es wohl doch versuchen.«

»Natürlich.« Sanders stand auf, stützte sich auf seinen verletzten Arm und zog sein Jackett an.

»Wie geht es deinem Arm?« fragte Louise. »Er scheint jetzt in Ordnung zu sein.«

Sanders betastete den Ellbogen. »Ich glaube, er ist verheilt. Es war sehr lieb von dir, daß du dich so um mich gekümmert hast, Louise. Das weißt du auch.«

Sie blickte ihn hinter ihrer Sonnenbrille an. Ein kurzes, zärtliches Lächeln erschien auf ihren Lippen. »Was konnte ich sonst tun?« Sie lachte und ging zur Tür. »Ich muß auf mein Zimmer gehen und mich umziehen. Viel Spaß beim Spaziergang.«

Sanders folgte ihr bis an die Tür und hielt einen Augenblick lang ihren Arm. Nachdem sie gegangen war, blieb er an der Tür stehen und horchte auf die wenigen Geräusche in dem fast leeren Hotel.

Er setzte sich wieder an den Schreibtisch und las seinen Brief an Derain noch einmal durch. Er wußte, daß er Louise den Entschluß, ihn zu verlassen, kaum zum Vorwurf machen konnte. Er hatte sie fast dazu herausgefordert, nicht so sehr durch sein Verhalten in Port Matarre, sondern einfach, weil er nicht richtig da war; sein wahres Ich durchstreifte weiter die Wälder von Mont Royal. Während seiner Reise flußabwärts mit Louise und Max Clair im Ambulanzboot und während seiner anschließenden Genesung in Port Matarre kam er sich vor wie eine leere Projektion eines Ich, das immer noch mit dem juwelenbesetzten Kreuz in den Armen quer durch den Wald wanderte und wie eine Gottheit am Schöpfungstag daherkam, um verlorene Kinder zum Leben zu erwecken. Louise wußte nichts davon und vermutete, daß er weiter nach Suzanne suchte.

Es klopfte, und Max Clair trat ein. Er grüßte Sanders und stellte seine Arzttasche auf einem Stuhl ab. Seit seiner Ankunft in Port Matarre hatte er in der von den Jesuitenpatres geleiteten Klinik geholfen. Diese hatten mehrmals versucht, Sanders zu sprechen, vermutlich, um ihn über Pater Balthus' Selbstopferung im Walde zu befragen. Offenbar hegten sie den Verdacht, daß es dem Priester dabei in Wirklichkeit nicht um seine Gemeinde zu tun war.

»Guten Morgen, Edward. Ich hoffe, ich störe deine heutigen Meditationen nicht?«

»Ich bin fertig.« Als Max auf die halboffene Tür des Badezimmers sah, sagte Sanders: »Louise ist oben. Nun, was gibt's Neues?«

»Keine Ahnung – ich habe nicht die Zeit, am Polizeirevier herumzustehen. Wir haben viel Arbeit in der Klinik. Sie kommen jetzt aus jeder Hecke und aus jedem Seitenweg.«

»Was kannst du anderes erwarten – jetzt ist ein Arzt da.« Sanders schüttelte den Kopf. »Bring einen Arzt an einen Ort wie Port Matarre, und sofort entsteht ein unlösbares Gesundheitsproblem.«

»Nun . . .« Max sah Sanders über die Brille hinweg an, denn er war nicht ganz sicher, wie ernst das gemeint war. »Das weiß ich nicht. Wir haben jedenfalls zu tun, Edward. Wir haben sogar gedacht – die Patres vor allem –, du könntest uns jetzt, da dein Arm besser ist, ein bißchen helfen. Am Anfang vielleicht nur ein paar Stunden am Vormittag. Die Patres wären dir sehr dankbar.«

»Das glaube ich wohl.« Sanders blickte zum fernen Wald hinüber. »Ich würde dir natürlich gerne helfen, Max. Aber zufällig bin ich gerade selbst sehr beschäftigt.«

»Das stimmt doch gar nicht. Du sitzt nur den ganzen Tag hier herum, Edward. Schau, es ist meist Routinearbeit, nichts, was deinen Geist von höheren Dingen ablenken würde. Ein paar Geburten, Pellagra . . .« Und er fügte ruhig hinzu: »Gestern kamen zwei Leprafälle hinzu . . . ich dachte, das würde dich interessieren.«

Sanders drehte sich um und musterte Max' Gesicht mit den glänzenden kurzsichtigen Augen unter der gewölbten Stirn. Die letzte Bemerkung mochte eine Spur Arglist enthalten, aber das ließ sich schwer nachweisen. Eine Zeitlang hatte Sanders den Verdacht gehabt, Max habe immer gewußt, daß Suzanne in den Wald davonlaufen würde, nachdem sie Sanders gesehen hatte, und daß seine sinnlose Suche in den Siedlungen auf den Hügeln nur ein Mittel gewesen sei, um sich davon zu überzeugen, daß niemand sie aufhielt. Während sie in Port Matarre wohnten, sprach Max selten von Suzanne, obwohl sie gewiß inzwischen irgendwo im Wald zu einem Eiszapfen erstarrt war. Aber Max' letzte Bemerkung von den Aussätzigen – wenn sie nicht bezweckte, ihn in den Wald zu schicken – ließ vermuten, daß Max in der Tat keine Ahnung davon hatte, welche Bedeutung der Wald für Suzanne und Sanders hatte, und daß sie beide die einzige endgültige Lösung für ihre innere Unausgewogenheit, ihre Neigung zur dunklen Seite der Tagundnachtgleiche, in jener kristallenen Welt finden konnten.

»Zwei Leprafälle? Das interessiert mich nicht im geringsten.« Bevor Max reden konnte, fuhr Sanders fort: »Ehrlich gesagt,

Max, ich bin nicht sicher, ob ich überhaupt noch dazu tauge, euch zu helfen.«

»Was? Natürlich bist du . . .«

»Im eigentlichen Sinne. Mir scheint, Max, daß der ganze Beruf des Mediziners möglicherweise überflüssig geworden ist. Ich glaube nicht, daß die Unterscheidung zwischen Leben und Tod jetzt noch viel Bedeutung hat. Anstatt jene Patienten heilen zu wollen, solltest du sie lieber in ein Boot setzen und den Fluß hinauf nach Mont Royal schicken.«

Max stand auf. Er machte eine hilflose Geste und sagte dann aufmunternd: »Ich komme morgen wieder. Paß gut auf dich auf.«

Nachdem er fortgegangen war, schrieb Sanders seinen Brief zu Ende, fügte Abschiedsgrüße hinzu und steckte ihn in einen neuen Umschlag, den er adressierte und an das Tintenfaß lehnte. Dann nahm er sein Scheckbuch heraus, unterzeichnete einen der Schecks und verschloß ihn in einem anderen Umschlag, auf den er Louises Namen schrieb.

Als er aufstand und sein Jackett zuknöpfte, erblickte er Louise und Max, die sich auf der Straße vor dem Hotel unterhielten. Seit einiger Zeit hatte er sie öfter zusammen gesehen, im Foyer des Hotels oder an der Tür des Restaurants. Er wartete, bis sie ihr Gespräch beendet hatten, und ging dann ins Foyer hinunter.

Am Empfang beglich er seine eigenen und Louises Rechnungen für die vorausgegangene Woche und bezahlte für weitere vierzehn Tage. Nachdem er mit dem portugiesischen Hotelbesitzer ein paar Scherzworte gewechselt hatte, trat er seinen gewohnten Vormittagsspaziergang an.

Im allgemeinen führte ihn sein Weg an den Fluß hinunter. Er ging durch die menschenleeren Arkaden und bemerkte, wie jeden Morgen, die seltsamen Kontraste zwischen Licht und Schatten, obwohl es in Port Matarre keinen richtigen Sonnenschein gab. An der Ecke gegenüber der Polizeipräfektur stützte er zum letzten Mal den verletzten Arm an einen der Pfeiler. Irgendwo in den kristallenen Straßen von Mont Royal lagen die fehlenden Stücke seiner selbst, und sie lebten nun selbständig in ihrem eigenen prismatischen Element.

Während er an Captain Radek und an Suzanne Clair dachte, erreichte er die verlassenen Molen an der Küste. Fast alle Boote der Eingeborenen waren verschwunden, und die Siedlungen am anderen Ufer des Flusses standen leer. Ein Boot jedoch patrouillierte noch wie gewöhnlich an der Küste. Dreihundert Meter weiter entdeckte Sanders das rotgelbe Motorboot, in dem Louise und er nach Mont Royal gefahren waren. Aragon stand am Ruderhelm und ließ das Boot auf der Flut treiben. Er hatte Sanders jeden Morgen vorbeigehen sehen, aber die beiden Männer hatten niemals miteinander gesprochen.

Sanders ging auf das Ufer zu und tastete nach seiner Brieftasche im Jackett. Aragon winkte ihm zu, ließ den Motor an und fuhr davon. Verwirrt ging Sanders weiter, stellte dann aber fest, daß Aragon das Boot weiter den Fluß hinab steuerte, dorthin, wo zwei Monate zuvor Matthieus kristallisierte Leiche an Land getrieben worden war.

Sanders hielt sich auf gleicher Höhe mit dem Boot und kam ihm am Ufer entgegen. Einen Augenblick sahen die Männer einander an.

»Ein schönes Boot haben Sie da«, sagte Sanders schließlich und wiederholte den gleichen Satz, mit dem er Aragon zum ersten Male angesprochen hatte.

Eine halbe Stunde später fuhren sie landeinwärts. Als sie an den Hauptlandungsplätzen vorbeikamen, lehnte Sanders sich in seinem Sitz zurück. Der Schaum brach sich ungleichmäßig in der kabbeligen See, und die fallenden Regenböen wurden vom dunklen Kielwasser hinter ihnen davongetragen. Auf der staubigen Straße zwischen den Arkaden bemerkte er einen alten Neger, der mit einem weißen Schild in der Hand wartete, bis das Boot vorüberfuhr. Auf der Polizeimole stand Louise Peret neben Max Clair. Ihre Augen waren unter der Sonnenbrille verborgen, und sie sah Sanders nach, ohne zu winken, als das Boot den Fluß hinaufschoß.

Inhaltsverzeichnis

Äquinoktium

Der Leuchtende

Von J. G. Ballard erschienen im Suhrkamp Verlag

Der ewige Tag und andere Science-fiction-Erzählungen. Deutsch von Michael Walter. 1981. 178 S. Phantastische Bibliothek Band 56. st 727

Die Tausend Träume von Stellavista und andere Vermilion-Sands-Stories. Aus dem Englischen von Alfred Scholz. 1982. Ca. 200 S. Phantastische Bibliothek Band 79. st 833

Phantastische Bibliothek
in den suhrkamp taschenbüchern

Violetter Umschlag kennzeichnet die Bände der
»Phantastischen Bibliothek« innerhalb der *suhrkamp taschenbücher*

Band 1 Stanisław Lem, Nacht und Schimmel. Erzählungen. Aus dem Polnischen von I. Zimmermann-Göllheim. st 356
Band 2 H. P. Lovecraft, Das Ding auf der Schwelle. Unheimliche Geschichten. Deutsch von Rudolf Hermstein. st 357
Band 3 Herbert W. Franke, Ypsilon minus. st 358
Band 4 Blick vom anderen Ufer. Europäische Science-fiction. Herausgegeben von Franz Rottensteiner. st 359
Band 5 Gore Vidal, Messias. Roman. Deutsch von Helga und Peter von Tramin. st 390
Band 6 Ambrose Bierce, Das Spukhaus. Gespenstergeschichten. Deutsch von Gisela Günther, Anneliese Strauß und K. B. Leder. st 365
Band 7 Stanisław Lem, Transfer. Roman. Deutsch von Maria Kurecka. st 324
Band 8 H. P. Lovecraft, Der Fall Charles Dexter Ward. Zwei Horrorgeschichten. Aus dem Amerikanischen von Rudolf Hermstein. st. 391
Band 9 Herbert W. Franke, Zarathustra kehrt zurück. st 410
Band 10 Algernon Blackwood, Besuch von Drüben. Gruselgeschichten. Aus dem Englischen von Friedrich Polakovics. st 411
Band 11 Stanisław Lem, Solaris. Roman. Aus dem Polnischen von I. Zimmermann-Göllheim. st 226
Band 12 Algernon Blackwood, Das leere Haus. Phantastische Geschichten. Deutsch von Friedrich Polakovics. st 30
Band 13 A. und B. Strugatzki, Die Schnecke am Hang. Aus dem Russischen von H. Földeak. Mit einem Nachwort von Darko Suvin. st. 434
Band 14 Stanisław Lem, Die Untersuchung. Kriminalroman. Aus dem Polnischen von Jens Reuter und Hans Jürgen Mayer. st 435
Band 15 Philip K. Dick, UBIK. Science-fiction-Roman. Aus dem Amerikanischen von Renate Laux. st 440
Band 16 Stanisław Lem, Die Astronauten. Utopischer Roman. Aus dem Polnischen von Rudolf Pabel. st 441
Band 17 Phaïcon 3. Almanach der phantastischen Literatur. Herausgegeben von Rein A. Zondergeld. st 443
Band 18 Stanisław Lem, Die Jagd. Neue Geschichten des Piloten Pirx. Aus dem Polnischen von Roswitha Buschmann, Kurt Kelm, Barbara Sparing. st 302
Band 19 H. P. Lovecraft, Cthulhu. Geistergeschichten. Deutsch von H. C. Artmann. Vorwort von Giorgio Manganelli. st 29

Band 20 Stanisław Lem, Sterntagebücher. Aus dem Polnischen von Caesar Rymarowicz. Mit Zeichnungen des Autors. st 459

Band 21 Polaris 4. Ein Science-fiction-Almanach von Franz Rottensteiner. st 460

Band 22 Das unsichtbare Auge. Eine Sammlung von Phantomen und anderen unheimlichen Erscheinungen. Erzählungen. Herausgegeben von Kalju Kirde. st 477

Band 23 Stefan Grabiński, Das Abstellgleis und andere Erzählungen. Mit einem Nachwort von Stanisław Lem. Aus dem Polnischen von Klaus Staemmler. st 478

Band 24 H. P. Lovecraft, Berge des Wahnsinns. Zwei Horrorgeschichten. Deutsch von Rudolf Hermstein. st 220

Band 25 Stanisław Lem, Memoiren, gefunden in der Badewanne. Aus dem Polnischen von Walter Tiel. Mit einer Einleitung des Autors. st 508

Band 26 Gerd Maximovič, Die Erforschung des Omega-Planeten. Erzählungen. st 509

Band 27 Edgar Allan Poe, Der Fall des Hauses Ascher. Aus dem Amerikanischen von Arno Schmidt und Hans Wollschläger. st 517

Band 28 Algernon Blackwood, Der Griff aus dem Dunkel. Gespenstergeschichten. Deutsch von Friedrich Polakovics. st 518

Band 29 Stanisław Lem, Der futurologische Kongreß. Aus dem Polnischen von I. Zimmermann-Göllheim. st 534

Band 30 Herbert W. Franke, Sirius Transit. Roman. st 535

Band 31 Darko Suvin, Poetik der Science-fiction. Zur Theorie und Geschichte einer literarischen Gattung. Deutsch von Franz Rottensteiner. st 539

Band 32 M. R. James, Der Schatz des Abtes Thomas. Zehn Geistergeschichten. Aus dem Englischen von Friedrich Polakovics. st 540

Band 33 Stanisław Lem, Der Schnupfen. Kriminalroman. Autorisierte Übersetzung aus dem Polnischen von Klaus Staemmler. st 570

Band 34 Franz Rottensteiner (Hrsg.), ›Quarber Merkur‹. Aufsätze zur Science-fiction und Phantastischen Literatur. st 571

Band 35 Herbert W. Franke, Zone Null. Science-fiction-Roman. st 585

Band 36 Über Stanisław Lem. Herausgegeben von Werner Berthel. st 586

Band 37 Wie der Teufel den Professor holte. Science-fiction-Erzählungen aus Polaris 1. st 629

Band 38 Das Mädchen am Abhang. Science-fiction-Erzählungen aus Polaris 2. st 630

Band 39 Der Weltraumfriseur. Science-fiction-Erzählungen aus Polaris 3. st 631

Band 40 Die Büßerinnen aus dem Gnadenkloster. Phantastische Erzählungen aus Phaïcon 2. Herausgegeben und mit einem Vorwort von Rein A. Zondergeld. st 632

Band 41 Herbert W. Franke, Einsteins Erben. Science-fiction-Geschichten. st 603

Band 42 Edward Bulwer Lytton, Das kommende Geschlecht. Aus dem Englischen übersetzt von Michael Walter. st 609

Band 43 H. P. Lovecraft, Die Katzen von Ulthar und andere Erzählungen. Deutsch von Michael Walter. st 625

Band 44 Phaïcon 4. Almanach der phantastischen Literatur. Herausgegeben von Rein A. Zondergeld. st 636

Band 45 Johanna Braun, Günter Braun, Unheimliche Erscheinungsformen auf Omega XI. Utopischer Roman. st 646

Band 46 Bernd Ulbrich, Der unsichtbare Kreis. Utopische Erzählungen. st. 652

Band 47 Stanisław Lem, Imaginäre Größe. Aus dem Polnischen von Caesar Rymarowicz. st 658

Band 48 H. W. Franke, Paradies 3000. Science-fiction-Erzählungen. st 664

Band 49 Arkadi und Boris Strugatzki, Picknick am Wegesrand. Utopische Erzählung. Aus dem Russischen übersetzt von Aljonna Möckel. Mit einem Nachwort von Stanisław Lem. st 670

Band 50 Louis-Sébastien Mercier, Das Jahr 2440. Deutsch von Christian Felix Weiße (1772). Herausgegeben, mit Erläuterungen und einem Nachwort versehen von Herbert Jaumann. st 676

Band 51 Johanna Braun, Günter Braun, Der Fehlfaktor. Utopisch-phantastische Erzählungen. st 687

Band 52 H. P. Lovecraft, Stadt ohne Namen. Gespenstergeschichten. Aus dem Amerikanischen von Charlotte Gräfin von Klinckowstroem. Mit einem Nachwort von Dirk W. Mosig. st 694

Band 53 Leo Szilard, Die Stimme der Delphine. Utopische Science-fiction-Erzählungen. Mit einem Vorwort von Carl Friedrich von Weizsäcker. st 703

Band 54 Polaris 5. Ein Science-fiction-Almanach. Herausgegeben von Franz Rottensteiner. st 713

Band 55 Arthur Machen, Die leuchtende Pyramide und andere Geschichten des Schreckens. Aus dem Englischen von Herbert Preissler. st 720

Band 56 J. G. Ballard, Der ewige Tag und andere Erzählungen. Deutsch von Michael Walter. st 727

Band 57 Stanisław Lem, Mondnacht. Hör- und Fernsehspiele. Aus dem Polnischen übersetzt von Klaus Staemmler, Charlotte Eckert, Jutta Janke und I. Zimmermann-Göllheim. st 729

Band 58 Herbert W. Franke. Schule für Übermenschen. st 730

Band 59 Joseph Sheridan Le Fanu, Der besessene Baronet und andere Geistergeschichten. Deutsch von Friedrich Polakovics. Mit einem Nachwort von Jörg Krichbaum. st 731

Band 60 Philip K. Dick, LSD-Astronauten. Deutsch von Anneliese Strauß. st 732

Band 61 Stanisław Lem, Terminus und andere Geschichten des Piloten Pirx. Aus dem Polnischen von Caesar Rymarowicz. st 740

Band 62 Herbert W. Franke, Keine Spur von Leben. *Hörspiele.* st 741

Band 63 Johanna Braun, Günter Braun, Conviva Ludibundus. Utopischer Roman. st 748

Band 64 William Hope Hodgson, Stimme in der Nacht. Unheimliche Seegeschichten. Deutsch von Wulf Teichmann. st 749

Band 65 Kōbō Abe, Die vierte Zwischeneiszeit. Aus dem Japanischen von S. Schaarschmidt. st 756

Band 66 Die andere Zukunft. Phantastische Erzählungen aus der DDR. Herausgegeben von Franz Rottensteiner. st 757

Band 67 Michael Weisser, SYN-CODE-7. Science-fiction-Roman. st 764

Band 68 C. A. Smith, Saat aus dem Grabe. Phantastische Geschichten. Aus dem Amerikanischen von Friedrich Polakovics. st 765

Band 69 Herbert W. Franke, Tod eines Unsterblichen. Science-fiction-Roman. st 772

Band 70 Philip K. Dick. Mozart für Marsianer. Science-fiction-Roman. Aus dem Amerikanischen von Renate Laux. st 773

Band 71 H. P. Lovecraft, In der Gruft und andere makabre Geschichten. Deutsch von Michael Walter. st 779

Band 72 A. und B. Strugatzki, Montag beginnt am Samstag. Utopisch-phantastischer Roman. Aus dem Russischen von Hermann Buchner. st 780

Band 73 Stanisław Lem, Die Ratte im Labyrinth. Ausgewählt von Franz Rottensteiner. Aus dem Polnischen von Roswitha Buschmann, Caesar Rymarowicz, Jens Reuter und Klaus Staemmler. st 806

Band 74 Johanna Braun, Günter Braun, Der Irrtum des großen Zauberers. Phantastischer Roman. st 807

Band 75 J. G. Ballard, Kristallwelt. Science-fiction-Roman. Deutsch von Margarete Bormann. st 818

Band 76 Peter Schattschneider, Zeitstopp. Science-fiction-Geschichten. st 819

Band 77 Phantasma. Polnische Geschichten aus dieser und jener Welt. Herausgegeben und übersetzt von Klaus Staemmler. st 826 (Juli 1982)

Band 78 Arkadi und Boris Strugatzki, Die gierigen Dinge des Jahrhunderts. Phantastischer Roman. Aus dem Russischen von Heinz Kübart. st 827 (Juli 1982)

Band 79 J. G. Ballard, Die Tausend Träume von Stellavista und andere Vermilion-Sands-Stories. Aus dem Englischen von Alfred Scholz. st 833 (August 1982)

Band 80 Brian W. Aldiss, Der unmögliche Stern. Science-fiction-Geschichten. Aus dem Englischen von Rudolf Hermstein. st 834 (August 1982)

Band 81 Herbert W. Franke, Transpluto. Science-fiction-Roman. st 841 (September 1982)

Band 82 Polaris 6. Ein Science-fiction-Almanach, Herbert W. Franke gewidmet. Herausgegeben von Franz Rottensteiner. st 842 (September 1982)

Band 83 Algernon Blackwood, Der Tanz in den Tod. Unheimliche Geschichten. Herausgegeben von Kalju Kirde. Aus dem Englischen von Friedrich Polakovics. st 848 (Oktober 1982)

Band 84 L. Sprague de Camp, H. P. Lovecraft. Eine Biographie. Aus dem Amerikanischen von Jörg Krichbaum. st 849 (Okt. 1982)

Band 85 Stanisław Lem, Robotermärchen. Aus dem Polnischen von I. Zimmermann-Göllheim. st 856 (November 1982)

Band 86 Phaïcon 5. Almanach der phantastischen Literatur. Herausgegeben von Rein A. Zondergeld. st 857 (November 1982)

Band 87 C. A. Smith, Planet der Toten. Phantastische Erzählungen. Aus dem Amerikanischen von Friedrich Polakovics. st 864 (Dezember 1982)

Band 88 Jerzy Żuławski, Auf dem Silbermond. Science-fiction-Roman. Aus dem Polnischen von Edda Werfel. st 865 (Dezember 1982)

Band 89 Arkadi und Boris Strugatzki, Fluchtversuch. Der ferne Regenbogen. Zwei Science-fiction-Romane. Aus dem Russischen von Dieter Pommerenke und Aljonna Möckel. st 872 (Januar 1983)

Band 90 Michael Weisser, DIGIT. Science-fiction-Roman. st 873 (Januar 1983)

Band 91 Rein A. Zondergeld, Lexikon der phantastischen Bibliothek. st 880 (Februar 1983)

Band 92 Johanna Braun, Günter Braun, Der Utofant. In der Zukunft aufgefundene Journale aus dem Jahrtausend III. st 881 (Februar 1983)

Band 93 Cordwainer Smith, Herren im All. Science-fiction-Erzählungen. Aus dem Amerikanischen von Rudolf Hermstein. st 888 (März 1983)

Band 94 Tod per Zeitungsannonce und andere phantastischen Erzählungen aus Rußland. Herausgegeben von Elisabeth Cheauré. Aus dem Russischen von Edda Werfel und anderen. st 889 (März 1983)

Band 95 J. G. Ballard, Hallo Amerika! Science-fiction-Roman. Aus dem Englischen von Rudolf Hermstein. st 895 (April 1983)

Band 96 J. G. Ballard, Billennium. Science-fiction-Erzählungen. Aus dem Englischen von Alfred Scholz und Michael Walter. st 896 (April 1983)

Alphabetisches Gesamtverzeichnis der suhrkamp taschenbücher